KB019569

단

대한민국 스토리DNA 011

# 단

**초판 1쇄 발행** | 2016년 8월 3일
**초판 5쇄 발행** | 2023년 2월 1일

**지은이** 김정빈
**발행인** 한명선

**주소** 서울시 종로구 평창길 329(우편번호 03003)
**문의전화** 02-394-1037(편집)  02-394-1047(마케팅)
**팩스** 02-394-1029
**전자우편** saeum2go@hanmail.net
**블로그** blog.naver.com/saeumpub
**페이스북** facebook.com/saeumbooks
**인스타그램** instagram.com/saeumbooks

**발행처** (주)새움출판사
**출판등록** 1998년 8월 28일(제10-1633호)

ⓒ 김정빈, 2016
ISBN 979-11-87192-17-6  04810
      978-89-93964-94-3 (세트)

대한민국
스토리DNA
011

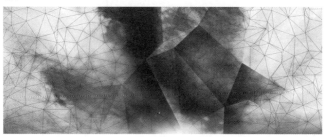

# 단 丹

김정빈 장편소설

새움

**일러두기**

1. 원본 : 1984년 정신세계사에서 출간된 『단』 초판을 원본으로 삼아 작가의 최종 교정을 거쳤다.
2. 표기는 작품의 원형을 해치지 않는 선에서 2016년 현재의 원칙에 따랐다. 다만, 작가의 의도가 담긴 일부 표현, 방언이나 속어, 대화체의 옛 표기 등은 작품의 분위기를 유지하기 위해 가능한 한 원본을 살렸다.
3. 외국 인지명 등 외래어는 현재의 표기법에 따랐다. 기타 외국어가 쓰인 경우 우리말 음으로 표기하고 ( ) 안에 뜻을 밝혔다.
4. 현재는 잘 쓰이지 않는 우리말이나 한자어, 전문적인 용어는 해당 페이지 아래 간략한 설명을 붙였다.

우리는 기억하고 있다. 깊은 겨울밤, 할아버지의 무릎 앞에 앉아서 가슴 졸이며 듣던 숱한 초인들의 기상천외한 이야기들을. 그것은 황홀한 이사(異事)의 세계였고, 불가사의한 초월의 세계였다.

또한 우리는 아직도 기억하고 있다. 중·고등학교 시절, 국사 선생님의 감격에 떨리는 목소리로 듣던 옛 선조들의 피 끓는 무용담들을. 그때 그 사실(史實)의 세계 속에서 질풍노도와 같이 대륙을 치달리며 북만주 대평원을 호령하던 고구려 무인들의 호쾌한 이미지는 아직도 우리의 뇌리 깊은 곳에 뿌듯한 자부심과 함께 심어져 있다.

그러나 그 위에 시간은 흐른다.

그리하여 지금 우리는 무엇을 꿈꾸며 무엇을 생각하고 있는가? 지금 우리는 뛰노는 가슴으로 인간의 무한한 가능성을 꿈꾸던 그때의 나가 아니다. 그리고 지금 우리는, 우리가 한민족의 후예임을 벅차도록 자랑스럽게 느끼며 을지문덕의 웅혼(雄

魂)에 취하던 그때의 나도 아니다.

물질문명에 위압된 나머지 인간 정신의 위대함을 잊고 헛되이 방황하는, 그리고 잘못된 고정관념에 짓눌려 한민족으로서의 씩씩한 기상을 잃은 채 실체 없는 그림자처럼 배회하는 나. 그것이 거짓 없는 우리들의 모습이 아니었을까?

고백하건대 필자 또한 그처럼 왜소한 한 현대인이었다. 그런 필자 앞에 다가온 우학도인의 웅대한 세계, 그것은 필자의 잠들었던 꿈과 혼을 일깨웠고, 마침내 필자는 장편소설 『단(丹)』을 집필하기에 이르렀다.

어찌 되었건, 지금 필자는 필자 자신을 우학도인의 세계로 인도해 준 운명에 감사하고 있다. 우학도인의 세계에 접함으로써 그 신비롭고 벅찬 '가능성'과 '웅혼'의 세계를 다시금 깨우칠 수가 있었기 때문이다. 그리고 이 소설의 독자 여러분들 또한 그런 보람과 긍지를 되찾을 수 있기를 기원한다. 그것이야말로 필자로 하여금 서투른 붓을 일으키게 한 계기였고, 또한 우학도인께서 어렵사리 공개적인 증언대에 서 주신 깊은 의도였던 것이다.

로스앤젤레스 올림픽에서의 성과 등에 때맞추어 민족의 정체성에 대한 자각에 우리는 눈뜨고 있다. 또한 물질문명의 병폐를 뛰어넘을 크나큰 진리로서의 동양사상의 재평가 노력도 새삼스럽게 바람을 일으키고 있다. 그러한 이때에, 이 책이 그 값진 두 운동에 조금이라도 기여하게 된다면 필자에게는 더없는 보람이 될 것이다.

여기서 필자는 이 책의 집필에 기꺼이 응해 주신 우학도인 권필진 옹께 깊은 감사를 드리지 않을 수 없다. 우학도인과의 인터뷰는 무려 70여 시간에 이르렀던 만큼, 민족의 미래에 대한 뜨거운 관심과 인간 정신의 앙양에 대한 굳건한 신념이 없었다면 노도인으로서는 견디기 어려운 고역이었으리라.

또한 필자는 박정표 씨를 위시하여 집필에 여러 가지 도움을 제공해 준 친구들과, 많은 참고가 되었던 여러 역저(力著)의

단

저자 선생님들께도 감사드린다.

1984년 10월 개천절 아침에

김정빈

# 괴청년의 염력 실험

　직장 생활 4년 만에 다니던 회사를 쉬게 되었다. 말이 심신을 쉬면서 세상일을 관망한다고 하지만 한 보름쯤 지나고 나니 좀이 쑤셨다. 제 버릇 개 못 준다더니 슬금슬금 무언가 일을 하고 싶어 몸이 근질거렸다. 직장 다니던 당시엔 그토록 지리하던 근무 시간, 그리고 그토록 보기 싫던 책상이며 서류 뭉치들이 그립도록 삼삼하게 떠올랐다. 세상 사는 게 다 그렇지……. 내가 무슨 노자나 장자쯤 되는 것도 아닌데 세사를 관망하다니, 관망은 무슨 관망인가? 그저 속인으로 태어난 사람은 평범하게 사는 게 제일인가 싶던 참이었다.

　하루는 웬 텁수룩한 사내 하나가 찾아왔다. 그때 나는 마침 친구가 경영하는 출판사에서 한나절 내내 바둑을 두다가 그것도 싫증이 나서 잡담을 주고받던 중이었다. 밖에서는 묵직해 보일 만큼 소담스러운 눈송이가 자욱하게 쏟아지고 있었다.

　"제길헐! 굉장한 눈이로구먼!"

그 텁수룩한 사내는 속으로 웅얼웅얼 중얼거리더니 머리며 어깨 위에 수북하게 쌓인 눈을 털었다. 그러더니 누구에게랄 것도 없이 대뜸 물었다.

"혹시 여기 김○○라는 사람 오지 않았습니까?"

더부룩한 머리며 한껏 엉겨 붙은 턱수염으로 보아 적게 잡아도 대여섯 달 정도는 이발소 신세를 지지 않았을 성싶은 사내였다.

"오오라, 자네로구먼!"

이 사내가 나를 보더니 반색하며 와락 달려들었다.

"누구쇼?"

꼭 소심증 환자가 아니더라도 뒤가 좀 켕겼던 게 사실이었다. 내가 아마 뒤로 한 걸음쯤 주춤 물러섰던가 보다. 이 사내가 느닷없이 너털웃음을 터뜨렸다.

"핫핫핫! 자넨 여전하구만, 여전해! 원 그래 가지고서야 무슨 노장(老莊)이며, 소요유(逍遙遊) 비슷한 것 꼬린들 붙잡겠는가? 날 모르겠나? 날 모르겠어?"

"글쎄요……."

좌중의 시선이 일시에 나한테 쏟아졌다. 나는 이 난데없는 불한당을 찬찬히 훑어보았다.

"날 몰라? 장빌세, 장비!"

사내가 나를 보고 활짝 웃었다. 오오라! 그제서야 나는 반가

움에 그 사내의, 그러니까 정확하게는 옛 친구 정표의 두 손을 와락 움켜쥐었다.

"자넨 정표 아닌가? 야아! 이것 참 오래간만이로구먼! 가끔 소식은 들었네만……."

그렇다. 녀석의 어릴 적 별명이 장비였었다. 매사에 꼭 장비처럼 덤벙거렸고, 또 그만큼의 용력도 있던 친구였다. 나는 갑자기 20여 년 전의 고향 추억이 뭉게뭉게 떠올랐다. 그러나 그 추억을 추스를 사이도 없이 나는 곧바로 녀석의 손에 이끌려 택시를 타야 했다. 정표는 운전사에게 목적지를 일러주고 내 어깨를 툭 치며 말했다.

"걱정 말게. 나 사는 데 구경시켜 주려는 참이니까."

택시는 어느덧 교외로 질주하고 있었다.

우리는 어릴 때 곧잘 전쟁놀이를 벌였었다. 개울을 사이에 두고 양지·음지쪽에 각각 80여 호쯤 되는 산마을이 있었는데, 그 두 산마을 아이들은 거의 매일 '대접전'을 벌였던 것이다.

이쪽 마을의 대장은 키다리 명수였고, 정표는 상장군이었다. 나는 감히 군사(軍師)로 자처했었다. 내가 군사를 자처했던 것은 당시 나를 매혹시켰던 『삼국지(三國志)』의 제갈공명 때문이었다. 당시 공명이야말로 진정한 나의 우상이었기에 나는 양지군의 명참모가 되기를 원했던 것이다.

그런데 『삼국지』에서는 장비뿐 아니라 관우라도 공명 앞에서는 일개 무장에 불과했지만, 우리의 경우에는 달랐다. 전쟁을 승리로 이끈 사람은 언제나 공명이 아니라 장비였던 것이다. 지혜보다는 용맹이 모든 것을 해결해 주었고, 그 용맹을 담당한 것이 다름 아닌 박정표 바로 그 녀석이었던 것이다. 물론 내 지혜가 공명의 신발끈 하나도 맬 수 없을 만큼 미약했던 것도 사실이다.

"자네 글 쓴다며? 수필 「강류문답」 잘 읽었네."

정표가 내게 하는 말이다. 나는 차창 밖으로 눈 속에 묻혀 가는 몇 채의 산막을 바라보았다.

"'눈 덮인 아득한 마을이여! 포근한 산속을 나는 예쁜 산새들이여! 산토끼 잘 쫓던 내 동무들이여! 모두 잘들 있느냐?'*
아무튼 내 글을 읽었다니 고맙네. 그래, 그동안 어떻게 지냈나? 원 그렇게 소식이 없다니……"

"얘기는 차차 하겠네. 우선 여기서 내리세."

우리는 차에서 내려 걷기 시작했다. 이미 눈은 신발을 덮을 만큼 쌓이고 있었다. 정표는 멀리 보이는 움막집 한 채를 가리켰다.

"저길세. 자네가 요즘 쉰다는 말 들었네. 내가 자네한테 할 얘기가 좀 있어."

* 강소천의 동시 「눈 내리는 밤」 중에서.

단

무려 십수 년 만에 느닷없이 찾아온 녀석이 밑도 끝도 없이 하는 말이었다.

"여전하구만. 자네는 그때나 지금이나 엉뚱하고 행동적이야. 그게 자네의 매력이지만서도. 그런 행동력에 휩쓸려 다소곳이 따라가 주는 게 그때의 내 역할이었었는데, 시간이 꽤 흘렀는 데도 상황은 여전하군."

우리는 이런저런 잡담을 주고받으며 움막으로 들어섰다.

"불은 뜨끈뜨끈하게 때 두었네. 군고구마라도 좀 먹으려나?"

"조오치! 격에 어울리는구만."

"좋아, 여기 있네. 실컷 드시게. 옛 생각을 하며 말일세. 그러고 나서 내 얘길 좀 들어 보게나. 어떤가? 자네 도인(道人) 한 분 만나 볼 생각 없나?"

"도인?"

"그래! 도인 말일세."

"도인이라니? 도사 말인가?"

"도사지! 도사든 도인이든 이름이야 아무러면 어떤가? 어때, 만나 보려나?"

"너무 갑작스러운 일이라…… 우선 이야기부터 듣고 싶네. 자넨 설마 우화등선(羽化登仙)하는 글자 그대로의 도인을 말하는 건 아닐 테지?"

"허어, 참! 이럴 수가……."

오히려 탄식하는 것은 내가 아니라 녀석이었다. 느닷없이 사람을 끌고 와서 도인이니 도사니 이야기를 해놓고서 제가 먼저 혀를 끌끌 차는 데는 우선 기가 막혔다.

"정신이 혼란스러워지는 건 오히려 날세! 자네가 왜 장탄식을 하는 겐가?"

「강류문답」의 작가가 이런 말을 하다니? 자네 〈H〉지에 발표했던 그 글 누가 대신 써준 거 아냐?"

"예끼, 이 사람! 아무렇기로!"

"자넨 거기다 쓰지 않나? 난 벌써 외웠네. 들어 보려나? '산이 늘 그곳에 있으되 아무것도 생각지 아니하더라. 비가 내리고 바람이 불며 눈이 쌓이고 얼음이 얼되 아무것도 꾸미지 아니하고, 꽃이 피고 나무가 자라며 벌레와 새들이 날고 짐승과 짐승이 포효하되 아무것도 말하지 아니하더라……'"

"허어, 참! 고맙네그려. 남의 글을 줄줄 욀 정도로 좋아해주다니."

그런데 글을 외는 데야 아무래도 장비보다는 제갈 선생이 한 수 위임을 증명해야 했다. 나는 정표에 뒤이어 읊었다.

"해가 뜨고 기울며 계절이 왔다 계절이 가고, 그리하여 연년세세(年年歲歲)가 켜켜이 쌓여 마침내 아승지겁(阿僧祇劫) 위에 다시 아승지겁이 놓이되 산은 묵묵부답— 죽은 듯 산 듯, 영원도 순간도 잊은 채 산은 늘 여여(如如)하게 쉬고 있었더라······."

"그래, 좋아! 그 글 자네가 쓴 게 맞다 이 말이지?"

"이 사람이!"

"엉터리 공자니까 하는 말이 아닌가? 그처럼 동양정신에 심취한 척 하고선 도인? 도사? 이런 유치원생 같은 반문을 하고 있으니 자넨 헛걸세, 헛거!"

"글쎄. 내가 헛건지 알속이 차 있는지는 두고 봐야 알겠지만, 그게 어째서 유치원생 같은 반문이란 말인가?"

"안 되겠군. 17년의 헤어짐이 낳은 이 거리여! 내가 차근차근 이야기함세."

박정표 군은 냉수 한 잔을 쭉 들이켜더니 내 앞에 가부좌를 틀고 앉았다.


원래부터가 행동이 앞서는 정표였다. 내가 사색이니 명상이니 하며 이론 비슷한 걸 취미 삼은 데 비해서 정표는 일단 움직이고 보는 성미였던 것이다. 그런 정표였는지라 그는 나를 가리켜 늘 실속 없는 아웃사이더라고 놀려 대곤 했다.

정표는 모든 것은 직접 뛰어들어서 겪어 보아야 한다고 주장했다. 늘 빙글빙글 주위로 돌면서 관찰하고 분석하고 검증해 보아야 무슨 소용이 있느냐? 이론이라는 건 행동하자고 있는 건데, 평생 이론에만 매달려서 아무것도 성취하지 못할 바에야 실패하더라도 일단 뛰어들어야 한다. 그것이 그 친구의 일관된 주장이었다.

물론 나는 늘 맞섰다. 뛰어들라 뛰어들라 하지만 그곳이 어떤 곳인 줄 모르잖느냐? 혹 잘못된 곳에 빠져 버릴 염려가 있다. 그러니 우선 뛰어들어야 할 곳이 어떤 곳인지 판단해야 한다. 이론은 그래서 필요한 것이다, 라고.

그렇지만 정표는 내 말에는 귀 기울이지 않았다. 마음이 쏠리는 일이라면 무엇이든 저질러 놓고 보는 성미였던 것이다. 한때는 사교(邪敎)라고 지탄받는 종교에도 들어갔었고, 건실하다는 기독교에 귀의한 일도 있었다. 그뿐이 아니었다. 나와 소식이 끊긴 뒤로는 무슨 심령과학인가에 매력을 느껴서 3~4년 정도 몰두하기도 했던가 보았다.

그러다가 과학적 근거와 충분한 자료의 뒷받침을 받는 미국의 새로운 정신 계발법*에 마지막으로 귀착했다고 한다. 무려 10년 가까운 정신 편력의 종착점이었던 것이다. 그러나 그것도 4~5년 만에 이번에는 자기 나름의 새로운 이론과 행동법을 들고 나왔다. '마인드 컨트롤'이라고 불리는 것에다가 자기가 나름대로 겪고 느낀 것들을 조합하여 새로운 정신 계발법을 개발했다는 것이었다.

---

* 그가 심취했던 것은 호세 실바(Jose Silva)가 개발한 마인드 컨트롤이지만, 여기서는 특정한 정신 계발법에 대해 구체적으로 논급하지는 않겠다.

단

정신 계발법이라면 세상에 나와 있는 것으로 내가 아는 것만 해도 여러 가지가 있다. 암기법이니 기억법이니 해서 학원을 연 사람도 있고, 천재가 될 수 있다고 선전하는 사람도 보았다. 그러나 그뿐, 그것은 나하고는 상관없는 일이었다. 그런 것에는 별 관심이 가지 않았던 것이다.

　그런데 정표의 이야기를 들으면서 나는 차츰차츰 온몸과 마음이 흥미로운 긴장 속으로 빨려 들어가게 되었다. 이 얼마나 놀라운 일인가? 정표는 염력에 대해서 이야기를 하고 있었다.

　이스라엘의 유리 겔러라는 사람이 염력으로 유명한 것은 나도 알고 있었다. 정신을 집중하는 것만으로 철제 스푼을 휠 수 있다고 한다. 그러나 그게 뭐란 말인가? 세상에는 조금쯤 기이한 사람도 있어야 살맛 나는 법이다. 게다가 그것은 머나먼 나라의 일이요, 어쩌면 교묘한 트릭인지도 알 수 없다. 천부적인 돌연변이 두뇌나 심장을 가졌기 때문에 텔레파시니 ESP*니 염력이니 하는 초능력을 보인다 하더라도 그거야 나와 상관없는 일이 아닌가? 신이 나를 그런 사람으로 만들어 주시지 않은 담에야! 나는 그냥 그런 사람들을 구경만 하면 되었던 것이다.

　그런데 그게 아니었다. 역시 정표란 녀석은 나처럼 방관자는 아니었다. 정표는 직접 염력을 실험했고, 성공했노라고 내게 말

---

* 초감각적 지각력(Extra-Sensory Perception).

했다. 지금 당장이라도 내 앞에서 쇠로 된 스푼을 휘어 보이겠노라고 장담했던 것이다. 쇠로 된 스푼을 손 하나 대지 않고 정신력만으로 휠 수가 있을까?

정신력만으로 스푼을 휜다. 이것은 간단하다면 아주 간단한 일인지 모른다. 그러나 그것이 아니었다. 그것은 곧 정신과 물질이라는 별개의 세계가 물리적인 매개물 없이 영향력을 주고받을 수 있다는 명확한 증거가 된다. 그것은 누구도 일찍이 주장한 일이 없는 무형의 역학관계가 아닌가? 그렇다면 아리스토텔레스 이래로 서양철학 및 과학을 이끌어 온 이원론은 치명적인 타격을 받게 된다. 즉 정신과 물질은 전혀 다른 별개의 것이라고 주장할 수 없게 되는 것이다. 여기서 정신과 물질을 한꺼번에 포용하는 제3의 통일원리가 요구되고, 그것은 이원론의 극복이면서 자연스럽게 일원론적인 형태를 띠게 될 것이 아닌가?

그런 염력 현상이 어떤 특수한 체질의 사람에게만 가능했을 때까지는 이원론도 할 말이 있었을지 모른다. 그러나 이제 평범한 여느 사람에게도 염력이 있다는 것이 증명되고 있었다. 단지 계발되지 않았을 뿐이라는 것이다. 정표가 희망을 건 것은 바로 이 점이었다.

마인드 컨트롤 미국 본부에 있는 우수한 강사 중에는 스푼밴딩이 가능한 이들이 몇 명 있다고 한다. 책상 위에 철제 스푼을 갖다 놓는다. 거리를 두고 강사가 와서 앉는다. 물론 그 스

단

푼은 우리가 사용하는 여느 것과 조금도 다름없는 것이어야한다. 스푼에 시선을 고정시키고 마음을 집중한다. 스푼이 휘어지는 모습을 상상하면서 간절하게 그것을 원해야 한다. 때로는 주(呪)를 암송하기도 한다.

그러기를 5분, 10분, 아니면 30분이나 1시간쯤 하게 되면 마침내 스푼은 밀가루 반죽처럼 축 늘어진다. 아주 능숙한 이는 쇠젓가락을 손가락에 90도 각도로 세운 다음 용수철 감듯 친친 감기도 한다.

이런 정신력은, 사실 모든 사람들이 암암리에 믿어 온 것이기도 하다. 우리 선조들도 예로부터 '지성이면 감천'이라고 하지 않았던가? 이 말을 바꾸어 보면 결국 정신력이 물질계를 움직일 수 있다는 뜻이 될 수 있다.

그러나 일반적으로, 그것은 잘 알 수 없는 세상사에 대한 선의의 표현에 불과했던 것이다. 지성이면 감천이라는 격언을 그대로 믿었던 선조들도 없었던 것은 아닐 것이다. 또 그 믿음에 대해서 보답을 받은 이들도 많았으리라. 그러나 그것은 어쩌다의 일이었을 뿐, 대체로 격언은 어디까지나 격언 그 이상일 수가 없었던 것이다.

오늘날의 사람들은 선인들보다 훨씬 더 물질을 숭배하고 있고, 그런 나머지 듣기 좋은 덕담으로서의 그런 유의 격언조차 거의 잊혀져 가는 판이다. 이럴 때 미국에서(미국이란 나라는 우리보다 그 얼마나 유물론적인 나라인가!) 마인드 컨트롤이니 초심리학이니 심령과학 등이 연구성과를 올리고 있다는 사실은 역사의 아이러니인지도 모른다. 미국의 경우 단지 연구성과를 올리는 정도의 차원을 넘어서 국가가 재정을 지원하고 있다고 한다. 신비술이라는 관점에서가 아니라 미래 과학으로서 국가 산업, 특히 군사 목적(정보 등) 아래 후원하고 있다고 하는데, 흥미로운 것은 미국보다도 더 열성적이라는 소련의 예다. 전적으로 유물론에 입각한 공산주의의 고위 관리가 점성술사를 방불케 하는 기인과 도사를 모셔다 놓고 실험하는 광경을 상상한다는 것은 그 얼마나 재미있는 일일까?

정표는 그동안 설악산 깊은 곳에 있는 작은 암자에 거처를 정하고 스푼밴딩 실험에 전력을 기울였었다고 말했다. 염력에 대한 정표의 믿음은 아주 강력했던가 보았다. 그 믿음을 가지고 정표는 특유의 행동력을 터뜨려 보였던 것이다.

정표는 원래 좀 헤프고 난봉기 비슷한 것조차 있는 녀석이었다. 물론 나는 고등학교 때 녀석과 헤어진 이후로 그간 정표를 직접 만났던 일은 없었다. 그렇지만 대개 동향 친구의 소식이라는 건 빤히 손에 잡히는 법인지라 간간이 녀석의 소식을 듣고 있었다. 그런데 들리는 소식이라는 게 거의 녀석의 헤픈 난봉기뿐이었다. 그러나 좀 술렁술렁해 보이다가도 한번 집념을 세우면 무쇠도 뚫고 나갈 만큼 적극적으로 변하는 것 또한 정표의 특징으로 그의 친구들 간에는 널리 알려져 있었다.

한때 몇몇 종교에 거의 미치다시피 열성을 보인 바 있는 정표는 기도의 놀랄 만한 치유 효과를 여러 차례 목격했다고 한다. 기도는 무엇인가? 간절한 소망 그것일 뿐이다. 그런데 기도를 통해 현대의학으로도 치료가 불가능한 여러 가지 난치병이 완쾌되는 예가 적지 않은 것이다. 그것은 무엇을 뜻하는 것일까? 그것이야말로 정신력의 무한성을 증명하는 것이 아닐까? 기독교의 기도를 통해서만이 아니라 어느 종교, 어느 종파를 가릴 것 없이 종교적 치유가 있는 거라면 말이다. 그렇다면 그 치유 능력은 '밖'이 아니라, 이미 내 '안'에 있었던 건 아닐까?

기독교 교역자 중에는 그런 '기적'을 신의 은혜라고 말하는 이들이 많은 모양이지만 동양철학(종교)에서는 전통적으로 자기 속에 이미 완전함이 깃들어 있다고 주장해 왔다. 그러나 예수께서도 천국은 네 안에 있다고 가르치신 바 있고, 자기 내부를 향해서가 아니라 부처님을 향해 가피(加被)를 비는 불교 신도들도 있는 것을 보면, 서로 그다지 큰 차이는 없어 보인다.

어쨌든 정표는 마인드 컨트롤 이론에 따라 정신력이 스푼을 휘게 할 수 있다는 것을 철저하게 믿고 있었던 것이다.

우리나라에는 아직 스푼밴딩을 할 수 있는 능력자가 없다.*

---

* 물론 박정표 군 이전까지를 말한다. 그러나 공개되지 않은 초능력자나 도인들은 무수하게 있었다. 이 책이 앞으로 다루려는 것은 바로 그런 이들의 이야기이다.

그런데 그것이 미국인이 가능한 게 사실이라면 한국인이라고 왜 못한단 말인가? 오히려 한국인이야말로 일천한 역사를 가진 미국인보다 더 쉽게 그것을 해 보일 수 있어야 한다. 물질 숭배의 전통적 잠재의식을 가진 그들보다 나무 한 그루, 풀 한 포기에서 신(神)과 영(靈)과 정(精)을 느낄 줄 알았던 선조를 가진 우리가 더 많은 정신적 능력을 물려받지 않았을까?

우선 정표는 스푼밴딩에 들어가기 전에 좀 더 쉬운 실험에 착수하였다.

대야에 물을 떠다가 방 안에 놓는다. 방문을 닫아서 외풍이 없게 해야 한다. 물이 고요해지기를 기다려 수면에 나뭇잎 한 장을 띄워 놓는다. 나뭇잎은 대야 한가운데 미동도 않고 떠 있다. 바람이 불지 않으므로 당연히 그것은 움직이지 않는다. 이렇게 해두고서 거리를 두고 자리에 앉는다.

원리는 스푼밴딩과 똑같다. 이제부터 집심(執心)이 시작된다.

한참의 시간이 적막 속에 흘러간다. 숨 막힐 것 같은 고요가 산사의 방 안에 정지해 있다. 깃털 하나만 떨어져도 금방 파문이 일 것만 같은 삼엄한 고요 속에서, 남아 있는 것이라고는 나뭇잎이 움직이길 원하는 간절한 마음 그것뿐이었다.

처음엔 꽤 시간이 걸렸다고 한다. 마침내 나뭇잎은 가볍게 일렁이기 시작한다. 그러고는 서서히 물살을 헤치며 정확히 대야의 오른편 끝에 가서 닿았다.

이것만으로 아직 충분하지가 않다. 이 염력술사의 염(念)은 계속되었다. 한참 후 나뭇잎은 180도로 회전하였고, 다시금 천천히 중앙을 향해 전진해 나아갔다.

드디어 해낸 것이다! 정신이 물질계를 아무런 매개물 없이 움직일 수 있다는 것을 마침내 증명한 것이다. 정표의 가슴속에는 이름 지을 수 없는 환희가 밀려들어 왔다.

이게 웬일일까? 이것을 가리켜 무슨 열락(悅樂)이라고 이름 지어야 할 것인가. 가없는 바닷가에 찰랑거리며 밀려드는 파도와 같이 온몸을 휩싸는 이 기쁜 충족감을 무엇에 비길 것인가……. 정표는 하루 종일 떨리는 몸과 마음으로 자기를 주체할 수가 없었노라고 말했다.

녀석! 별명이 장비인 주제에 떨다니 말이나 되는가? 그러면서도 한편으로는 나 또한 가벼운 흥분을 느끼고 있었으니, 사실은 정표의 감동을 나라고 해서 짐작 못할 바는 아니었다.

되풀이 연습한 결과 처음보다 시간도 단축되었고, 별로 힘들지 않게 되었다. 수면 위에서 나뭇잎을 자유자재로 움직일 수 있게 되자 정표는 강렬한 희망과 왕성한 의욕을 가지고 마침내 대망의 스푼밴딩 실험에 돌입하였다.

물론 끝없이 잡념이 들어왔다. 정신의 초점을 한곳에 집중시킨다고는 하지만 말이 쉽지 그게 어디 쉬운 일인가? 그래서 무념무상으로 단 하루만 앉아 있을 만큼 되면 성자라고 하는가 보았다. 그런데 무념무상보다 무타념무타상(無他念無他想), 즉 정신 집중은 한결 쉬웠다. 비워 놓기보다는 그래도 채워 두기가 더 편한 것이니까. 마음의 나라에서는 유(有)보다 무(無)가 훨씬 더 위대한 법이다. 훨씬이 아니라 차원이 아주 바뀌어 버린다.

염(念)이란 아직 오지 않은 것. 상(想)이란 이미 있었던 생각을 말한다. 즉 미래와 과거의 생각인 것이다. 위대한 선지식(善知識)들은 선거삼대망상(先去三大妄想)이라고 해서 과거·현재·미래의 뜬구름 같은 헛된 망상을 다 버리라고 가르쳤다. 말하자면 정신 집중이란 삼대망상이 아니라 이대망상을 여의는 것이 아닐까? 즉 찰나에도 수십 번씩 과거와 미래의 망상에 발목 잡히는 우리의 사고 습관을, 우선 현재라는 시점에 붙들어매려는 건 아닐까? 어쩌면 정신 집중이야말로 그 정신 자체로부터 완전히 벗어나기 위한 예비 수단인지도 모른다.

얼마의 시간이 지났을까? 내가 무엇 때문에 이 우스꽝스러운 짓을 하고 있으며, 이 무더운 여름날 무엇을 하려고 앞뒷문을 꼭꼭 걸어 잠그고 앉아 있는 것일까, 하는 생각이 스며들어 올 때마다 정표의 눈에서는 불똥이 튀었던가 보았다. 이때다! 이때가 중요하다! 잡념이야 말로 마(魔)의 다른 이름인 것이다. 정성이란 한곳에 생각을 모으는 것이며, 그렇게 지극한 정성이라면 불가능한 것은 세상에 아무것도 없다. 옛 성인께서 가르치시지 않았는가? 너희에게 겨자씨만 한 믿음이 있다면 산을 불러올 수 있을 거라고. 이 말은 결코 상징도 아니요, 비유도 아니다. 글자 그대로의 진실인 것이다. 예수께서 물 위를 걷고, 물로 포도주를 만들며, 오병이어로 수천 명을 배불리신 것 또한 결코 '기적'은 아니다. 그것은 더 큰 진리 속에서의 정신력의 과학인 것이다. 그러기에 예수가 아니더라도 그런 '기적'을 행한 이들이 세상에는 수도 없을 만큼 존재해 왔지 않는가? 예수만이 신의 아들이 아니요, 인간 누구나가 다 신의 아들이다. 다만 우리는 그 신성을 묶어 두고 사는 가엾은 존재일 뿐. 불교에서는 인간뿐만 아니라 초목금수까지도 불성을 지니고 있다고 하지 않는가? 나아가서는 생명 없는 무기물까지도 잠재적 생명체로서 불성, 즉 신성을 가진 것으로 설해 왔지 않는가?

그것은 처절한 자기와의 싸움이었고, 이 대단한 사내는 결국 거기에서도 승리를 거두었다. 무려 35분간 집심한 결과였다. 스푼은 지렁이처럼 몸을 오그리더니 기역 자 모양으로 구부러들고 말았다. 그 이상은 휘어지지가 않았다.

이것만으로도 환호작약이었다. 정표는 벽력같이 고함을 지르면서 방문을 박차고 밖으로 뛰어나갔다. 하늘이 맑았다. 대지를 쪼갤 듯이 쨍쨍 내리쬐는 늦여름의 태양 볕이 아니더라도, 이미 정표의 몸에서는 흥건할 만큼의 땀이 다 쏟아진 후였다. 오히려 시원했다. 이럴 때 아마도 옛 선승들은 오도송(惡道

頌)*을 낭랑하게 읊은 것이겠지. 무문관(無門關)**8년 만에 벽을 박차고 나오면서 삼라만상이 손바닥 위에 놓인 것 같은 무한한 도의 경지를 뱃속에 가득 채우고서, 저 청석담(靑石潭) 약수 물보다도 더 시원스러운 게송을 소리 높여 읊었으리라. 정표는 새삼스럽게 인간 정신의 무한한 가능성 앞에 스스로도 왈칵 두려움을 느꼈었다고 말했다.

방문을 차고 뛰쳐나오면서 소리소리 지르는 바람에 승려들과 고시 공부를 하는 젊은이들이 달려 나왔다. 정표는 껄껄 웃으면서 아무 일 아니니 안심하라고 그들을 돌려보낸 뒤 곰곰이 생각해 보았다.

사실인즉 이것은 이론의 현실화에 지나지 않았다. 게다가 누군가가 이미 해낸 일이다. 히말라야의 거봉들도 누군가가 오르고 난 뒤에는 매력이 반감되고 마는 것인데 이미 누군가가 해낸 스푼밴딩이라는 산정(山頂)에 뒤늦게 오른 것이 뭐 그리 대단한 일이란 말인가? 스님네들, 그리고 젊은이들, 미안하기 그지없소그려. 대단찮은 일이오. 부서진 문짝은 내가 수리해 드리리다.

---

* 고승들이 도를 깨닫고 지은 시가.
** 처절한 결심 끝에 무문관에 드는 스님들이 간혹 있다. 즉 한번 들어가면 견성성불 (見性成佛) 하기 전에는 결코 나오지 않을 결심으로 문 없는 방에 들어가는 것이다. 밖에서 공양을 넣어 드리는 구멍이 하나 있을 뿐인데, 깨달음을 얻으면 벽을 박차고 밖으로 나온다고 한다.

단

그러면서도 가슴이 끝없이 출렁거리며 감동이 목구멍을 치밀고 올라오는 것만은 어쩔 도리가 없었다. 보라! 정신이 이처럼 육체에 직접적으로 관계하고 있지 않은가. 마음의 변화만으로 심장이 거세게 뛰고, 마음이 감격한 것만으로 벌써 땀이 흐르고 목이 아파 오지 않는가? 우리는 흔히 피가 '싸늘하게' 식는다든지 '뜨겁게' 끓어오른다든지 말하곤 하는데, 그것은 느낌뿐만은 아닌 것이다. 그것은 실제인 것이다. 그래…… 정신과 육체란 하나의 뿌리를 가진 두 개의 가지인 것이다……. 그날 밤을 뜬눈으로 밝히고 나서 문을 굳게 걸어 잠그고, 정표는 세상 모른 채 긴 잠에 빠져 버렸다.

이틀 동안이나 아무 기척이 없자 사람들이 문을 따고 들어왔다. 고맙소, 이틀 동안이나 무관심해 주셔서. 그동안 나는 꿈 없는 깊은 잠을 잤으니 이 아니 당신네들의 공이겠소? 괜히 찾고 떠들고 깨우고 했더라면 성가시기가 파리 모기보다 더했을 텐데……. 속으로 빙긋빙긋 나오는 웃음을 참고 정표는 우선 계곡으로 내려가 찬물로 온몸을 행구었다. 찬물이 살 속으로 파고들고, 매미 소리가 귓속을 지나 가슴까지 쓸어내리는 것만 같은 기분이었다. 그길로 아랫마을에 내려간 정표는 그동안 참고 참아 왔던 술이며 음식을 실컷 마시고 먹어 댔다. 스스로 생각하기로도 게걸들린 아귀 같은 먹성을 보이며.

어느덧 어스름이 지는 저녁 때였다. 게걸스럽게 채워 두었던

위장도 평정이 되었고, 2홉들이 소주를 혼자서 네 병이나 마셨
는데도 정신만은 이상하게 맑았다. 거참 희한한 일이지! 아무
튼 정표는 슬금슬금 산사로 올라오기 시작하였다.

마을에서 암자까지의 거리는 10리 길쯤 되었다. 하늘에는
조각달이 떠 있었고, 해가 지면서 산 공기는 급속도로 냉각된
것 같았다. 차고 맑은 공기를 깊게 호흡하며 정표는 노랫소리
도 요란하게 산길을 오르고 있었던 것이다.

마을에서 암자까지의 꼭 중간쯤에 사슴바위라고 부르는 이
상한 모양의 암석군이 있었다. 정표는 어렸을 때부터 겁이 없는
아이였다. 무섬증이 없는 사람들이 으레 그렇듯 정표 또한 중
키에 아랫배가 단단하게 나와 보이는 체격이었고, 웬만한 일에
는 눈도 꿈쩍하지 않는 친구였다.

사슴바위는 그 모양이 사슴의 뿔을 닮았다고 해서 붙여진
이름이었다. 아닌 게 아니라 그렇게 보면 그렇게 볼 수도 있었
다. 그 바위에는 1년 내내 금(禁)줄이니, 칠성줄이니 하는 희고
붉은 줄과, 숯이며 솔가지 등속을 매단 새끼들이 치렁치렁 걸
려 있게 마련이었다. 그 줄 하나하나가 우매한 시골 어르신들
의 원망(願望)과 하소연을 낱낱이 매달고 있었던 것이다.

어느 날인가, 그날도 술에 만취한 정표가 그 금줄들을 말끔
히 거두어 버린 일이 있었다. 노력하는데도 스푼밴딩은 잘 되
지 않고 해서 홧김에 술을 마시러 왔다가 올라가는 길에, 무슨

단

기분이 동했던지 좀 야릇한 짓을 하고 말았던 것이다. 그 뒤 동네에서는 야단이 났지만, 범인을 찾아내지 못한 모양이었다. 정표는 속으로 심술궂은 웃음을 웃었다고 했다.

"자네지? 자네가 맞지?"

바로 그 사슴바위 근처에서였다. 뒤에서 한 목소리가 들려왔다. 심장이 제아무리 강한 정표라 하더라도 섬뜩할 만큼 낮게 가라앉은 음성이었다. 그런데도 불구하고 얼핏 알 수 없는 동질감이 느껴지기도 하는 음색이었다.

"누구쇼?"

돌아다보니 40대로 보이는 웬 중년 남자가 뒤를 따라오고 있었다. 그는 왠지 모르게 정표에게 위압감을 주었다.

"자네지? 자네가 사슴바위의 금줄을 건 거야. 그렇지?"

"무슨 상관이쇼?"

정표는 되는 대로 내뱉었다.

"이 친구 취한 것 같군. 난 위결승이라고 하네. 사람이 좀 침착한 데가 있어야지. 그래서야 쓰나?"

중년 남자는 아주 점잖게 충고를 하려 들었다. 이러다가는 까닭 모르고 당하겠다 싶은 생각이 들었다. 해서 정표는 스스로 생각해도 좀 우습다 싶을 만큼 감정을 과장해서 왈칵 성을 돋구었다.

"원 참! 살다 살다 별소릴 다 듣겠구먼! 당신이 결승이든 준

결승이든 위든 아래든 내가 알게 뭐요? 어서 당신 갈 길이나 가시구려."

"이 사람!"

벽력같은 호통 소리가 떨어졌다. 꼭 소리가 커서만이 아니라 단단하기가 금강석같이 야무진 음성이 귀를 파고들었던 것이다. 귀가 멍멍하고 정신이 아뜩해졌다.

"자네가 뭘 하는 사람인지 알고 있네. 거동 수상자라고 해서 자넬 경찰에 신고하지는 않겠지만, 속에 무엇이 든 사람일수록 겉은 평범한 법이야!"

아닌 게 아니라 봉두난발에 하는 일 없이 낮에는 방에 틀어박혀 있다가 밤만 되면 슬금슬금 밖으로 나돌아 다니는 정표를 보고 경찰에 신고한 사람들이 꽤 여럿 있었다. 중년 남자의 호통이 이어졌다.

"그까짓 숟가락 한 자루 구부린 게 뭐 그리 대수로운 일인가? 그래서 얻은 게 뭐야? 국가 재산만 축내지 않았나?"

이거야말로 기절초풍할 노릇이었다.

정표는 어느 누구에게도 자기가 스푼밴딩을 실험하고 있노라고 얘기한 일이 없었다. 그저 이리저리 둘러대면서 한 5~6개월쯤 묵고 가겠다고 이야기했을 뿐이었다. 한두 달쯤 지나자 처음엔 이상스럽게 생각하던 암자 승려나 마을 사람들도 으레 그러려니 할 뿐이었다. 세상엔 별 이상스러운 사람들이 많으니

단

까, 하고 치부하는 모양이었다. 그저 심술기 있는 얼굴에 말썽
이나 안 피우면, 그것으로 고맙겠다는 대우를 받았을 뿐 누가
무엇을 물어 오지도 않았고 술 한잔 같이 나누자는 사람도 없
었던 것이다.

그런데 이 중년 남자는 나를 어떻게 아는 것일까? 정표는 술
이 확 깨는 느낌이었다. 새삼스럽게 중년 남자를 바라보면서 잠
시 멍하니 서 있을 수밖에 없었다.

"미안하네. 자네가 충격을 받은 모양이구먼. 암튼 조심허게.
난 이만 가야겠구먼. 뒷날 또 보겠지."

위결승이란 남자는 뒷머리를 긁적긁적하더니, 정표의 어깨
를 툭 치고서 뚜벅뚜벅 멀어져 갔다.

마치 꿈을 꾸고 있는 것만 같았다. 이틀 동안 길고 깊은 잠
을 자면서 꿈을 꾸지 않았으니까 이처럼 멀쩡한 성시(醒時)에
꿈을 다 꾸는 것일까? 한참 만에 정신을 차린 정표는 휘적휘적
암자로 돌아오긴 했으나 내내 그 위결승이라는 남자의 영상을
지워 버릴 수가 없었다.

"그 말은 맞아!"

새벽녘에 기역 자로 휜 스푼을 보면서 정표는 쓴웃음을 지
었다. 이 기념비적인 스푼밴딩의 성공을 기념하기 위해 벽에 못
을 박고 휘어진 스푼을 걸어 두었던 것이다. '드디어 정신이 물
질계를 지배하다!' 이런 구절을 그 밑에 써둘 참이었는데…….

아닌 게 아니라 그랬다.

설사 염력으로 스푼을 휘고 나아가 그걸 부러뜨릴 수 있다고 해도 그게 뭐란 말인가? 위결승이란 사람의 말마따나 국가 재산을 축내었을 뿐 아닌가? 그리고 내가 너무나 흥분했던 것도 사실이지. 어쩌면 술을 마시면서 헛소릴 지껄이고 있었는지도 몰라. 그 씨부렁거리는 말을 잘 챙겨서 추리를 한 것일 테지. 그렇더라도 그 추리력 한번 기차군! 그뿐 아니라 으스스한 밤중에 사슴바위까지 따라나선 배짱 한번 든든하고! 혹시 저 양반이 내가 아랫마을 예쁘장한 처녀한테 꿍심을 먹고 있는 것도 알고 있는 것 아냐? 훗후후…….

결국 정표는 위결승의 일은 잊기로 했다. 누가 뭐라고 해도 나는 나의 길을 가련다, 하고 작심했던 것이다. 아침 식사가 끝나자 스푼밴딩의 복습에 들어갔다.

그런데 이게 웬일인가?

되질 않는다. 두 시간 가까이 용을 써보았지만 기역 자는 고사하고 꼼짝도 하질 않는다. 스푼을 만져 보았지만 휘려는 조짐도 없다.

"그 결승인지 준결승인지 하는 자 때문이야!"

혼자 이렇게 내뱉고는 온갖 잡념 속에 오전을 다 보냈다. 그러나 생각해 보면 그 사람 때문일 리가 없다. 혹 그 사람 때문에 잡념이 들어와서 집심이 안 되었다 하더라도 그 잡념이 들어오게끔 허용한 것은 결국 나 자신인 것이다. 그 위라는 사람에게도 일말의 혐의가 없는 것은 아니지만 궁극적인 책임은 나에게 묻지 않으면 안 된다.

이렇게 생각하고서 오후에는 후퇴해서 대야 위에 나뭇잎을 띄우던 전 단계로 되돌아갔다. 여간 참담한 노릇이 아니었다. 그렇지만 어쩔 도리가 없는 일이었다.

그런데 이것도 역시 되질 않는다. 자유자재로 할 수 있었던 여러 가지 운동은 고사하고 나뭇잎은 제자리에서 미동도 하지 않는다.

마가 썬 것일까? 아니면 나뭇잎 운동이나 스푼밴딩은 꿈속에서 있었던 일인가? 장자는 꿈속에서 나비가 되고 나서 자신이 나비 꿈을 꾼 것인지, 나비가 장자 꿈을 꾼 것인지 모르겠다고 중얼거렸다더니 내가 그 꼴인가 보다.

어쨌든 속이 부글부글 끓었다. 신경질이 오를 대로 올라서 저녁 공양 시간에 대면하는 몇 안 되는 사람의 얼굴마다 비위에 거슬렀다. 뭐라고 욕이나 퍼부어 줄까 보다 싶은데 꼬투리가 없었다. 심상찮은 외객의 표정을 보고서 절 식구들이 몸조심 입조심을 하고 있었던 것이다.

화는 나한상 앞에서 폭발했다.

암자 입구에는 이름은 알 수 없지만 험상궂은 표정을 한 나한 비슷한 것을 석상으로 만들어 세워 두고 있었다. 두 위(位)

였는데, 그중 하나가 약간 기우뚱하게 15도가량 기울어져 있었다. 높이가 각각 150센티미터쯤 되고, 굵기가 지름 30센티미터 정도 되는 나한상이니까 무게 또한 상당할 것이다. 그걸 보는 순간 알 수 없는 부아가 발끝에서부터 무지개처럼 솟구쳐 올랐다.

"에잇!"

공중에 몸을 휙 날리면서 체중을 실어 나한상의 머리에 일격을 가했다. 발끝이 멍했다. 한때는 쿵후 유단자였는데 이젠 발길질도 마음에 차지 않았다. 씹어 뱉듯 내쏘았다.

"임마! 뭐가 야릇하단 거야?"

돌아보니 그 큰 나한상이 스르르 주저앉는다. 풀썩! 하고 쓰러지는데, 느닷없는 두려움이 왈칵 온몸을 엄습했다. 귀면(鬼面)의 나한, 그 왕방울 같은 눈동자가 독기를 품고서 자기를 쏘아보는 것만 같았다.

"난 갈라요!"

정표는 놀란 모습으로 옆에서 자기와 쓰러진 나한상을 번갈아 바라보는 젊은 승려에게 내뱉었다. 괜히 자기 기분에 내뱉은 화풀이였다. 수백 킬로그램은 족히 될 듯싶은 석상이 힘없이 쓰러지는 것을 보고 쾌감을 느끼기는커녕 은근찌하게 뒤가 켕겼다. 혹 아는가? 저 나한상에 진짜 나한은 아니더라도 무슨 신의 끄트머리 하나쯤 지펴 있을지. 어쨌든 썩 유쾌하지 못한 일인 것만은 사실이었다.

승려들과 같이 지내는 젊은이들이 서로 마주 보며 눈짓을 주고받았다. '어서 가십시오. 환송합니다'까지는 아니더라도, '그래만 주었으면 좀 좋겠소' 하는 눈빛이 완연하다. 망할 것들! 내가 스푼밴딩이 아니라 금동밴딩까지 해서 이 절의 불상을 확 구부려 놓아 버릴까부다! 아까부터 이상하게 알 수 없는 울화가 북받쳐 오르는 것이었다.

짐을 챙긴다고 하지만 가지고 온 게 별로 없는 이상 챙길 것도 별 게 없었다. 애꿎게 염력의 희생이 된 스푼을 힘껏 뒷산 덤불 속에 집어던져 버리고, 정표는 그길로 산에서 내려왔다.

예의 그 사슴바위 근처에서였다. 가까운 곳에 100년은 실히 되어 보이는 적송이 한 그루 서 있었는데, 그 나무 아래에 한 사나이가 결가부좌를 하고 묵중하게 앉아 있는 게 보였다. 한눈에 그 위결승이라는 사람이라는 것을 알 수 있었다. 어떤 직감 같은 것이 그 사람 아닌 다른 사람을 생각할 틈을 허락지 않았던 것이다.

이마에 흰 띠를 질끈 동여맨 채 위결승은 좌선(坐禪)을 하고 있었다. 이번에는 그다지 괴이한 사람으로는 보이지 않는다. 이 벌건 대낮에 그렇게 앉아 있다는 게 어찌 생각하면 가당치 않은 일인데도 불구하고, 왠지 모르게 저 사람이라면 지금 이 시간쯤 저런 모습으로 적송 밑에 앉아 있는 게 마땅하다는 느낌이 들었다.

"가려나?"

결가부좌를 풀면서 그가 물었다. 예의 낮고 단단한 음성이었다.

"어젠 미안했네. 자네에게 했던 말이야말로 내가 들었어야 마땅할 경구였어. 줄곧 참회하고 있는 중일세."

속에 무엇이 든 사람일수록 겉은 평범한 법이라고 일갈했던 바로 그걸 말하고 있는 것 같았다. 정표로서는 유구무언으로 가만히 있을 수밖에 없었다. 하긴 암자 생활 7개월에 말썽을 꽤나 부려 댄 것도 사실이니까. 이 센 스님네들은 말할 것도 없고 아랫동네 사람들까지 그를 슬슬 피하는 지경이니까. 정표는 속으로 쓴웃음을 지었다.

"기특한 젊은이라고 격려를 해주려던 것이었는데, 그게 그렇게 되었구먼. 미안허이."

최소한 위결승의 이 말만은 진심인 것 같았다.

"그땐 죄송했습니다."

정표가 착 가라앉은 목소리로 말했다. "마인드 컨트롤이라는 게 진짜 마인드를 컨트롤할 수 있었으면 좋으련만…… 역시 '정신'은 근본이 아닌가 봅니다……."

"핫핫핫!"

위결승이 유쾌한 너털웃음을 터뜨렸다.

"그래! 마인드를 컨트롤하려고 의지를 세우는 또 하나의 마인드가 있단 말이지? 그걸 정신의 정신, 마음의 마음이라고 불러도 될까? 옳거니! 바로 그걸세!"

"죄송하지만……."

하고 정표는 말했다.

"어떻게 된 건지 전말을 좀 일러 주시지 않겠습니까?"

"가세! 자네가 맘에 들었네. 좀 기패가 있긴 하지만 그게 있어야 수련도 할 수가 있겠지."

위결승은 정표의 의견도 묻지 않고 앞장서서 계곡을 훑어 올라가기 시작했다.

젊은 정표가 뒤쫓아 가기 어려울 만큼의 속보였다. 땀을 비질비질 흘리는 정표를 보고 은근히 속도를 늦추는 것 같이 보이는 데도 힘들기는 매한가지였다.

웬 놈의 걸음이 이리도 빠른고? 게다가 한복 바지저고리를 하고서……. 속으로 중얼거리면서 부지런히 뒤따르기를 한 시간여, 둘은 전혀 다른 느낌을 주는 어떤 공간에 와 있었다.

"여길세."

두 채의 움막집이 보였다. 하나는 이미 오래전부터 사용하지 않았다는 걸 대번에 알 수 있을 만큼 이엉이며 기둥들이 낡고 삭아서 찌그러진 모습이었고, 한 채는 몇몇 군데 손질이 되어 그런대로 두세 사람이 거처로 삼을 만해 보였다.

"자네, 꽤나 더운 모양인데 우리 가서 몸이나 씻을까?"

위결승이 정표에게 하는 말이었다.

두 사람은 그 산막에서 사흘간 함께 묵었는데, 그것은 실로 몇 세기를 훌쩍 건너뛰어서 타임머신 여행을 하는 것 같았노라고 정표는 말했다. 여기서 정표는 길게 호흡을 가다듬었다.*

---

* 서양에서 개발된 정신 수련법은 대부분의 사람들도 그 기법만 익히면 할 수가 있다. 이 책의 독자들이 직접 해볼 수 있는 실험으로서 박정표 군은 '촛불 끄기'를 제시했다. 촛불을 켜서 눈보다 10~15도 위에 위치시킨 다음 앉는다. 그러고 나서 먼저 호흡을 고른 후 양껏 크게 숨을 들이쉬고 멈춘다. 그 후 눈으로 촛불을 직시하면서(눈물이 날 것이나 참는다) 두 팔을 뻗어 손끝으로 촛불 전방 5센티미터에서 촛불을 겨냥하고 기(氣)가 나가 불이 꺼진다고 강력하게 생각한다. 한 번에 되지 않으면 반복한다. 10~30분 정도에 웬만한 집중력을 가진 사람이라면 촛불이 출렁이거나 꺼지는 것을 보게 될 것이다. 익숙해지면 1~2미터 전방에서도 가능하게 된다. 즉 장풍(掌風)인 것이다. 이 밖에도 박정표 군은 '정신 치료', '정신력으로 도수 변화시키기', '식물 성장 촉진염력' 등 많은 실험 성적을 올리고 있다.

# 선도를 말하는 이인

밤이 되었다.

산막 속에서 맞이하는 밤. 밤은 음습하다. 바람 소리만 깊어도 우우 우우 하며 금방 괴이한 눈을 가진 야차(夜叉)가 나타날 것만 같더니, 그래도 불을 밝히자 두려움이 조금 가셨다.

"자네 지금 겁먹고 있는 거 아닌가?"

위결승이 묻는 말이었다.

"솔직히 말씀드려서…… 혹시 야수들이라도 들이닥칠지 모르잖습니까?"

웃으면서 농담 삼아 한 말이었지만, 한편으로 그런 생각이 아니 드는 바도 아니었다. 아닌 게 아니라 처음 듣는 짐승 울음소리가 점점 또렷해지고 있었다.

"걱정 말게. 내가 이곳 살림 열일곱 달쩰세. 그동안 아무 일 없었네. 그런데 하필이면 첫 손님이 온 날이겠는가?"

"저도 스스로는 꽤 담차다고 자부하고 있었습니다만…… 설악산이란 곳이 워낙 깊은 데라서……."

"저길 한번 보게나!"

위결승이 가리키는 곳을 바라보다가 정표는 흠칫 놀라지 않을 수 없었다. 조금 전에 목욕했던 그 개울가였다. 불과 50미터 거리에 접시만 한 불빛 하나가 설레설레 움직이고 있었던 것이다.

"저게 뭡니까?"

한쪽 무릎을 위결승 쪽으로 당겨 앉으면서 정표는 머리털이 쭈뼛 곤두서는 느낌이었다. 등골에서 오한이 흘러 좌르르 척추를 타고 내렸다.

"왜? 산군(山君)이라고 하면 믿겠나?"

"에?"

"으레껏 나타난다네."

"하지만 우리나라에선 이미 범이 멸종됐잖습니까?"

"그럼 저게 뭐란 말인가? 한번 이쪽으로 불러서 보여 줘야 믿을 텐가?"

"원, 천만에요!"

오늘 밤 잠은 다 잤다 싶었다. 아무리 야수라 하더라도 불이 있는 한 가까이 오지는 못할 것이다. 그러나 전혀 무장도 안 된 상태에서 맹수와 마주친다는 건 어쨌거나 소름 끼치는 일이 아닐 수 없었다. 다만 왠지 모르게 이 위결승이라는 사내의 침착함과 의연함이 마음에 위로가 되었다. 이 사내가 자기 말처럼 여기서 열일곱 달 동안이나 홀로 살아왔다면, 내가 왜 하룻밤쯤 예서 묵지 못하랴, 하는 오기도 생기는 것이었다.

찬찬히 정표의 표정을 살피던 위결승이 산막의 문을 잡아당겨 끈으로 비끌어 맸다. 그러고는 정표를 바라보며 싱긋 웃었는데, 그것은 그의 오늘 첫 번째 웃음이었다.

정표는 위결승으로부터 몇 가지 질문을 받아야만 했다.

"자네는 왜 그런 외래식 공부에만 열중하는 겐가?"

"외래식이라뇨?"

"이 사람! 자넨 지금껏 그래 오지 않았는가?"

생각해 보니 그건 사실이었다. 기독교라는 건 분명 우리 종교가 아니었다. 마인드 컨트롤도 미국에서 시작된 것이며, 심령과학을 비롯해서 정표 자신이 알고 있는 철학·종교·과학 이론의 거의 전부가 외래식이라면 외래식인 것이 사실이었다. 하지만 어쩐단 말인가? 정표는 항의하지 않을 수가 없었다.

"세계는 넓습니다. 왜 하필 우리 것이어야 합니까? 선진국으로부터 배울 것은 배워야지요!"

"선진국?"

"그렇죠. 보십시오. 지금 세계를 지배하는 게 누굽니까?"

"여보게……."

위결승은 기가 막힌다는 듯이 말했다.

선도를 말하는 이인    43

"여보게, 지금이 몇 년인지 아는가?"

"몇 년이라뇨? 도대체 무얼 물으시는지 알 수가 없습니다."

"올해가 도대체 단기 몇 년이던가?"

"아, 네…… 2333이니까 1983에다 2333을 더하면……."

"이 사람! 박정표 군!"

벽력같은 호통과 함께 그의 이름이 토막토막 되어 귓전을 때려 왔다. 위결승은 단단히 화가 난 모양이었다. 무서운 안광으로 정표를 쏘아보았다. 그러나 태도만은 여전히 침착했고, 예의 튼튼한 가부좌만은 그대로 유지하고 있었다.

"죄송합니다. 세상이 세상이니만치……."

정표는 사과를 했다. 위결승이 조금 사이를 두고 말했다.

"내게 사과할 건 없네. 하지만 바로잡을 것은 바로잡아야겠어. 차라리 일제 치하에서 우린 더 민족적이었을 거야. 해방 이후 우리들이 해온 꼬락서니라니……. 그건 추종도 아니고 모방도 아냐! 그건 어중이떠중이일 뿐야. 그리고 그건 지리멸렬이고 횡설수설이고, 한마디로 엉망진창이 아닌가?

그들이 과학의 선진국인 건 나도 아네. 하지만 그들이 정신 면에서도 선진국이란 말인가? 미국이란 나라가 숱한 사회문제로 골치를 썩히고 있는 거 자네도 알지? 그래서 탈출구를 찾지 못한 젊은이들이 반전 데모다 히피다 마약이다 해서 거리로 쏟아져 나왔었는데, 요샌 동양사상이 인기라면서? 크리슈나무르티니 라즈니쉬니 하는 이들의 책이 베스트셀러가 되는가 하면, 선(禪)도 하고, 요가도 하고, TM(초월명상)도 하고, 주역이나 우파니샤드에도 관심들이 많다고 들었네. 그들은 그 잘난 선진 과학으로 아담이 잃어버린 낙원을 되찾는 데 실패한 거야!

지혜는 바로 우리에게도 있는 걸세. 왜 찾지 않는가? 왜 우리 것을 찾지 않느냔 말일세. 그 잘난 서구식 방법으로 자넨 숟가락을 휘는 데 무려 일곱 달이 걸린 모양이네만, 어떤가? 자네는 내 마음을 들여다볼 수가 있겠나? 여기 앉아서 집 밖에서 일어나는 일을 투시할 수가 있겠나?"

"그렇다면……"

정표는 긴장한 채 물었다.

"그렇다면 그건 투시였습니까?"

"허어……."

위결승은 기가 막힌다는 듯이 혀를 끌끌 찼다.


그렇게 해서 정표는 위결승으로부터 전혀 뜻밖의 이야기를 듣게 되었다. 그런데 위결승의 이야기는, 정신력의 가능성을 굳게 믿고 있다고 자부하는 정표로서도 거의 믿기지 않을 만큼 충격적인 것이었다. 그 앞에서는 고작 스푼밴딩을 가지고는 이야깃거리가 될 수 없었다. 그야말로 경천위지의 갖가지 능력이 계발되는 단군 이래 우리 고유의 정신 수련법 이야기에 정표는 넋을 잃을 지경이었다고 했다.

원래 이 수련법은 선도(仙道)에 속하는 것이라고 한다. 선도라면 유불선이라고 보통 쓰이는 용어가 있어서 그리 낯선 것이라곤 할 수 없었다. 그러나 반드시 그런 것만도 아니었다.

유교나 불교는 거의 전 면모가 세상에 알려져 있는 데 비해서, 일반 상식적으로 알려져 있는 선도는 거의 없었다. 있다면 대부분이 가벼운 농담이나 분위기 정도로서일 뿐, 바로 이거다 싶은 책 한 권 변변히 골라낼 수가 없는 것이 사실이었다.

신선놀음에 도낏자루 썩는 줄 모른다는 속담 정도에, 신선하면 도복을 입고 꼬불꼬불 이상한 지팡이를 짚은 모습에 더러는 학을 타고 날아간다는 정도가 보통 사람들에게 알려진 선도였다. 그런 것이라면 전설이나 재담 이상의 아무런 의미도 없는 것이다. 도대체 어디서부터 그 전체 면모를 포착할 수 있을 것인가?

선도의 목적은 무엇일까? 신선이 되는 것? 그렇다면 그 방법은? 단약(丹藥)을 구해야 한다는 설도 있고, 수련을 해야 한다는 설도 있는 모양인데, 단약이라면 어디서 어떻게 구할 것이며, 수련이라면 누구의 지도를 받을 것인가?

그리고 그런 훌륭한 도(道)가 실제로 존재했었다고 한다면 어찌하여 근거가 남지 않았을까? 신선이 되어 날아갔다고 전하는 장량(張良)도 다른 기록에 의하면 졸(卒)했다고 적혀 있고, 불로초를 구하러 봉래산으로 떠났다는 서시(徐市) 일행도 결국은 실패하였다고 하니, 진시황도 못 해낸 그 지난한 사업을 오늘날 누가 해낸단 말인가.

"그게 아닐세."

하고 위결승이 말했다.

"신선이 되자는 얘기가 아냐. 그 방법이 가진 장점을 살려서 정신 계발을 하자는 걸세. 선도에는 현대 과학이 따르지 못할 만큼 탁월한 효과가 있는 숱한 비법이 있거든. 우선 간단한 예로 나는 격벽투시(隔壁透視)를 할 수 있어. 그뿐인가? 수련이 조금만 정진되면 미래와 과거사를 볼 수 있네. 한눈에 책 열 페이지나 스무 페이지를 외는 것은 쉬운 일일세. 그런데 이건 암기와는 달라. 암기는 반복에 의해서 습관적으로 남는 현상이지만, 이것은 예컨대 마이크로필름과 같아서 언제든지 재생해볼 수가 있단 말일세. 10년 후라 하더라도 정확하게 그것을 기억해 낼 수가 있거든. 그 밖에도 열거하기 어려울 만큼 많은 능력이 계발된단 말일세. 물론 그것은 우리 내부에 잠자고 있는 능력을 일깨우는 것일 뿐, 이건 결코 사술(邪術)도 아니고 신비주의도 아냐. 이걸 배워서 신선이 되고 싶은 사람은 되라지. 그러나 내 말은 이것을 활용해서 우리 모두 좋은 세계를 만들어 나가자는 말일세……."

"그렇다면 말입니다." 하고 정표는 묻지 않을 수가 없었다.

"어째서 그 놀라운 정신 계발법이 아직껏 인류 역사의 표면에 나타나지 않았습니까? 배운 이들이 모두 우화등선해 버렸던가요?"

"자네가 모르는 말일세. 자네 혹시 김시습이 단학(丹學)*을 수련했다는 걸 알고 있나?"

"전혀 처음 듣는 얘깁니다."

"그것 보게. 김시습은 단학, 즉 신선도 수련에 관한 저서까지 낸 사람일세. 아다시피 그는 천재일세."

"사실인가요? 그 책의 이름이 뭡니까?"

"「천형(天形)」,「용호(龍虎)」,「복기(服氣)」,「수진(修眞)」일세. 그럼 자네 혹시 홍의장군 곽재우가 선도 수련가였음을 아는가?"

"임란의 명장 곽재우 말입니까?"

"물론! 같은 이름의 다른 장군이라도 있었던가? 보게. 장군께서 지으신 한시(漢詩)가 여기 있네."

위결승이 건네 준 책은 이능화가 지은 『조선도교사』였다. 이 책은 선도와 도교에 관해서 여러 자료를 집술한 것이었다. 정표는 245페이지 중간에 있는 곽재우 장군의 한시를 따라 읽어

---

* 단학은 곧 우리 민속 고유의 선도이다. 세상에서는 흔히 무슨 단약을 만들어 먹음으로써 신선이 되는 것으로 알려져 있고, 또 책에도 그렇게 기록된 데가 많다. 만령단이니 은단이니 하는 약제들도 둥글게 뭉친 것이라는 뜻 외에 이런 신선도의 영향이 있었을 것이다. 그러나 우화도인에 의하면 단이란 자기 내부에서 형성되는 원신(元神), 즉 요즈음 말로 하면 '진정한 자기(自己)'이다. 그것은 수련을 통해서 처음에는 기로써 단전에 모인다고 한다.

보았다.


벗들은 내가 화연 끊음을 안타까이 여기어(朋友憐吾絶火烟)

낙강가에 초옥을 함께 지었네(共成衡宇洛江邊)

배 주리지 않게 다만 솔잎만 먹고(無飢只任啗松葉)

옥천의 물 마시니 목마르지 않네(不渴猶憑飮玉泉)

고요를 지키어 거문고 타니 마음 담담하고(守靜彈琴心澹澹)

문 닫고 조식*하니 뜻만 깊어라(杜窓調息意淵淵)

한 백 년 지나서 도통한 후면은(百年盡過亡羊後)

날 보고 웃던 이들 날 신선이라 이르리(笑我還應稱我仙).


"보게나."

하고 위결승은 말했다.

"여기 연화(烟火)를 끊고 솔잎만 먹으며 조식을 해서 신선이
되리라고 되어 있네만, 홍만종의 『해동이적(海東異蹟)』과 『명신
록(名臣錄)』, 이수광의 『지봉유설(芝峰遺說)』 등에 곽 장군의 기
사가 보이네. 솔잎만 먹고 벽곡(辟穀)**을 했다든가 방술(方術)
을 배웠고, 연기법(燕氣法)을 했다고 기록되어 있지. 하나 그뿐
이 아닐세. 을지문덕, 최치원을 비롯해 토정 이지함, 위한조, 권

---

* 호흡을 고르게 하는 것. 호흡법은 선도 수련의 시작이며 끝이다.
** 음식을 먹지 않거나 극소량만 먹는 것. 여러 가지 정신·육체적인 이로움이 있다.

선도를 말하는 이인

극중, 홍유손 등 고려·근세조선에 이르기까지 우류(羽流)의 기풍 있는 명인들의 예를 들자면 한이 없을 걸세. 우리는 신라시대에 화랑도가 유불(儒佛)과 나란히 한 유(流)의 가르침으로 생생하게 살아 있었음을 알고 있네. 이거야말로 국선도(國仙道)일세."

"그렇다면 왜 일반인들에게 잘 알려지지 않았을까요?"

"두 가지로 생각할 수 있겠지."

"설명해 주십시오."

"우선 하나는 이기심일 거야. 또는 달관의 결과라고나 할까. 그건 이렇네. 선도의 고수? 좀 뭐하네만 아무튼 높은 경지에 오르게 되면 세상일의 앞뒤가 명경알같이 훤히 내다보이게 된단 말일세. 그러니 어떻게 되겠는가? 이미 운수가 정해진 일에 뛰어들어서 되지 않을 헛된 노력을 할 필요가 있을까? 내가 아니어도 될 일은 되고, 내가 나선다 해도 안 될 일은 안 될 거라고 한다면 구태여 세파에 몸을 더럽히고 싶지 않았을 테지. 게다가 당시의 사회 풍토 속에서 자칫 잘못하다가는 이단이네, 사문난적이네, 요망한 무리네 해서 살아 배기기도 어려웠을 테고. 고려시대엔 불교가 국교로 인정되었고, 근세 조선시대엔 유교가 좀 극성스러웠는가? 그뿐인가? 선도란 지난한 것인데 섣부르게 선기(仙機)를 누설했다가 제자가 다 배워 내지 못하면 무슨 누가 돌아오겠는가? 이런저런 이유 때문에 모두들 굳게 입을 다물거나. 혹 저서를 남긴다 해도 『옥추경(玉樞經)』에서 보듯이 난해한 괘효를 사용했기 때문에 후인들로 하여금 진위를 분간하기 어렵게 하거나 교묘한 방법으로 묵시적 표현을 사용했을 것이네."

"나머지 한 가지 이유는 뭡니까?"

"비단 선술(仙術)이 아니더라도 모든 이기(利器)란 결국 흉기(凶器)이기도 하거든. 비인부전(非人不傳)*일세. 그러나 누가 참된 그릇이란 말인가? 종교는 대부분 교종(敎宗)과 심종(心宗)으로 되어 있는 법인데, 선도란 예컨대 심종이야. 정밀하게 사람을 분별하여 남모르게 의발(衣鉢)이 전수되니 일반인들이 알 수 없는 건 당연한 게지."

"그렇군요."

"조선시대 이인이었던 정북창**은 선학파에서는 널리 알려진 분일세. 그는 공부에는 순리 공부와 역리 공부가 있다고 보았네. 선도를 통한 공부란 북창에 의하면 역리 공부일세.

삼가 생각건대 고인이 말하기를 순리로 하면 사람이 되고, 역리로 하면 신선이 된다고 한다. 대개 하나가 둘을 낳고, 둘은

---

* 중국의 유명한 서예가 왕희지의 말. 정신적으로 성숙한 사람이 아니면 예(藝)와 도(道)를 전하지 않는다는 뜻.
** 그는 『선인록(仙人錄)』에 이름이 올라 있다고 한다. 뒤에 나오는 이 책의 주인공 우학도인은 북창이 쓴 『용호결(龍虎訣)』을 선도 수련의 길잡이로 보고 있다.

넷을 낳고, 넷은 여덟을 낳고 하여 64에 이르고, 더 나아가 만사(萬事)에까지 이르는 것이 인도(人道)이다(순리 공부).* 가부좌를 틀고 단정히 앉아 발[簾]을 드리운 듯이 눈을 감고 만사의 분요(紛擾)한 잡념을 걷어치우고 일심(一心)을 아무것도 없는 태극(太極)에 돌리면 태극이란 곳이 곧 선도(仙道)인 것이다(역리 공부).**

이처럼 공부에는 두 가지의 길이 있는 것일세. 공문(孔門)의 예를 들어 볼까? 『역경(易經)』「계사전」에 이런 구절이 있네.

'역(易)은 무사야(無思耶)하며 무위야(無爲耶)하야 적연부동(寂然不動)이라가 감이수통천하지고(感以遂通天下之故)하나니, 비천하지지신(非天下之至神)이면 기숙능여어차재(其孰能與於此哉)리오.'

그건 이런 뜻일세. '역이란 생각함도 없고 행위하는 것도 없이 고요히 움직이지 않으면서도 결국 천하의 연고를 느껴 통하게 되는 것, 하늘 아래 지극히 신령한 자 아니면 그 누가 이러할 수 있으랴.'

「계사전」은 공자께서 『역경』 원문을 증연하신 것으로 알려

---

* 순리 공부란 과학적 지식 습득을 비롯한 세속적인 모든 학문 체계를 가리킨다.
** 역리 공부란 굳이 선도가 아니더라도 직관(直觀)을 수련하는 모든 길을 가리킨다. 종교든, 신비주의든, 또는 초과학이든.

져 있네. 그렇다면 이 구절 또한 공자의 말씀인 거야. 그런데 어떻게 '고요히 앉아서 천하만물의 변화를 다 알 수'가 있단 말인가? 이것이야말로 유교의 심법인 것일세.

우리는 흔히 유교에는 심법이 없고, 다만 일용사물지학(日用事物之學)일 뿐으로 알고 있는데 오핼세. 우리에게 익히 알려신 『논어』, 『중용』, 『대학』 등의 책은 확실히 정치학·윤리학적 요소가 많은 게 사실이네. 물론 약간의 형이상학이 없는 건 아니지만. 그런데 이걸 후대에 전한 주체가 누구던가? 증자(曾子)[*]가 아닌가? 증자는 공문(孔門)의 교종일세. 불교의 아난이나 사리불에 해당된다고나 할까? 공문의 심종은 안자(顔子)[**]야. 불교의 마하가섭(大迦葉)이지. 그런데 불행하게도 안자가 서른세 살로 일찍이 돌아가심으로 해서, 심종은 다시 공자의 묵시(默示)로 거슬러 올라가 근거를 구하지 않으면 안 되게 되었네. 그러니까 유교에서 심종이 약화된 비극은 전적으로 안자의 조졸(早卒)에 있었던 거야. 그런데 이 유교의 심법 또한 선도와 다르지 않네. 이 점이 중요해. 장량과 진평 등이 장막 안에 앉아서

[*] 본명 증삼(曾參). 지극한 효자였고, 공자의 가르침을 자사자(子思子)에게 전한 성자. 몹시 노둔했으나 지극한 정성과 노력으로 공자의 후계자가 될 수 있었다.
[**] 본명은 안연(顔淵). 공자의 3천 제자 중 으뜸이었다. 공자로부터 가장 높은 수준의 칭찬과 격려를 받았다. 덕행과 지혜의 모든 면에서 선배들을 능가했으므로, 예를 들어 자공(子貢) 같은 천재도 제자 안연에게는 자기가 당할 수 없음을 흔쾌하게 인정할 정도였다. '하나를 가르치면 열을 안다'는 말은 자공이 안자를 일러 한 말이다.

선도를 말하는 이인

천리 밖의 일을 손바닥 보듯 알았다는 건, 그들이 정신 수련에 정통했음을 단적으로 증명하는 것일세. 유명한 예로 제갈공명은 왜 언제나 백우선(白羽扇)을 들고 다녔는지 자넨 아는가? 부채가 겨울철에 무슨 소용인가? 그런데도 그는 1년 내내 부채를 가지고 다녔네. 그것은 그의 도사 복색과 무관한 게 아닐세."

"그럼 제갈공명도?"

"허어…… 안 되겠구먼. 내가 우학도인을 뵙도록 해줌세. 우학도인은 우리나라 단학 선도의 도맥(道脈)을 쥐신 분일세. 그분에게서 자네는 많은 것을 사사할 수 있을 거야. 내 짧은 지식도 그분으로부터 배운 게 대부분일세. 자, 오늘은 이만 자고 내일 일어나서 이야기도 더 하고, 집 구경도 하세나그려."

"선생님 이야기도 듣고 싶습니다."

"싫어! 내 전력은 공개하지 않겠네. 자네가 우학 선생님 이야기를 듣고 나면 내 이야긴 상대적으로 왜소해 보일 테니까. 핫핫핫! 하나 꼭 그 때문만은 아닐세. 자, 이만 잘까?"

그러나 정표는 잠이 올 리가 없었다.


"모두가 그런 식이었네."

정표의 말이었다. "그동안 난 여기서 지난날의 방황과 무절제를 참회하고 있었지. 넉 달이 넘었네. 한편으론 우학 선생님을 뵐 사전 준비도 해두었지. 손이 닿는 대로 동양사상 전반과

과학·철학 또는 선도에 관한 책들도 읽고……. 어때? 다음 주쯤 나랑 동행하지 않겠나?"

"자네까지 신기한 사람으로 보이는 마당일세. 생각해 보지."

"고맙네. 허락해 주어서. 다음 주 토요일일세. 종로에 있는 호수다방에서 만나세. 6시까지 오면 좋을 거야."

"이 친구! 난 승낙하지 않았어!"

"한번 뵙고 맘에 들지 않으면 빠지게나. 그렇지만 그렇게는 안 될걸! 자네는 결코 이 기막힌 세계로부터 빠져나갈 수가 없을 걸세. 자, 이제 그간 밀렸던 친구로서의 이야기나 할까?"

예나 이제나 난 녀석의 행동력에 휩쓸릴 뿐이로구나. 모르겠다. 녀석의 말대로 싫으면 그때 포기해도 늦지 않을 것이다. 나로서도 현대의 이인(異人)이라는 그 우학도인이 한 이야기에 은근히 흥미가 동한 것이 사실이었다.

이렇게 해서 나는 내 친구 정표와 같이 우학도인 권필진(權弼晉) 옹을 방문하게 되었다. 물론 그사이에 나는 나대로 사전 준비를 했다.

드디어 그날이 왔다. 박 군은 자기대로 미리 연락을 해둔 모양이었다. 그는 약간 들떠 보였다. 우리는 마치 제갈공명을 찾아가는 유관장 삼 형제처럼 흰 눈에 덮인 고갯마루를 올랐다.

서울 시내에 이런 곳이 있다니! 종로에서 불과 10~20여 분의 거리에 이처럼 조용하고 맑은 동네가 있으리라고는 미처 생각하지 못했었다. 게다가 인적도 드문 이곳, 청결한 백설이 그렇게 마음에 반가울 수가 없었다.

나는 가벼운 흥분을 느끼고 있었다. 도대체 우학도인은 어떤 분일까? 그리고 무슨 말씀을 듣게 될 것인가? 20세기에 선도라? 아무리 해도 격이 맞지 않는 두 개념인 것만은 분명하다. 곧 밝혀질 것인데도, 내게는 갖은 상상이 이리저리 튀고 내달아서 스스로를 종잡을 수가 없었던 것이다.

그때 내게 인도의 요기(yogi) 파라마한사 요가난다가 떠올랐다. 그는 인도에서 태어나 미국으로 건너간 20세기의 대표적 요가 수행자였다. 로스앤젤레스에 SRF(자아실현 동지회)라는 단체를 창립했는데, 그의 자서전에는 갖가지 초능력과 신비술에 대한 언급이 많다.

700살을 살았다는 히말라야의 성자, 공중에 높이 뜬 채 머무는 성자, 몸을 두 곳에 나타내는 요기, 잠 자지 않는 이인 등 숱한 인물들의 이야기가 적혀 있었다. 그뿐이 아니었다. 어떻게 해서 그런 기적이 가능한 것인지에 대한 철학·과학적인 설명도 있었다. 또한 그는 간디와 라빈드라나트 타고르, 테레사 수녀 등과도 교분이 있었다고 하는데, 나를 또 한 번 놀라게 한 것은 아빌라의 테레사 수녀의 이야기였다.

16세기 스페인 사람인 아빌라의 테레사는 당시 30대의 젊은 나이였다고 한다. 그런데 놀랍게도 테레사 수녀는 먹지 않고

단

살았다는 것이었다. 즉 그녀는 하루에 오직 영성체된 빵, 얇기는 종이와 같고 크기는 동전만 한 빵 한 조각씩 먹을 뿐으로 육체를 건강하게 유지했다고 하니 얼마나 놀라운 일인가?

사람은 하느님의 말씀으로 사는 것이지 빵으로 사는 것이 아니라는 것이 글자 그대로 증명되는 셈이다. 그 밖에도 가톨릭의 옛 성자들 중에는 유명한 아시시의 성 프란체스코처럼 갖가지 새와 짐승들이 성자의 주위에 몰려들어 찬양하는 경우도 있고, 가끔씩 공중부양* 현상을 일으키는 분들도 많았다고 했다. 하기는 그 쇠약한 몸으로 수억의 인도인을 단합시켜 대영제국과의 투쟁에서 승리한 간디의 삶 또한 위대한 기적의 하나라고 할 만했다.

그러나 그건 어디까지나 먼 나라의 일이요, 아니면 아득한 과거사에 지나지 않는다. 구태여 먼 나라가 아니더라도 300~400년쯤만 거슬러 올라간다면 이 나라, 이 땅에서도 그런 도인과 성자들이 있었을지 모른다. 그러나 지금은 과학의 시대

---

* 17세기의 코페르티노의 성 요셉은 공중에 뜨는 성자로 기독교에서 유명하다. 그의 기적은 목격자들을 통해 충분히 입증되었다. 성 요셉은 진정한 신의 영혼 속에 들어간 초세속적 마음의 세계를 보여 주었다. 그의 수도원 동료들은, 그가 식기를 들고 천장으로 떠오르지 않을까 해서, 그를 같은 식탁에 앉아서 식사하도록 내버려 둘 수가 없었다. 성 요셉은 곧잘 수직비행을 하곤 했는데, 그때에는 돌로 된 성상(聖像)도 함께 떠서 공중에 원을 그리며 떠돌곤 했다.
아빌라의 성 테레사도 몸이 공중에 떠서 매우 곤란을 당하곤 했다. 성 테레사의 육신은 스페인의 알바 교회에 누워 있는데, 4세기 동안 부패되지 않고 있을 뿐만 아니라 꽃향기가 그 주위에 풍기고 있다(『구도자 요가난다』 참조). 현재 미국에서 보편화된 TM에서도 공중부양 현상은 중요시되고 있다.

다. 오늘날 우리는 부활하신 예수의 옆구리에 있는 창 자국에 손가락을 넣어 보고서야 스승의 부활을 믿겠노라고 말했던 도마와 같은 의식을 가지고 있다. '보지 않고 믿는 자는 복되도다' 라는 성서의 말씀은, 과학의 자식들을 설복하는 데 흔히 무력함을 드러내 보여 주는 것이 지금의 현실이 아닌가?

나는 초등학교 1학년 때에 대통령에 뜻을 둔 일이 있었다. 이승만 할아버지처럼 되고 싶었던 것이다. 그러나 그것도 잠시, 나의 꿈은 바뀌어 성자가 되는 게 소원이 되었다. 소크라테스나 공자·석가모니·예수 등이 나를 까닭 모르게 매혹시키기 시작했기 때문이다.

물론 나는 그분들에 대해서 막연하게밖에는 알지 못했었다. 겨우 교과서에 실렸던 '인류의 스승들'이라는 몇 페이지의 약전이 전부였으니까. 그러기에 그 꿈 또한 곧 포기할 수밖에 없었던 것이다. 성자가 된다는 건 꿈꾸는 것만으로 될 일이 아니었다. 나의 희망은 격하되어 현자 정도로 되었고, 그것마저도 2~3년 후엔 포기하지 않으면 안 되는 비참한 지경에 빠지고 말았다.

그것 또한 아무나 꿈꿔도 좋을 만큼 호락호락한 목표가 아니었다. 벌써 그쯤만 되어도 태어날 때부터 하늘의 은밀한 섭리가 작용하고 있는 걸 알게 되었다.

어머니 되실 분이 사전에 신령스러운 신탁을 받아야 했고,

태어날 때에는 문간 밖에 서기(瑞氣)가 어려서 이레 동안 머무르며, 웬 이승(異僧)이나 고사(高師)가 아이의 장래에 대해서 경탄스러운 예언을 해야 한다. 그뿐이 아니었다. 석 달이면 말을 해야 하고, 세 살에는 시를 지어야 하며, 일곱 살에는 사서삼경을 줄줄 외워서 가엾은 훈장 선생님을 당혹시켜야 한다. 외모부터가 귀골이어야 하고, 운명적으로 세상의 부름을 받아 나아가야 하며, 그에게는 그에 합당한 일이 기다리고 있어야 하는 것이다.

그러나 내게는 그런 이사(異事)나 조짐이라곤 아무것도 없었다. 해서 나는 현인이 될 꿈도 포기하는 수밖에 없었다. 학기말 시험에 영어 단어 외기도 바쁜 주제에 감히 신동을 거쳐 현인이 되기를 바라다니! 참람하기 그지없는 일이었다.

그다음에 내가 뜻을 둔 것은 시인이었다. 나는 이번에는 특별히 더 조심하기로 마음속으로 다짐했다. 말하자면 시인에의 꿈을 내 속내에만 감추어 두기로 한 것이다. 가끔씩 치러지는 교내 백일장 같은 데서 곧잘 장원을 차지하곤 했으면서도, 나는 내 속마음을 공공연하게 드러내지는 않았다. 몇 차례의 실패가 나를 주눅 들게 만들었던 것이다.

나는 아주 나약한 소년이었던 모양이다. 나의 욕구는 점점 안으로 안으로 침잠하였고, 그것은 결국 공상적이고 몽상적인 나의 본능을 일깨웠다. 이때 나타난 것이 위대한 『삼국지』였다.

나는 지금까지도 이보다 더 거창한 인간 소설을 알지 못한다. 그것은 신과 역사가 합작으로 엮어 낸 웅혼무비(雄渾無比)의 대드라마였다.

『삼국지』에는 수백 명의 인물이 등장한다. 특히 그중에서도 나를 매혹시킨 것은 제갈공명이었다. 그는 당시의 나에게 유일한 히어로였다.

제갈량에게는 내가 꿈꾸다 실패한 것들을 보상해 주는 요소가 충분히 있었다. 그는 현인이었고, 수십 만 대군을 지휘하는 군사(軍師)에 한승상(漢丞相)이었다. 그의 육신은 연약했으나 그럼에도 불구하고 그는 뭇 맹장들의 지도자였다. 무용에 있어서 누구에게도 뒤지지 않을 오호대장(伍虎大將)*들도 공명의 지혜 앞에서는 머리를 숙였다.

그는 또한 대단한 문장가였다. 뿐만 아니라 세사에 초연한 신선의 풍도가 있었으며, 불의에 맞서서 비장하게 목숨을 걸 줄 아는 협객이기도 했다.

그는 영원(永遠)·고아(古雅)·이상(理想)·탈속(脫俗)의 세계에 속해 있었다. 그러나 그 역시 한때의 히어로였을 뿐, 결국은 내 앞에서 사라져 갔다. 나는 어느 사이엔가 그런 고상한 단어들

---

* 관우(關羽)·장비(張飛)·조운(趙雲)·마초(馬超)·황충(黃忠) 등 후한(後漢) 촉(蜀)의 다섯 장수. 『삼국지』를 읽은 사람이라면 이들의 용맹이 얼마나 대단했는지 잘 알고 있으리라.

단

위에다 현실이라는 이름의 때와 누를 잔뜩 끼었고 있었다. 그런 생활 속에서 나는 공상을 자제하지 않으면 안 되었다. 섣부른 공상은 이제 와서 어떤 식으로든 해가 되면 되었지, 결코 득이 될 수는 없는 일이었다.

그러나 꿈을 포기했다고 해서 그 영상이 아주 지워졌을 리가 있겠는가? 평범한 사회인으로서 하루하루를 혼란과 질곡 속에 살고 있는 나 자신을 바라보다가, 불현듯 내 뇌리를 치고 들어오는 어린 시절의 꿈과 희망……. 고통스럽고 불만족스러운 현실로부터 떠나 희망과 자양분을 함께 취하고 돌아올 수 있는 고향이 있다면 그것은 바로 옳고 위대한 이들의 초월성을 바라며 지냈던 어린 시절이었으니……. 나는 그런 생각에 젖어 못다 이룬 소년시절의 꿈을 온통 이 방문에다 결부시키고 있었던 것이다.

"어서 오십시오. 헛걸음이나 안 하시게 되실지 모르겠습니다. 그 경운(耕雲, 위결승)이란 친구 좀 느닷없는 데가 있어서. 허허허……."

나와 박 군이 큰절을 올리자 사양하시다가 맞절로 받으시고 나서 하신 우학도인의 첫 말씀이었다. 우리는 내주시는 자리에 나란히 앉았다.

아닌 게 아니라 한눈에 보아도 도골선풍(道骨仙風)이었다. 키는 중키였지만 바른 체격에 무엇보다 얼굴이 붉게 잘 익은 대춧빛이었으며, 깊게 가라앉은 눈빛은 밖을 보는 듯 안을 응시하고 있었다. 깨끗한 도복을 입고 머리에는 흰 띠를 하셨는데, 뜻밖에도 목소리가 힘찼다. 듣기로는 올해 95세 되신다는데…… 도대체 100살 가까이 되신 노인의 얼굴에 주름살이 없으니 이 또한 선도를 닦으신 공덕일까?

"여기가 선생님 공부방인가 보군요. 아까 들어오면서 선생님께서 글을 읽으시는 걸 듣느라고 한참이나 서 있었습니다. 무슨 책을 읽으셨습니까?"

수인사가 끝나고 내가 묻는 말이었다. 좀 평범하다 싶은 생각이 들기도 했지만, 오히려 우학도인의 태도는 시원시원하고 유쾌해 보였다.

"『도덕경(道德經)』이지요. 가끔씩 읽습니다."

"네에…… 『도덕경』을 남기신 노자는 보통 도교의 비조처럼 알려져 있는데 도교와 선교는 결국 같은 것이 되겠습니까?"

"어디 도교·선교·유교·불교·기독교의 구분이 있을까요?"

"네?"

"이름이 도교고 이름이 선교지, 어디 본자리가 둘이겠습니까? 백두산 오르는 길이야 만주 쪽으로도 있고, 함경도 쪽으로도 있는걸. 꼭대기 올라가 보면 결국 마찬가지지요. 교(敎)는 달라도 도(道)는 하나니까요. 유·불·선이 다 그렇고, 기독교·힌두교·마호메트·동학(東學)·증산(甑山)·일부(一夫)* 다 마찬가집니다.

"네에, 그렇군요."

의외로 쉽게 말씀을 하시는구나 싶었다. 용기를 낸 박 군이 찾아온 본뜻을 조금은 장황하게 설명했다.

자기는 지금까지 여러 종교와 사상을 편력했다는 것. 그래서 결국은 종교란 직관력으로 과학보다 앞서 진리에 도달하는 길이라고 생각하고 있다는 것. 그런 것을 스스로에게 인정시킬 뿐만 아니라 모든 사람에게도 인정시키고 싶어서 염력 실험을 했노라고 그는 말했다. 과학의 발달이 인류에게 편리함을 제공해 준 것은 사실이나 그 때문에 파생된 문제도 많아서, 물(物)과 심(心)을 직접 연결 짓고 그 둘을 한꺼번에 바라보는 제3의 진리가 필요하지 않을까 하고 생각하게 됐다는 것. 물론 이런 것은 어느 한쪽을 부정하기 위해서가 아니라, 인류의 미래를 밝히기 위한 의도라는 것을 덧붙였다.

위결승 씨의 말에 의하면, 선도 수련을 통해서 우리의 잠재적 능력이 거의 무한에 가깝도록 계발될 수 있다고 하는데, 우리로서는 아직 전모를 이해할 수가 없다는 것. 게다가 선도 수련은 능력의 계발과 아울러 심성도 정도(正道)로 이끌어 들인

---

* 정역(正易)을 남긴 김일부(金一夫) 선생을 가리킴.

다고 하니 대단히 바람직한 정신 계발법이라는 것 등을 설명 드리고 나서 정중하게 가르침을 청했다. 내가 보기로는 평소의 박 군답지 않게 진지한 태도였다.

그러나 빙긋이 웃기만 하실 뿐 우학도인은 말씀이 없으셨다. 그저 지그시 이쪽을 건너다보실 뿐.

정표가 여쭈었다.

"선생님, 도를 배우자는 게 어디 나 하나 잘되자는 것 아니잖습니까? 우리의 위대한 성현들, 마음의 길을 닦고서 그것 가지고 특허 신청하신 일* 없잖습니까? 마음의 길이란 무상으로 전수하고, 정성으로 받들어 닦으면 되는 것 아닐까요?"

"나는 무상·유상을 가리지 않아요. 다만 선배들을 잠시 생각했었습니다……."

"네? 선배들이라뇨?"

"왜요? 내게는 스승도 선배도 없을 것 같은가요? 허허허……."

"자세한 말씀을 듣고 싶습니다만……."

"……이런 겁니다……."

우학도인은 가만히 앉은 자세에서 양손으로 인(印)을 맺으시더니 눈을 지그시 내려 감았다. 우리는 서로 얼굴을 마주 볼뿐

---

* 요즈음은 지적소유권이라는 용어가 있으나 그런 개념이 옛날부터 있어 왔다면 우리는 『성경』한 구절, 『논어』한 구절을 읽는 데 엄청난 값을 지불해야 했을 것이다. 하긴 그랬더라면 인류는 성스러운 책들을 더 존중하게 되었을지도 모른다.

이었다. 한참 만에 우학도인은 입을 열었다.

"옳아요. 나 혼자 잘되자는 거 아니지요. 백 번 옳아요. 예나 지금이나 난 그 생각으로 살아왔습니다. 한데 우리 선배들은 그러질 않았거든요. 다 제 갈 길 갔을 뿐 내가 선생입네, 내가 도삽네 하고 세상에 나서질 않았어요. 때를 만나면 나가고, 못 만나면 혹은 시정에서, 혹은 산속에서, 그저 바보처럼, 그저 범부처럼 지냈지요. 아직도 모르겠어요. 그런데 이 권필진이가 뭐라고 세상에 나서겠습니까? 더구나 글 쓰는 이하고 같이 오신 걸 보니까 더 맘이 편치 않군요……. 미안합니다."

"우선 말씀이나 들려주십시오. 책을 내자는 것이 아닙니다. 그냥 구도(求道)를 위해 온 겁니다, 선생님."

"알아요, 알아요…… 생각해 봅시다……. 어쨌든 내가 본 이들, 내가 겪고 들은 이들만 해도 수도 없이 많아요. 게다가 삼비팔주(三飛八走)라……. 그 양반들이 태양이라면 나는, 글쎄요, 손전등 폭이나 될까? 허허허……."

"삼비팔주라면……?"

"석 삼 자, 날 비 자, 여덟 팔 자, 달아날 주 자, 삼비팔주지요. 11명의 달인(達人)입니다. 쟁쟁했지요. 그중에서도 나와 절친했던 산주(汕住) 박양래(朴養來) 형이나 신선의 표본이었던 박학래(朴鶴來)— 이 양반은 그저 조각 인간입니다. 하루 종일 앉았어도 빙긋이 웃기만 할 뿐 이야기를 하질 않아요. 꼭 쓸 말만

할 뿐이지요. 몸을 깨끗하게 간수했으니 아마 지금도 어디에 살아 있을 겁니다. 거기에다 이홍몽(李洪濛), 주회인(李洪濛), 모두들 대단했지요. 공교롭게도 내가 나이는 12년이나 손아래면서도 사숙(師叔)이 되는 이들도 그중에 몇 있지만"

"사숙은 뭡니까?"

"그들의 스승의 스승이 내 스승이었으니까 내가 도계(道系)로 숙부가 된다는 거지요. 허나 계제(堦梯)가 나보다 훨씬 높아요."

흥미가 부쩍 동하는 게 사실이었다. 이건 정말 정표 말이 맞는가 보다, 한번 뵙고 나면 빠져들지 않을 수 없으리라던. 이번에는 내가 여쭤 보았다.

"계제란 건 요즘 말로 해서 단위(段位) 같은 겁니까?"

"그렇지요."

"그분들이 얼마나 대단한 분들이었습니까?"

"대단했죠. 선(仙)·술(術) 모두에 능했습니다."

"그런데 왜 그냥 침묵하셨을까요?"

"나라 없던 때니까……. 그렇다면 제자라도 키웠어야 할 텐데 그냥들 갔어요. 이제 와서 누가 그런 인재들을 다시 만들어 냅니까? 딱해요. 역발산(力拔山) 기개세(氣蓋世)의 준재들은 누항에 묻혔다가 헛되이 다 가고……. 하늘은 왜 그런 걸출한 이들을 내어 놓고서 구경만 시켜 주시고 데려가셨는지 몰라요."

우학도인의 표정이 착잡해졌다. 우리는 용기를 내어 말씀드릴 수가 있었다.

　　"그러니까 더욱이 선생님의 증언이 귀한 게 아니겠습니까? 선생님까지 가시고 나면 어디서 선도의 맥을 짚을 수가 있겠습니까? 선생님께선 독립운동도 하셨고, 일경(日警)에게 잡혀 수십 차례나 투옥도 되신 걸로 알고 있습니다. 국가를 위해서도 그렇고요……."

　　"……알겠습니다. 이야기해 드리지요……."

　　드디어 어렵사리 우리는 대답을 받아 낼 수가 있었다.

　　"이야기를 해드리지요. 단지 나는 전달자일 뿐이에요. 나는 유명해지는 것도 싫고, 무어 다른 것도 바라지 않아요. 아까 말씀처럼 우리나라 사람, 나아가서 세계 인류에 보탬이 된다면……. 몇 번 이런 기회가 있었는데, 번번이 우스개 취급을 받았어요. 그렇지만 이제쯤 시기도 무르익은 셈이거든요, 헛헛헛!"

　　갑자기 큰 웃음소리가 시원하게 들려왔다. 우학도인의 시선은 먼 곳을 응시하고 있는 것처럼 보였다. 우리는 마음을 졸이고 우학도인의 말씀에 귀를 기울였다. 우학도인은 두 팔을 뻗어서 서안 위에 가지런히 놓았다. 이윽고 천천히 음성이 흘러나왔다.

　　"내가 올해로 아흔다섯 살입니다. 허허…… 그사이에 나라도 그랬고, 나 자신도 별의별 일 많이 겪었습니다…….

그동안 왕정이 바뀌어 식민지가 되었고, 다시 남북으로 나뉘었지요. 그뿐인가요? 동족상잔…… 6·25가 있었고, 정변과 정쟁도 수없었지요…….

국파산하재(國破山河在)라고 했던가요? 나라는 망해도 산천은 의구하다더니, 나라는 나라대로 되어 가고 우리는 우리대로 나라 되어 가는 것을 그저 바라만 봤지요. 그저 탄식이나 하고 통곡이나 했을 뿐, 무력한 민(民)은 국망(國亡)에도 목숨을 부지했고, 국난에도 생계를 생각해야 했습니다(여기서 눈시울이 젖었다). 나 개인은 만주에서 한 두어 해 총도 쏘고 일본 고등계에 요시찰로 지목되어 고문도 당하고 했습니다만, 그게 무슨 애국이 되었겠습니까? 그걸로 조국 강토를 촌토나마 찾았어야지요.

그건 다 지난 일이고…… 사람이란 다 자기 쓰일 데가 따로 있는 것인가 봅니다. 이제 저승에서 초대장이 올 나인데, 이렇게 앉아서 내 하고 싶은 얘길 하게 됐으니. 지난번에 경운 편에 권고를 받고 나서 많이 생각했습니다(위결승 씨가 먼저 소식을 전한 모양이었다). 해서 생각하고 있었는데, 이렇게 젊은 데다가 정신력을 믿는 기특한—미안합니다— 분들이고 하니…….

나는 역사의 주역으로 태어나질 않았어요. 나는 따로 할 일이 있는 사람이지요. 이제부터 내 이야기가 꼭 도(道) 이야기뿐이 아니더라도 이해하도록 하세요. 그저 생각나는 대로 여러 이야기를 하겠습니다. 여러분처럼 '정신'을 믿는 분들께 이런 이야기를 하는 걸 한편으론 내 복으로 알겠습니다……. 그럼 한 사나흘 뒤쯤 다시 만납시다. 선배들께는 민망한 일이지만 한편으로는 전혀 뜻 없는 일은 아닐 겁니다."

이렇게 해서 우리는 우학도인의 일생이 가리키는 저 불가사의한 단(丹)의 세계로 빠져들게 되었다.*

---

* 소설 속 위결승은 가상의 인물이나 박정표(가명)는 모델이 있는 실제 인물이다. 이 이야기는 실제의 사실을 소설로 재구성한 것으로서, 다소의 첨삭이 가해졌음을 밝혀 둔다. 사실 대 첨삭(윤색)의 비율은 8 : 2 또는 7 : 3 정도일 것으로 생각된다. 단, 국운에 관한 예언과 단학 수련에 관한 내용, 그리고 뒤에 전개되는 불가사의한 선도가(仙道家)들의 도법은 최대한 증언 그대로를 옮겼다.

# 고구려의 옛 영광이 다가오고 있다


"태초에 신화(神話)가 있었다……."

이 이야기는 어쩌면 이렇게 시작했어야 옳았는지도 모른다.


태초에 신화가 있었다. 그리고 전설이 있었다……. 그 태초의 신화와 전설 뒤에 다시 누만년의 세월이 흘렀다. 해묵은 이끼가 끼고, 고색창연한 바람이 불었다. 묵묵부답― 그 거대한 대자연의 침묵 속에서 무언가 미묘한 생명이 꿈틀거리기 시작하였다…….

인간의 상고사가 그때 비롯되었다. 그러나 그 또한 아득한 옛날이었다. 그때 하늘은 처음 열리고, 세상은 그냥 깊고 깊어서 오직 현현(玄玄)할 뿐이었다.

성산(聖山) 백두(白頭)를 중심으로 한 무리의 강건한 겨레가 새로운 인간사를 열었던 것은 바로 그 무렵이었다.

이름하여 한족. 그들은 이 지구상의 그 어느 종족보다도 먼

단

저 힘차고 넉넉하게 인간 역사의 새벽을 열고 있었던 것이다.

먼 훗날 그들의 피를 이어받은 한 선각자는 영감 어린 필치로 당시의 분위기를 다음과 같이 묘사했다.

헤아릴 수 없는 아득한 옛적의 어느 날 망망한 만주 평원의 풀밭 위에 먼동이 틀 무렵, 환하게 밝아 오는 그 빛이 억만년 사람의 그림자를 본 일이 없는 흥안령의 마루턱을 희망과 장엄으로 물들일 때, 몸집이 큼직큼직하고 힘줄이 불툭불툭한 큰 사람의 한 떼가 허리엔 제각기 돌도끼를 차고, 손에는 억센 활들을 들고 선발대의 걸음으로 그 꼭대기에 나타났다.[*]

후대에 과학적으로 입증된 것처럼 그들은 세계 최고(最古)의 구석기인들이었다. 3만 690년 전, 그 까마득한 옛날에도 그들은 이 땅이 얼마나 살기 좋은 곳인지를 알고 있었던 것이다! 그뿐이랴! 무려 2억 7천만 년 전에 서식하던 공룡의 뼈가 또한 한반도에서 발견되었으니!

그러나 불행하게도 이 이야기의 서두는 저 아득한 옛날로부터 시작될 수 없다. 그것은 태고의 정적 속에 깊이 묻혀 있기

[*] 함석헌, 『뜻으로 본 한국 역사』에서 인용.

때문이다. 더러 고고학적 연구 결과나 단편적인 기록들이 그 씩씩한 종족의 상고사를 암시해 주고 있기는 하다. 그러나 얼마나 가엾은 후손들인가? 북만주와 바이칼 호와 시베리아까지, 그리고 동부 몽고와 중국 본토에까지 그 세력 범위를 넓히며 명실공히 동방의 강자로 군림하던 선조들의 기상은 지금 어디로 사라져 버렸단 말인가?

지금은 한반도, 그것도 반으로 잘린 조각에서, 상고시대의 우렁찬 새벽과 고구려시대의 씩씩한 한낮을 다만 '꿈꾸기만' 할 뿐인 가엾은 후예들이 아닌가? 아니, 누가 꿈이라도 꾼단 말인가? 일제의 간교한 역사 조작극에 휘말려서 비루한 식민사관만을 고집하는 것이 대다수의 역사학자요, 또한 그런 것에는 거의 주의도 기울이지 않은 채 중국의 한 속국 정도로 우리 자신을 생각해 왔던 국민들이 아니었던가?

김유신의 고구려 포기가 삼국 통일의 위업이라고 가르쳐지는 현실! 열 차례에 걸친 역사 자료의 유실을 핑계로 세계 최대의 영웅걸사로 손색없는 을지문덕·연개소문·양만춘·광개토대왕 등의 사실(史實)을 의식적으로 과소평가하는 일들! 인도의『베다』나 중국의『주역』등에 비견할 만큼 심오한 민족 전래 고유의 철학서인『천부경(天符經)』,『삼일신고(三一神誥)』등의 폄하! 하나같이 슬프고도 안타까운 현실뿐이 아닌가?

이러한 현실 속에서 어떻게 미래에 전개될 웅비(雄飛)의 민족사를 이야기할 수 있을까? 그것이 아무리 도인의 선견(先見)이요, 선인의 예언이라 하더라도 준비되지 않은 땅에는 씨가 뿌려진들 헛될 뿐이다.

물론 내가 지금부터 이야기하고자 하는 내용은 비단 국운(國運)에 관한 것만은 아니다.

우학도인의 일생과 그 증언이 결국 거기에 귀착되는 것이기는 해도 거기에는 여러 가지 중요한 의미가 별도로 포함되어 있다고 보아야 옳다.

그럼에도 불구하고 우학도인은 한결같이 민족의 찬란한 미래사의 예광(豫光)을 토로하셨던 것이다. 그분이 어떻게 해서 그런 불가사의한 미래예지(未來豫知)의 초능력을 소유하게 되었는지에 대해서는 차차 이야기될 것이다. 그러나 그것은 어찌 되었든 우학도인께서는 손에 잡힐 듯이 욱일승천할 민족의 대운(大運)을 이야기하셨고, 그 구체적인 도면까지 제시하셨다. 아 얼마나 벅찬 미래에의 희망이겠는가?

근년의 눈부신 경제성장과 최근 국제경기에서의 성공 등으로 국민들 사이에는 점차 민족적 자부심이 고조되고 있다. 물론 그것이 배타적 민족정신일 필요는 없다. 하나 자기의 확립이 없이는 떳떳한 우정이 성립될 수 없는 것이 인간의 관계이듯이, 국가적으로도 사태는 마찬가지라고 한다면, 이는 매우 바람직한 분위기라고 보아야 할 것이다.

그리고 이것은 우학도인께서 예지하셨던 내용과 부합된다. 필자가 이 책의 집필을 위해서 자료를 수집하던 당시는 아직 로스앤젤레스 올림픽이 개최되기 전이었다. 그리고 유리 겔러가 한국을 방문하기 전이었다. 그때 이미 우학도인께서는 10년, 20년 후의 민족사를 예견하셨고, 인간 정신의 무한한 가능성을 제고하셨다. 이것은 어쩌면 차츰 자라고 있는 민족적 긍지와 제3의 과학이라고나 할 신비의 초능력에 의한 선구적인 예지라고 볼 수 있을 것이다.

우학도인의 세계는 크게 두 가지로 나뉜다.

그 하나는 수련(修鍊)에 관한 것이다.

수련이라면 무슨 수련일까? 그것은 바로 정신 수련을 말한다. 물론 육체적 수련도 이에 포함되기는 하지만 주로 정신적 수련을 중심으로 우학도인의 가르침은 시작된다. 그것은 유리 겔러적인 초능력 현상과 밀접한 관계가 있다.

유리 겔러의 초능력 현상에 대해서 많은 사람들이 의아하게 생각하고 있는 듯이 보인다. 너무나 뜻밖이요, 충격적인 나머지 반응도 갖가지였다. 어떤 학자는 과학적으로 해명되지 않았으니 한낱 마술이나 기이한 현상 정도로 여겼다.

그러나 그럴까? 마술은 어디까지나 속임수이다. 그러나 유리 겔러 현상은 그 반대다. 사실인 것이다. 눈으로 확인되었듯 그는 방송국에 있었고, 고장 난 시계나 스푼은 각 가정에 있었던 것이다! 이런 경우 어떻게 속임수가 가능하단 말인가?

미항공우주국을 비롯한 유수한 연구기관에서 그의 초능력을 해명하지 못했다는 것은 초능력 현상에 대한 과학의 한계성을 말하는 것일 뿐이다. 과학자라면, 겸손하게 사실로서의 현상을 인정하고 그 해명에 노력을 기울일지언정 사실을 부정하려 해서는 곤란하다. 그런 왜곡된 태도, 즉 자기가 가진 과학 지식만이 진리라는 '닫힌 태도'로써는 결코 코페르니쿠스나 뉴턴, 아인슈타인 등의 대업적을 창출할 수 없을 것이다.

기존의 과학 지식에 대한 감연한 부정과 탈출을 모색함으로써 그들은 대원리를 찾아냈었다. 아인슈타인의 상대성 이론이야말로 맨 처음 아이러니하게도 그 얼마나 과학자들을 곤혹시켰던 것일까. 그러나 그런 아이러니와 반전만이 진정한 전진과 성과를 낳는 것이 아니던가?

대부분의 사람들은 유리 겔러 현상을 '믿으면서도 믿지 못하는' 기이한 상태에 있는 듯이 보였다. 숟가락이 휘고, 고장 난 시계가 움직이는 현상을 목격한 이상 '믿지 않을 수가 없다'. 그러면서도 도저히 이해가 되지 않으니 '믿을 수도 없는' 형편인 것이다.

'믿으나 믿지 않는' 이런 기현상은 전적으로 유리 겔러 현상이 충분히 설명되지 못하였다는 데서 비롯된 것이다. 그것은 방송국 측의 준비 부족 탓이라고 보아도 될 것이다.

일본에서 열린 유리 겔러 쇼에서는 가설이나마 유리 겔러 현상에 대한 논리적 설명이 있었다. 동양철학을 중심으로 하여 논리적인 지식을 통해 설명되어졌을 때, 시청자들은 그 기이한 현상을 납득하게 된다. 그러므로 더 많이 '믿게' 되고, 그 결과 높은 '효과'를 올리게까지 되는 것이다.

믿음과 상상력, 즉 '마음'이야말로 유리 겔러 현상과 직접적인 관계가 있다. 순진한 어린이들이 스푼을 휜 대부분의 주인공이었다는 것은 저간의 소식을 잘 증명해 주고 있다. 그런데 우리나라에서 열린 유리 겔러 쇼에서는 그 같은 '설명 부족'으로, 세계 유리 겔러 쇼 중에서 가장 미미한 초능력 현상을 연출하는 데 그쳤던 것이다.

우학도인의 이야기와 유리 겔러 현상 간에는 아주 긴밀한 관계가 있다. 이는 둘 모두가 인지의 한계를 넘는 초상현상(超常現象)과 관계되어 있기 때문이다.

우학도인의 이야기는 사실 유리 겔러의 초능력을 백분 능가하는 바가 있다. 우리가 어렸을 때 가끔씩 어른들로부터 듣고 자랐던 도인·술사들의 이야기가 거짓 없는 사실이라고 우학도인은 말씀하신다. 사명당의 도술, 전우치의 술법, 이토정과 이율곡의 예지나 강증산·최수운의 조화(造化) 등 지금까지 신화나 전설로 치부되었던 제 현상들의 사실 여부가 이 시대에 또

다시 논란이 되고 있는 것이다.

거기에다가 인간 누구에게나 그런 도력이 잠재되어 있다고 우학도인은 말씀하신다. 잠재되어 있는 능력을 계발한다면 누구나 초능력자가 될 수 있다. 정신적·육체적으로! 정신적으로는 강태공·제갈공명에 이를 수가 있고, 육체적으로는 항우·임꺽정에 이를 수가 있다. 바로 여기서부터 유리 겔러와 우학도인의 차이점이 시작된다.

유리 겔러는 세 살 나던 해 어느 날, 한줄기의 강력한 섬광이 머리를 때리면서 그때부터 초능력자가 되었다고 말했다. 즉 돌연변이적인 우연의 결과였던 것이다.

그러나 우학도인의 경우는 오직 수련만을 통해서 도인의 경지에 도달할 수가 있었다. 즉 지극히 평범한 사람이 초능력자가 된 경우인 것이다. 그러므로 우학도인의 수련에 대한 증언은 제3의 지식으로서의 정신과학에 대한 깊은 시사가 될 것이다. 그것은 우리의 통념화된 지식에 대한 강력한 충격탄이 될 것이다.

또 하나 우학도인의 세계를 이루고 있는 것은 국운에 관한 것이다. 우리 민족사의 미래를 예지하고 계신 것이다. 이런 예언은 몇 해 전 탄허 스님을 통해서도 세상에 널리 알려진 바 있다. 탄허 스님은 우리 민족이 만주까지 진출할 것이며 일본 열도는 바닷속으로 침몰하게 된다고 예언하신 바 있었다.[*]

우학도인의 예언은 크게는 탄허 스님의 그것과 비슷하다. 그러나 결코 일본이 바닷속으로 가라앉지도 않을 것이고, 우리 민족의 진출은 만주가 아니라 그 이상이 될 것이라고 예언하신다.

또한 우학도인이 보는 민족의 개념과 우리의 고대사의 관점도 아주 특이한 것이다. 그리고 그런 찬란한 미래를 위하여 거국의 주인공으로서의 자기 정립을 위해서 모두들 대비하여야 할 것이라고 우학도인은 말씀하신다.

무혈의 남북통일. 3천 년 만에 회복되는 백두산족(한민족)의 대운(大運). 만주·바이칼 호와 동부 몽고 및 북중국은 백두산족의 영토가 된다. 세계의 강국으로 부상하게 될 한(韓)·중(中)·인(印) 삼국. 황백대전환기(黃白大轉換期)를 맞이하여 이제 세계는 동양 중심으로 선회할 것이며, 그때 우리는 세계의 지도국이 되리라!

한갓 찬란한 한 마당의 꿈이라고 많은 사람들은 비웃을지 모르겠다. 그러나 분명한 것은 우학도인께서 이미 해방과 6·25 및 10·26 등 역사의 중요한 마디들을 예견하셨다는 점이다. 불가사의한 초능력 도법을 통하여.

그럼에도 불구하고 갖가지 회의와 의문이 일 것이다. 그것은 필자 또한 마찬가지였다. 그리하여 필자도 여러 가지 논리적인 질문으로 우학도인의 대답을 듣고자 노력했다. 그에 대한 상세

---

* 탄허 스님은 6·25를 예견하고, 울진 삼척지구 공비침투를 대비했을 뿐만 아니라, 월남전쟁에서 미국이 실패할 것을 예언하는 등 유명한 일화가 많았다.

단

한 내용은 뒤에서 다뤄질 것이다.

서론이 너무 길었던 것 같다.

그러나 아주 특이한 선도(仙道)의 세계로 들어가기 전에 다소의 '정신적인 준비 운동'이 필요하리라는 것이 필자의 생각이었으니 이해해 주시길 바란다.


마침내 기다리던 그날이 왔다.

나와 박정표 군, 거기에다가 새로 가세한 최 군까지 합쳐서 일행은 셋, 시간을 기다려서 우학도인을 찾았다.

말이 도인과의 문답이라지만 무슨 이야기로부터 시작되어 무슨 결말이 날는지 아무도 모른다. 그러나 세 사람은 자못 흥분되어 있었다. 위결승 씨의 언질과 지난번의 심방으로 하여 우리는 들뜬 마음으로 선담(仙談)을 통한 선계(先界)의 입경(入境)을 기다려 왔던 것이다.

새로운 일행인 최 군은 역사학을 전공한 친구였는데, 겸하여 고담(古談)과 기사(奇事)에 큰 관심을 갖고 있었다. 철저한 사실(史實)에 입각하여 인간사를 논해야 할 역사 학도라고는 하지만 때로 역사는 신화와 혼합되어 버린다. 아마도 그런 데서부터 최 군의 민담 채집이 시작되었는지 모른다. 그렇다고 해도 그는 어디까지나 당당한 민족사학의 주창자였다.

"정말 한심한 일이야."

그는 나를 보며 얘기를 꺼냈다.

"도대체 이럴 수가 있어? 자네도 글줄이나 쓴다고 하면 내 말을 좀 들어 보게. 도대체 허구한 날 계집애 꽁무니나 따라다 니면서, 연애니 섹스니 폭력이니 하는 잡다한 글 나부랭이를 쓴들 그게 작가의 할 도리란 말인가?"

"허어! 이 사람이 또 불똥을 튀기는군! 무슨 일이 있었나?"

최 군은 열을 올리기 시작했다.

"이건 정말 분통이 터지는 일이 아니고 뭔가? 지난번에 한 소설가가 말일세. 고구려를 배경으로 한 역사소설을 신문에 연 재했었네. 그게 책으로 나왔길래 내가 읽어 보았지. 나도 역사 공부를 하는 사람이니까 혹시 그 작가를 통해 바로잡히고 정 당하게 밝혀진 것이 있다면, 하는 기대를 가지고 말일세. 한데, 아니야! 이 역시 영락없는 식민사관을 가진 자더란 말일세."

"자네한테 가끔씩 식민사관이란 말은 들었네만 좀 더 상세 하게 논구해 보세나. 나도 사실 기회가 있으면 그 이야기의 전 말을 알고 싶었어."

"들어 봐."

최 군은 침을 꿀컥 삼켰다.

"우리 민족은 참 불행한 역사를 가졌네. 특히 역사를 공부하 면 그걸 뼈아프게 느끼게 마련이지. 무엇보다도 사료가 있어야 연구를 할 게 아닌가? 그런데 꼭 열 차례에 걸쳐서 가장 소중

단

한 사료들이 소실 또는 폐기당하고 말았어.

고구려 동천왕 때, 백제 의자왕 20년, 고구려 보장왕 27년, 신라 경순왕 원년에 삼국시대의 사료들이 모두 유실되는 변을 당했지. 그 뒤로도 고려, 조선, 일제 강점기를 거치면서 병화에 소실된 사료가 그 얼마던가?

우리나라에 남은 가장 오래된 정사(正史)가 『삼국사기』라는 건 자네도 알지? 그리고 정사는 아니지만 그다음으로 소중하게 치는 사료는 『삼국유사』일세. 그런데 그 책들은 고려 때에 쓰인 거야. 그러니까 단군조선으로부터는 말할 것도 없고, 삼국의 건국으로부터 천 년 후에 쓰인 역사책이란 말일세. 만일 지금 모든 사료가 남김없이 불타 버린 상황에서, 천 년 전이나 500년 전의 역사를 기술한다고 가정해 보세. 그러니까 지금, 강감찬의 승전이나 이성계·최영·정몽주의 기사, 조선의 건국, 세종대왕·임진왜란 등의 역사를 적는다고 가정해 보란 말야. 그게 제대로 기록될 리가 있겠는가? 우리의 고대사는 그렇게 해서 깡그리 사장되고 말았네. 얼마나 통탄할 일인가?"

"그건 그래. 그 강성하던 고구려에 대한 역사적 자료가 충분하다면 민족정신은 한껏 고양될 것이고, 따라서 어쩌면 임진왜란이나 병자호란·일제 강점기 등은 겪지 않았을지도 모르지. 역사에 가설이란 있을 수 없겠지만 말야. 한데 그게 어떻게 식민지 사관과 연결이 될 수 있는가?"

"『삼국사기』에 기록된 삼국 역사의 대부분은 중국 측 사료에서 옮겨 적은 것일세. 한데『삼국사기』의 저자 김부식이란 자가 누구던가? 아주 대표적인 사대주의자가 아닌가? 모화사상에 흠뻑 젖어서 중국의 소식·소철 형제의 이름을 본 따 자기는 부식, 동생 이름은 부철이라고 지은 자일세.

그런 그가 역사 찬술의 대업을 맡았으니 사태는 뻔하지. 중국 측 사료만이라도 철저하게 찾아서 적어 주었으면 그나마도 다행일 것을, 우리 쪽에 유리한 사료는 가급적 빼고 자꾸만 고구려·백제·신라 삼국을 작게만 적으려 들었단 말이거든. 특히 고구려에 대해서는 더욱 그랬지. 그가 보기엔 아마도 고구려가 만주 일대에 웅거하면서 수·당을 위협했던 사실이 황공했을 거야. 가련한 친구지.

생각해 보게나. 삼국 중 어느 나라가 제일 먼저 건국이 되었으리라고 보는가? 이는 상식의 문제야. 그보다 앞서 단군조선이 백두산을 중심으로 성립되었으니까 당연히 고구려가 먼저 건국되었고, 그다음이 백제, 신라의 순서였어야 옳아. 한데『삼국사기』에는 그 반대로 되어 있네. 이걸 믿을 수 있겠는가?

게다가 그가 인용한 중국 측 사료란 것이 또 어떤 것이던가? 원래 중국의 역사 기술에는 삼대 원칙이 확립되어 있었지. 그들은 주체성과 자긍심이 아주 강했어. 그 때문에 아직껏 대민족으로 남아 있는 것이겠지만.

그 세 원칙은 첫째, 위중국휘치(爲中國諱恥), 즉 중국을 위해서 중국의 수치를 숨긴다. 둘째, 긍초이누이적(矜鞘而陋夷狄), 즉 중국을 높이고 외국을 깎아내려야 한다. 셋째, 상내약외(祥內略外), 중국 내부의 역사는 상세하게 적고 외국의 역사는 간략하게 적는다는 것 등이지.

그런 원칙에 따라 당연히 그들의 사료에는 우리 측의 기사가 폄하되고 축약되어 기록되었지. 그럼에도 불구하고 그들의 역사서인 25사 중에서 『양서(梁書)』, 『남제서(南齊書)』, 『북제서(北齊書)』, 『주서(周書)』, 『송서(宋書)』 같은 데를 보면 고구려와 백제가 중국 대륙의 심장부까지 진출했었다는 기사가 적혀 있지. 그뿐이 아니야. 그 이전의 사서 중에서 『사기(史記)』, 『전한서(前漢書)』, 『후한서(後漢書)』 등에도 이 같은 기록이 있어.

들어 보게나. 최치원은 우리나라의 전형적인 모화사상가로 알려져 있지. 그는 신라 사람으로 당나라에 들어가서 벼슬까지 했던 사람이야. 한데 그가 당나라 태사시중(太史侍中)이라는 벼슬아치에게 보낸 편지에 이런 구절이 있네.

'高句麗百濟全盛之時强兵百萬南侵鳴越北撓幽燕齊魯爲中國巨蠹隨皇失驅由於征遼……'

즉 '고구려·백제가 전성했을 때는 강병 100만이 남쪽으로 오나라·월나라(상해 등지)를 침략하고, 북으로 유주·연나라(북경 쪽)·제나라(산둥반도)·노나라(산둥반도)를 쥐어흔들어 중국의 큰 적이 되었소이다. 수양제가 망한 것은 요동(고구려)을 정벌하려다가 그리된 것입니다……'라는 뜻일세.

이것이 『삼국사기』「최치원전」에 적혀 있네. 이를 보아 고구려와 백제가 당시 동북아시아에서 얼마나 세력을 떨쳤는지 짐작할 수가 있지.

한데 어떻게 그 사대주의자인 김부식의 『삼국사기』에 이런 글이 들어갈 수 있었느냐 하면, 이 글이 구구절절 중국을 생각하고 중국에 아부하는 내용이었기 때문이지.

생각해 보게. 우리 역사상 광개토대왕이나 을지문덕·연개소문·양만춘 같은 걸물이 있던가? 한데도 김부식이란 자는 그들에 대한 약전을 저 김유신에 비해서 얼마나 간소하게 처리했던가? 김유신에 대해서는 충분하고도 남을 만큼 자세히 적고 또 적었어. 『삼국사기』에서 김유신의 기사가 차지하는 비중은 타의 추종을 불허하고도 남지. 장장 한 편의 소설에 맞먹을 걸세. 한데 고구려의 대영웅들에 대해서는 그저 20~30행의 글로 그쳤단 말야.

고려가 고구려의 법통을 승계한다고는 했지만 결과적으로는 어림없었지. 후에 최영 장군 등이 기상을 떨쳐 보이고자 했으나 이성계 등의 숭명론(崇明論)이 결국 승리하고 말았지. 김부식 같은 사대주의자 한 사람이 그런 엄청난 일―민족정기의 말살―을 저질렀다는 것은 가공할 일이야. 단재 신채호 선생은 늘 말씀하셨지. '정신 없는 역사는 정신 없는 민족을 만든다'고. 한데 역사란 결코 조작될 수가 없는 거야. 요즈음에 와서 차츰 진실이 밝혀지고 있어. 모두 민족사학자들의 피땀 어린 노력 덕분이지."

"자세히 설명해 주게나."

"불행한 일은 아직도 김부식류의 사대주의 역사학자들이 이 땅에 많다는 것일세. 게다가 그들이 세력을 더 크게 형성하고 있다는 점이야."

"뭐라구? 그게 정말인가?"

"아마도 자네가 배웠던 90퍼센트의 역사책은 모두 그런 사대주의 관학파들이 지은 책일 걸세."

"놀라운 일이네. 어서 자세히 얘기해 주게나!"

"일본은 그걸 알고 있었지. 즉, 우리 민족을 식민 통치하에 두려면 먼저 민족 고유의 정기를 말살해야 한다는 사실을 말이야. 그런데 그들의 고대사는 결국 우리의 속국으로서 잔존해 오지 않았던가? 해서 그들은 그 유명한 한사군을 우리 역사 속에다 조작해 냈지. 황제의 칙명까지 동원해서 무려 16년간에 걸친 것으로, 그들로서는 한 편의 회심의 노작이었어.

낙랑·현토·진번·임둔 하면 시험에 하도 자주 나와서 초등학생조차도 훤히 알고 있는 '한사군'이 아닌가? 그런데 그게 일제의 역사 조작이었단 말일세.

일제가 인간의 생명을 가지고 생체실험을 했다는 이야기는 널리 알려져 있네. 한데 그들은 살아 있는 민족정기도 가혹하게 조작하려 들었어. 광개토대왕 비문의 조작사건은 아직도 논란이 되고 있지.

그들은 한사군이라는 것을 조작하여 우리가 고대부터 중국의 지배를 받았고, 또 수천 회에 걸친 외침으로 우리는 늘 피해의식을 가지고 있었다고 하여, 민족정기를 왜소화할 작정이었지. 고조선과 단군은 단순히 신화에 지나지 않는다든가 등등, 그들은 철저하게 우리를 세뇌할 작정이었던 거야. 해서 1922년부터 1938년까지 16년 동안에 걸쳐서 조선사를 날조하였고, 우리는 아직까지 그 역사책을 배우고 있단 말일세."

"하지만 한사군은 패수(浿水), 즉 대동강 근처에 실제로……"

"이보게나! 내 말을 좀 들어. 패수가 왜 대동강인가? 『열하일기(熱河日記)』에는 박지원 선생이 중국에 가서 패수를 직접 보고 적은 기록이 있네. '혹지대동강위패수혹지압록강위패수혹지청천강위패수시조선구강토불전자축실(或指大同江爲浿水或指鴨錄江爲浿水或指淸川江爲浿水是朝鮮舊彊土不戰自蹙失)'이라. 즉 '어떤 자는 대동강을 패수라고 하고, 어떤 자는 압록강을 가리켜 패수라 하며, 또 어떤 자는 청천강을 패수라 하지만 이는 조선의 옛 땅을 싸움 한 번 않고 남에게 내어 주는 꼴이다'라는 뜻일세.

단

패수는 엄연히 중국 본토의 롼허(灤河)일세.

물에 관한 중국 최초의 기록인 『수경(水經)』에 보면 이런 내용이 있어. '패수출악랑군루방현동방과어림패현동입우해(浿水出樂浪郡鏤方縣東方過於臨浿縣東入于海).' 무슨 소리냐 하면 '패수는 낙랑군 누방현에서 흘러나와 동쪽으로 임패현을 지나 동쪽 바다에 흘러든다'는 거지.

생각해 보게. 낙랑 등 사군이 패수를 중심으로 지금의 한반도 북부에 있었다는 게 조작된 한사군의 역사야. 그렇다면 이 『수경』의 기사는 뭐가 되겠나? 만약에 패수가 대동강이나 청천강이라면 당연히 그 물길은 서쪽으로 흘러갔어야 옳지. 한데 왜 패수는 동쪽으로 흘러들었을까?

『수경』의 기록으로 미루어 보아 패수는 중국의 롼허야. 롼허는 내몽고 서북부에서 발원하여 무려 2천 리를 흘러내리고, 중류인 상도하(上徒河)에서 다시 2천 리를 흘러 발해만으로 빠지는 큰 강이야. 그러니 낙랑이 평양에 있었다는 것도 거짓말이지.

한사군이 얼마나 터무니없는 얘기냐 하면, 들어 보게. 그것은 기묘하게도 소위 한사군이 설치되었다는 시기로부터 이미 10년 전에 사망한 사마상여(司馬相如)란 자의 『무릉서(武陵書)』를, 신찬(臣瓚)이라는 알 수 없는 유령 인물이 인용한 글에 실려 있는 괴문서를 인용하여 구성된 것일세. 이것이 정사는 고사하고 야사도 되지 못한다는 건 뻔한 일이지. 역사 조작에 혈안이 되었던 일제가 얼씨구나 좋다 하고 이걸 기화로 그 방대한 조작을 시작했던 것일세.

한데 정작 정사의 필자인 사마천의 『사기』 「조선전(朝鮮傳)」에는 물론 이런 기사가 한 줄도 없네. 게다가 사마천은 낙랑군이 설치되었다는 서기 전 108년에 실제로 생존해 있었는데도 말일세.

더 얘기해 뭣 하겠나? 한결같이 이 꼴일세. 더구나 분통 터질 노릇은 그 식민사관에 동조하는 사학자들이야. 그들은 일제 치하에서 일제를 도와 그런 역사 조작극에 가담했었지. 그리고 해방이 되자 그대로 학교와 중요 부서에서 중책을 맡았어. 그들은 자기들의 전철이 탄로 날까 봐서, 또는 철저하게 일제에 세뇌되었기 때문에 아직까지도 앵무새처럼 식민사관을 종알대고 있단 말일세.

재야 사학자들이 끊임없이 시정을 촉구했으나 별무소용이었네. 일제가 워낙 단단하게 구축해 놓은 거라 쉽게 무너지지 않았지.

그 뒤로 속속 그들에게 불리한 고고학적 자료가 쏟아져 나왔네. 1972년에는 일본의 나라 현 아스카 촌에서 다카마쓰 고분이 발굴되었지. 이 고분의 벽화가 고구려의 쌍영총이나 무용총의 벽화를 그대로 모방한 것이라는 것쯤은 누구나 다 인정할 수밖에 없었어. 소위 명치유신 이후에 일제가 조작해 낸 황국 사관이 여지없이 깨어지게 된 판이었지. 그들은 그때까지도 자기네 고대 문화가 한국의 그것보다 우월했다고 종알댔으니까.

그뿐인가? 중국 산둥성 가선현에서는 단군조선시대의 유물이 쏟아져 나왔지. 허베이 성 일대에서도 그랬고.

1973년 당시의 문교부장관이 이런 사정에 유념해서 국사 바로잡기를 시도한 일이 있었어. 하지만 별무소득이었지. 여전히 새로운 국사책의 필자는 식민사관에 사로잡힌 그 축들이었거든. 16년에 걸친 세심한 조작극이 장관의 훈령 한마디로 바로잡힐 리가 있겠나?"

"정말 통분할 노릇이군!"

"일제는 아주 교활했지. 오늘날 우리들은 가끔씩 그런 말을 하잖아? '엽전은 할 수 없다'느니, '조선 놈은 맞아야 한다'느니 하는 말 말야. 이게 철저하게 민족정신을 말살하려는 그들의 저의에 우리가 스스로 최면당한 말들이야.

우리가 어때서? 우리가 일본보다 못한 적이 언제 있었던가? 최근세사를 제외한다면 그들이야말로 우리의 신하요, 속국이요, 제자들이 아니었느냔 말이야. 이젠 그런 자폐적이고 자멸적

---

* 역사에 관한 최 군의 주장으로 제시된 내용은 김태영의 소설집 『가면 벗기기』와 많은 민족사학자들의 연구를 바탕으로 개진된 것이다. 『가면 벗기기』는 후에 『다물』이라는 장편소설로 개작되었다.

인 용어들이 차츰 사라져 가고 있으니 다행이야. 35년의—36년이 아닐세!— 일제 치하는 우리에게 정신적으로 아주 큰 피해를 준 거야.

그자들은 마찬가지 수법으로 '반도식민지 사관'이라는 걸 유포시켰지. 즉 조선은 지정학적으로 독립 불가능한 반도에 위치했다는 거야. 그리고 당쟁과 부정이 뿌리 깊어서 자치 능력도 없다는 거지. 이런 역사를 가르쳐서 한민족으로 태어난 것을 부끄럽게 여기고, 일제의 강점을 고맙게 생각하도록 유도한 거야. 그건 그들 나름으로는 성공도 했지.

지금도 자기가 한국인임을 부끄럽게 생각하는 반외국인들이 참 많네. '엽전'이니 '핫바지 저고리'니 하면서 말야. 이게 다 그들의 교활한 교육 때문이지. 어느 나라 정치사를 보더라도 당쟁이 없는 나라가 있던가? 게다가 우리 민족의 주 무대는 결코 한반도가 아니었어. 만주 일대와 중국 본토에까지 세력을 확장한 동양의 강국이 고구려요, 백제였던 것이지. 우리가 옛 역사를 되찾고 복원한다면, 우리의 튼튼하고 웅대했던 기상이 회복될 수 있을 거야. 왜 작은 것에 초점을 맞추어 스스로를 비웃어야 하는가? 이제 우리는 을지문덕의 기상을 회복할 때가 되었네!"

최 군의 열변은 그 뒤로도 한참 동안 계속되었다. 구구절절 옳은 말들이었다.

왜 이렇게 되었을까?

이제는 흑인들도 자멸적인 노예 습관에서 벗어나 '검은 것은 아름답다'는 구호 아래 자신들의 참가치를 찾아가는 시대이다. 이스라엘 민족은 특유의 민족정기를 굳건히 지켜 온 끝에 근 2천 년의 유랑생활을 마치고 다시 조국을 건설하지 않았는가. 그런데도 한국인 사이에는 민족모멸의 자폐적 분위기가 있어 왔음은 부정할 수 없는 사실이었다.

그러나 설사 서구 유럽제국이 우리보다 문명의 선진국이라 하더라도, 일본이 우리보다 부국이라 하더라도 그것 때문에 기 죽어야 할 필요는 없지 않을까? 크건 작건, 부유하건 그렇지 못하건 간에 민족의 긍지와 자부심은 또 다른 문제이다. 요는 가치 기준의 문제인 것이다.

"그래서 자네 같은 건실한 사학도가 소중한 게 아닌가? 자, 오늘은 좀 침착하세나. 이젠 우학도인을 뵈어야 할 테니까."

우리는 최 군을 격려하면서 우학도인의 조촐한 초당에 도착하였다.

그러나 그게 아니었다. 우학도인과의 만남은 뜻밖에도 바로 최 군이 그렇게도 강력하게 주장하던 민족정기와 국운에 관한 것으로부터 시작되었다.

"국사를 전공하는 최 군입니다. 함께 뵈러 오게 되었습니다."

우학도인은 형형한 눈빛으로 우리를 쏘아보았다. 문득 섬광

같은 것이 번쩍하고 지나가는 것만 같았다.

지긋하게 앉은 채, 손에 합죽선을 든 우학도인. 깨끗한 모시옷을 입고, 벌겋게 대춧빛으로 무르익은 얼굴로 우학도인은 우리를 똑바로 바라보고 있었다.

"국사라……."

우학도인의 강건한 육성이 곧이어 흘러나왔다.

"이제 우리 민족은 3천 년 대운(三千年大運)을 맞게 됩니다."

"네?"

"핫핫핫……."

우학도인은 노인답지 않게 호탕한 웃음을 터뜨렸다.

"우리 백두산족의 전성기는 3천 년 전이에요. 중국의 은(殷)나라 때지요. 은의 황족들이 모두 우리 족속이었지요.

그러다가 운이 쇠진하자 주(周, 漢族)에 밀렸습니다. 중국족과의 전투가 얼마나 치열했던지 피가 흘러서 쇠로 된 방앗공이가 혈천(血川) 위로 떠내려갔다고 합니다. 그때부터 중국 본토에서 호령하던 우리 민족은 만주 일대로 물러난 겁니다.

그 뒤로도 고구려는 아주 강성했었지요. 고구려의 무술은 중국의 것을 능가했기에 수나라·당나라같이 강성했던 중국 역사상의 대통일국가도 고구려에 연전연패하지 않았습니까?

그러나 고구려가 멸망하자 일로쇠잔해졌지요. 올해가 갑자년(서기 1984년), 주나라한테 우리 민족이 운을 빼앗긴 지 꼭

3천 년이 됩니다. 이제 우리의 운세는 대회복기에 들어섰어요."

"네에……."

우리는 갑작스러운 말씀에 넋을 빼앗긴 채 무슨 얘기를 여쭐 수가 없었다.

"제가 공부 자리에서 을유년 해방이며, 6·25를 봤습니다. 또 저나 저희 선배들은 수(數)를 놓아서 일국의 흥망성쇠쯤은 다 알고 지냈었지요. 틀림없습니다. 제가 한두 번 봤으면 이런 장담을 하진 않습니다. 그리고 천문(天文)에도 다 나타나고 있으니까요."

우학도인의 말씀은 계속되었다.

"잘 모르시겠지요. 한데 그런 공부가 있어요. 사람이나 국가가 다 운의 성쇠가 있습니다. 운수 없는 일이 세상에 한 가지나 있겠습니까? 앞으로 15년 이내에 남북통일이 이루어집니다. 그리고 우리는 점점 북으로 진출하지요. 머지않아서 우리 민족은 세계 최강의 거국으로 자라날 겁니다.

앞으로 50년, 100년 내에 세계의 판도는 아주 바뀔 겁니다. 미국은 차차 그 힘이 축소될 거예요. 자국의 문제에 힘을 빼앗기느라고 지금 같은 역할은 못하게 될 겁니다. 그래도 대국의 체면은 유지하겠지요.

소련은 각 연방국들이 자치를 하겠다고 나서면서 사분오열됩니다. 그러면 소련의 영향권 내에 있는 위성국들도 가만 안 있겠지요.

두고 보십시오. 아마도 몇십 년 뒤쯤에는, 그 노인네 참 허튼 소리 하더니만 제법이었네. 소리 하실 겁니다. 여러분은 틀림없이 봐요.

중국도 이분(二分)됩니다. 대만이 아닙니다. 중국 본토가 둘로 나뉘지요. 손문의 국민당식 민족주의자들과 골수 공산당들이 남북으로 나뉘어집니다. 골수분자들이 북으로 몰리지요. 그러고 나서 그 북쪽이 자멸하게 됩니다. 그때쯤 우리는 그 공백지대로 들어갈 준비가 다 돼 있게 마련이지요. 만주 일대·시베리아·몽고의 일부·바이칼 호·캄차카 반도까지가 우리 영토가 될 겁니다.

그래서 난 가족계획 하는 거 반대해요. 앞으로 수많은 인력과 인재가 필요할 텐데, 왜 인구를 줄입니까? 세계에서 강국이되려면 인구가 2억은 돼야 해요. 인구가 많은 민족은 결코 망할 수가 없습니다. 인도가 한 예지요.

한반도가 열강들의 각축장이 된 마당에 어떻게 그런 대도약을 하냐구요? 하지만 사람의 운수와 마찬가지로 국가의 운명도 변화무쌍한 것입니다.

패망한 일본이 세계적 부국이 되리라고 누가 생각했겠습니까? 해가 지지 않는다던 대영제국이 지금처럼 2등국으로 전락할 줄 누가 알았겠습니까?

한 개인에게처럼 국가에도 명(命)이란 게 있어요. 예정된 대로 한 치도 어긋나지 않아요. 공식대로 됩니다. 이상스러운 얘기 같지만, 삼국 이래로 지금까지 우리나라 역사가 그 공식에서 조금도 어긋나지 않았어요.

먼저 무슨 왕조가 난다고 나오지요. 그다음 자세히 뽑아 보면 무슨 왕(지도자)이 난다. 그러면 그 왕의 성격이 나옵니다. 성군이냐, 폭군이냐? 왕도정치를 할 것인가, 패도정치를 할 것인가가 나와요. 덕화인가, 치화인가, 무단정치인가도 나오지요. 그리고 그를 모실 신하들은 어떤가? 얼마나 오래가느냐? 자기 명대로 살 것인가? 등등 모두 나옵니다.

여러 가지 방법이 있지요. 지금 말씀드린 것은 산법(算法)인데, 예지술이 따로 있습니다. 정신을 일념에 두고 공부하는 이에게 과거와 미래사가 훤히 비치는 수가 있습니다. 제가 6·25를 보았던 게 그거지요.

천문(天文)도 있습니다. 한데 산법이나 천문이나 예시 이 모두가 우리의 3천 년 대운을 가리키고 있으니 놀랍지 않습니까?

내가 이런 얘기 함부로는 못해요. 여러분이 정신계에 관심이 많고, 정신철학에 조예가 깊다니까 안심하고 말씀드리는 겁니다. 여기서 우학도인은 다시 한 번 호쾌한 웃음을 터뜨렸다.

# 4차원 문제를 푸는 동양의 지혜

"세계는 지금 황백대전환기를 맞고 있어요."

우학도인의 말씀이었다.

"이제 세계의 중심이 동양으로 이동합니다. 그러면서 한국·중국·인도 삼국이 세계를 주도할 겁니다. 그중에서도 한국은 그 주장이 되지요.

일제 치하에서 누가 우리나라의 독립을 상상할 수나 있었습니까? 그런데도 세계정세가 변하다 보니까 그 어려워 보이던 독립이 됐어요. 그러니 남북통일도 마찬가집니다. 거의 피 한 방울 흘리지 않고 이루어질 겁니다. 물론 그 주체는 남쪽이지요. 김일성·김정일 등의 운수는 지금 말기에 와 있어요.

천문에 오복성(五福星)이라는 게 있습니다. 그 오복성이 태방(兌方)에 비친 뒤로부터 180년 동안 미국은 세계의 강국이 됐어요. 태방이 미국입니다.

그 오복성이 그 뒤에 다시 일본 쪽에 비쳤습니다. 그때는 약

삼분지 일 정도가 비쳤었지요. 그때부터 일본은 명치유신을 거쳐서 국세가 지금 절정기에 이르렀습니다.

그리고 오성이라는 게 우리나라 위에 비쳤어요. 이미 30년 전입니다. 게다가 이번에는 직렬취합(直列聚合)이었어요. 이런 예는 일찍이 없었습니다.

어떤 학자는 이것이 지구대파멸의 조짐이니 어쩌니 하는데 우습지요. 칭기즈 칸이 나기 30년 전에 오성이 그쪽에 취규(聚奎)를 했었거든요. 그래서 칭기즈 칸이 어떻게 됐습니까? 세계를 제패하지 않았습니까? 그런데 그때의 취규는 큰 테두리 속에 오성이 겨우 모인 형태였지만, 이번 우리나라에 비친 것은 일직선상에 질서정연하게 비친 것이지요. 이게 길조면 길조이지 왜 흉조라고 하는지 모르겠어요.

천문에, 오성이 모일 때는 15년 동안 하늘에 기(氣)를 쌓는다고 되어 있습니다(聚天). 그다음 15년간은 땅에다 기를 내리지요. 뿌리를 박는 것입니다(聚地). 그다음은 인사(人事)에 맡겨집니다. 원래 천지인(天地人) 삼재(三才)라고 했어요. 그렇게 30년을 준비한 뒤에 비로소 본운(本運)이 시작되는 겁니다. 바로 올해로써 그 30년이 다 끝나고, 이제 우리나라는 본운으로 접어든 것입니다. 그런데 이번 오성취두는 3천 년 만에 우리에게 다가오는 대길조입니다. 이를 계기로 백인 중심의 세계사가 황인 중심으로 전환하게 되는데, 그 주역이 우리라는 얘기지요. 이렇게 본다면 백인들에게는 말세의 의미가 없는 것도 아닙니다.
허허허…….

그러나 이번 황인의 세상은 좀 달라요. 평화입니다. 무력이
아니고 정신력으로 세상이 다스려집니다. 과학은 이제 안 돼
요. 그 과학보다 더 높은 과학, 즉 정신과학이 세상을 다스려야
합니다.

우리나라의 단군 황조나 석가모니·예수·공자 등은 모두 다
정신과학을 가르치신 거예요. 그것 아니고는 세계 평화, 참 어
렵습니다.

머지않아서 우리나라에서 원자탄·수소탄을 막을 신병기가
개발될 겁니다. 전 누가 그걸 개발할지는 몰라요. 여기까지가
정신계에 깊이 들어가서 본 것입니다.

두 사람이 연구 중이에요. 그런데 거의 다 됐습니다. 그렇지
만 서로 조금씩 부족해요. 그 부족한 걸 서로 합치면 해결이
될 텐데 아직 서로 만나질 못했어요. 그러나 곧 해결될 겁니다.

제가 백두산에 가는 길에 만주까지 간 적이 있습니다. 압록
강 너머에 300~400리나 되는 대분지가 있어요. 거기가 북계룡
입니다. 만산이 조복(朝伏) 하는 형세인데, 아마 동아시아에서
그 같은 도읍지는 다시 없을 겁니다. 흔히 술사들이 계룡, 계룡
하면서 다음 세상에는 계룡이 도읍지라고 하는데, 충청도 계
룡산이 도읍지가 되겠습니까? 어림없지요. 그 좁은 곳에.

단

계룡은 남계룡이 아니고 북계룡입니다. 거기가 좀 추운 데긴 해요. 그러나 인구가 천만이고 2천 만이고 살게 되면 문제없습니다. 인구가 그렇게 모여들면 그 지방 온도가 4~5도는 더 올라가거든요. 그곳이 미래에 우리나라 도읍될 자립니다.

내 제자들 중에도 국회의원과 장관이 몇 사람이 있습니다. 제가 만나면 늘 야단을 치지요. 곧 머지않아 통일이 될 텐데 통일 후의 정책에 대해서 한 번이라도 생각해 봤느냐? 그저 행정 수도를 남쪽으로 옮길 생각이나 하고 그러니, 어떻게 국운을 회복할 수 있느냐고 야단을 치지요.

이때 필요한 것은 인재입니다. 그리고 선진 과학이지요. 그래서 인재 양성이 시급할 때인데, 사실 생각해 보면 일본이나 미국의 과학을 따라가려고만 해도 50년, 100년이 걸릴 겁니다. 그러니 평범하게 해서는 안 되지요.

그러면 어떻게 그들을 따라잡아서 우리가 세계의 강국이 될 수 있는가? 이게 문젭니다. 한데 우리에게는 단조(檀祖) 이래로 내려온 전래의 수련법이 있습니다. 이 수련법을 익히면 누구나가 다 천재나 수재가 될 뿐 아니라 불가사의한 능력을 갖게 됩니다. 전 국민적으로 이런 수련을 해보십시오. 마치 고구려·신라의 옛 무사나 화랑들처럼 말입니다. 그러면 우리의 국력은 급격하게 신장될 것입니다.

내가 여러분과 이야기하게 된 데도 다른 뜻이 있는 것이 아닙니다. 국민 모두가 열심히 이 수련을 해서 뛰어난 사람들이 되자는 거지요. 그래서 지적으로나 영적으로나 체력적으로나 부족함 없는 나라를 만들자는 것입니다.

이런 이야기를 하자니까 사실 여간 부끄럽지가 않아요.

제 선배들은 저보다 열 배, 백 배의 능력을 갖고 계셨거든요. 제가 손전등이라면 선배들은 태양과도 같았습니다. 그런데 그 분들은 도법을 가지고도 그냥 말없이들 떠나갔습니다. 그런데 그중 제일 못한 막내인 제가 마치 선도의 대가인 양 이야기한 다면 부끄럽지요. 하나 그렇게 해서 좋은 나라, 좋은 사회가 된 다면 무엇을 망설이겠습니까?

선배들은 국운이 쇠망기에 있을 때 사셨고, 지금은 대도약 을 눈앞에 둔 마당입니다.

무엇보다도 지금 우리에게 시급한 것은 이·화학 분야의 발 전입니다. 그래서 나는 그 분야의 전공자들이 정신 수련에 관 심을 가져 주었으면 합니다."

"이·화학과 정신 수련이라면 얼른 연결이 잘 되지 않는 것 같습니다만······."

"정신 수련을 하게 되면 갖가지 불가사의한 현상들이 나타 나지요. 아주 깊이 들어가서 신선이 되고 장생불사를 할 정도 되려면 어렵겠지만, 현실에서 필요한 능력을 얻는 것쯤은 2~4 년 정도의 노력으로 되지요. 투시가 됩니다. 이쪽 방에 앉아서 저쪽 방을 들여다볼 수 있습니다. 그리고 예지가 됩니다. 미래에 일어날 일을 알 수 있습니다. 아주 구체적으로 볼 수가 있어요. 한데 이 공부도 다 자기 취향과 전공대로 가지요. 공부가 어느 정도에 이르면 정신계에서 갖가지 구경을 시킵니다. 그때 미래에 발명될 것들의 설계도면이나 지금 연구 중인 물품도 볼수가 있지요. 비전공자라면 그걸 보아도 소용이 없습니다.

나도 원자탄을 미리 본 적이 있습니다. 정신계에서 인도하여 갔습니다. 물론 몸은 여기 수련장에 그냥 있지요. 정신만 갑니다. 갔더니 큰 서고에서 책을 꺼내서 보여 줍니다. 제목을 보니 『뇌화탄(雷火彈)』이라고 쓰여 있어요. 책장을 넘기니까 첫 장에는 전체의 조감도가 그려져 있고, 다음 장부터는 세세한 설계도가 있습니다. 내가 그것을 알아볼 수가 있나요? 제자들한테 그 얘길 했지요. 그때 계룡산에 산막을 짓고 제자들을 몇 명 가르칠 때였어요. 모두들 믿질 않더군요. 한 학생이 그래요.

'선생님께서 역학을 모르시니까 그러십니다. 그렇게 엄청난 파괴력을 가진 탄이라면 무게도 수십 톤이나 될 텐데, 그걸 어떻게 싣고 날아가서 떨어뜨립니까?'

'두고 보아라.'

전 그렇게만 얘기했지요. 그때는 아직 B-29가 없을 땝니다.

뒤에 히로시마에 원자탄이 투하되고 나서, 그네들이 찾아왔더군요.

이처럼 갖가지 예지와 투시와 비상한 기억력의 계발, 그리고 심신의 평온 등 헤아릴 수 없는 효과가 있습니다. 그러니 그걸 이용해서 선인이나 도인이 될 사람 말고, 사회와 인류에 복이 될 일을 할 사람이 우선은 필요하다는 말이지요.

선계 수련에도 계제가 있어요. 편의상 총 9계(堦)까지로 잡고, 1~2계 정도면 지금 이야기한 것은 문제없지요. 그런데 그걸 넘어서서 4계나 5계 이상 되면 모두들 웬일인지 세상을 등지고 떠나 버립니다.

저의 선배님들도 그랬어요. 이미 안 될 운수인데 애써서 뭘 하느냐는 게지요. 딱한 일입니다. 그래서 난 한사코 반대했습니다. 진인사대천명으로 힘껏 노력해 봐야 하지 않느냐? 해보지도 않고 일찌감치 포기한단 말인가? 하면 그들은 대답을 않습니다. 그래서 저는 너무 깊이 수련하지 말고, 그냥 1~2계 정도면 족하다고 하지요. 신선이 되어서 뭘 합니까? 힘껏 사는 게 값진 것이지요."

"선생님 말씀을 듣다 보니 공자와 제갈공명의 예가 생각이 납니다. 잘 아시겠습니다만, 공자는 주유천하(周遊天下)에도 불구하고 자신의 이상을 끝내 실현시키지 못했는데, 가끔씩 초야에 묻혀 사는 은사들로부터 야유와 풍자를 당하곤 했잖습니까? 흡사 상갓집 개 같다느니 하며 말입니다. 제갈량도 마찬가지지요. 물론 그의 경우에는 세상에 중용이 되긴 했지만 역시 실패했지요. 세상에 나오기 전에도 제갈량 또한 죽림칠현(竹林七賢)류의 탈속적인 생활을 하고 있었던 것으로 압니다만……."

"잘 보셨습니다. 공자는 대성(大聖)이신데 자기의 앞일을 몰랐겠습니까? 그런데도 누가 자기를 써주기만 한다면 어디든 가겠노라고 언명하셨지요. 제갈량은 정신 수련의 고단자입니다. 5계가 튼튼해서 거의 6계나 되지요. 『삼국지』에도 나옵니다만 그는 관심술(觀心術)의 명수였고, 천문·지리·병법에 정통했을 뿐만 아니라, 위대한 예언가였고, 충신이었으며, 문장가였지요. 죽은 공명이 산 중달을 쫓았다든가, 강동에서 설전군웅(舌戰群雄)했다던가, 적벽대전에서 동남풍을 빌었다는 등의 이야기는 모르는 이가 없을 정도지요. 그는 천 년 앞을 내다볼 줄 아는 대단한 도법의 소유자였으면서도, 결국 오장원에서 비장한 최후를 맞았습니다. 그가 자신의 실패를 사전에 모르고 덤볐었다고 한다면 망발이 되겠지요."

"제갈량이 자기의 사후 10년, 100년을 내다보며 군데군데에 표적을 남겼다는 건 들어서 알고 있지만, 천 년 후의 일을 예언했다는 건 금시초문입니다만……."

"허허허……."


제갈량이 죽고 약 천 년 후의 사람 조참(曹參)은 송(宋)나라의 대장군이었다. 그는 유명한 악비(岳飛)와 함께 당대를 주름 잡는 명장이었는데, 자부심이 대단한 사람이었던 모양이다.

그래서 그는 매양 큰소리치기를 잘했는데, 그것은 당대의 사람에게만이 아니라 역사를 통한 걸출한 인걸들에 대해서까지도 마찬가지였다. 물론 이미 죽어 사라진 사람에게 하는 말이야 쉬운 것이긴 하다. 죽은 자는 말이 없는 법, 설사 조금쯤 허풍이 섞이기로서니 죽은 자가 다시 살아와서 한 수 겨루어 보자고 나설 까닭은 없을 테니까.

조참이 늘 제갈량에 대해서 폄하하는 말을 많이 했던가 보았다. 자기 같았으면 위(魏)·오(吳)를 다 평정하고 너끈히 한실중흥(漢室中興)에 성공했으리라는 것이었다. 아무리 제갈량이 경천위지하는 전략의 하재였다 하더라도 결국은 실패한 이상, 자기에게 미칠 바가 못 된다고 큰소리를 치곤 했던 것이다.

그런 그였는지라, 서촉 정벌을 떠날 때는 아마도 공명에 대한 승부욕이 있었을 것이었다. 왜냐하면 서촉은 공명이 자기의 웅지를 펴던 본거지였으니까. 기세가 등등하여 일거에 서촉을 멸하고 위세를 보이겠다며 대군을 휘돌아 진격하였다.

그러다가 웬 고을 앞을 지나다가 비각 하나를 만나게 되었다. 조참은 향도에게 물었다.

"무슨 사당인가?"

향도가 머리를 조아렸다.

단

"후한(後漢) 제갈무후께서 생전에 세워 두신 전각입니다. 문이 봉해진 채로 아무도 열지 못하도록 다짐해 두었기 때문에 아직껏 안에 무엇이 있는지 아무도 알지 못한다고 합니다. 이 고을에 흉년이 들거나 병마가 창궐할 때에는 이곳에다 기원을 고하곤 하는데, 그때미다 큰 효험이 있어서 고을 사람들은 노소를 막론하고 여간 정성으로 받들지 않습니다."

"그래?"

조참에게는 가당치 않은 일로 보였을 것이다. 당장에 명령이 떨어졌다.

"문을 열어라!"

주저주저 하면서도, 대장군의 엄명인지라 군병들은 문을 열었다. 그러자 우뚝 눈앞에 나타난 빗돌에 쓰였으되,

千歲後知我者其曹參

(천 년 뒤에 나를 알 사람은 바로 조참이렷다!)

이 얼마나 기막힌 일인가? 조참은 그 자리에 고꾸라지듯 엎드려 머리를 조아린 채 황공한 마음을 금할 길이 없었다.

"제가 어떻게 무후의 근처엔들 갈 수가 있겠습니까?"

비석의 뒷면에는 공명이 조참에게 주는 간곡한 부탁이 기록되어 있었다.

'부디 서촉에 입성하시거든 이인치민(以仁治民) 하시오. 1천 년 앞서서 내가 그대에게 간곡히 부탁하는 바이오……'

정성껏 제사를 모셔 공명의 넋을 위로하고 나서 서촉에 입성한 이후로, 조참의 군대는 단 한 사람의 무고한 양민도 살상하지 않았다. 상장군의 추상같은 명령이 내렸던 것이다.


"놀라운 일입니다. 어떻게 시간과 장소까지도 정확하게 알 수가 있었을까요? 아마도 민간에 전래되는 설화나 전설이 아닐까요? 워낙 민중에게 신인(神人)으로 숭배되는 공명이니……."

"못 믿으시는가 보군요. 하지만 동양철학이나 정신 수련에 웬만큼의 조예만 있으셔도 그런 말씀은 못 하실 겁니다. 어떻게 천 년 후의 일을 알 수 있겠느냐고 하지만, 보이는 걸 어떡합니까? 불가사의한 일이지요."

"그 원리를 구명할 수가 있겠습니까?"

우학도인은 웃음을 머금었다.

"글쎄요. 그건 나 같은 사람 소관이 아닙니다. 학자들이 할 일이지요. 아마도 과학이 궁극까지 가면 모든 게 밝혀질 겁니다. 과학과 정신은 양면에서 산정(山頂)으로 오르고 있는 게 아닐까 합니다. 과학도 옳고, 정신도 옳지요. 그런데 과학이 단계적 지공(遲攻)이라면, 정신 수련은 속공(速攻)이지요. 하니까 인내심과 집중력·신념이 필요해요. 우리들이 존경하는 대스승들은 그런 속공법으로 먼저 정상에 오르신 겁니다. 그분들이야 그걸 보시고서 천국이라고 하든 열반이라고 하든 하실 테지만 아직 못 가본 사람에게는 실감 안 나는 얘기지요. 그러나 과학이 하나하나 그런 분들의 가르침을 증명해 가고 있으니까요. 정상에서 만나게 되면 동쪽으로 올라왔든 서쪽으로 올라왔든 마찬가지 아닙니까? 밑에서는 동쪽과 서쪽이 아주 반대편이지만 정상에 오르고 나면 동쪽도 서쪽도 없고, 남쪽도 북쪽도 없지요. 오면서 단풍 구경한 이, 시냇물 구경한 이, 기암절벽 구경한 이, 갈대밭 구경한 이, 결국은 다 구경일 뿐 정상에 오르고 나면 그런 건 문제가 안 되지요.

어디서 이런 말을 읽었습니다. 어떤 사람이 전구를 발명한 에디슨에게 "선생님, 전기란 도대체 무엇입니까?" 하고 편지로 물었대요. 그랬더니 에디슨 왈, "전기는 실존하고 있소. 그러니 쓰시오" 했답니다. 이와 마찬가지가 아니겠습니까? 전기가 뭐냐? 전기가 뭐냐? 하고 자꾸 따져 봐야 소용없습니다. 그래서 부처님도 독화살의 비유를 말씀하신 것 아닙니까?

그러니까 전기를 의심하지 않고 쓰듯 쓰면 됩니다. 그와 마찬가지로 정신 수련이라는 것도 '하면' 됩니다. 하면 이루어지고, 가면 도달하게 됩니다. 이게 제 좌우명입니다. 거거거중지(去去去中知)요, 행행행리각(行行行裡覺)이라. 가고 가는 가운데 알게 되고, 행하고 행하는 가운데 깨닫게 됩니다."

"그러나 그런 가르침을 알면서도 초월적 신비 능력에 대해서는 여전히 의문이 가는 것이 사실이거든요. 역시 머리와 마음은 따로 노는 것인가 봅니다. 죄송합니다."

"불가사의한 일이지요. 그러기에 흔히 4차원이라는 말이 있잖습니까? 언어도단(言語道斷), 불립문자(不立文字)라는 말도 있구요. 그야말로 설명할 수 없는 건 설명할 수 없습니다. 이미 도(道)라고 말해진 이상, 그것은 도일 수가 없다고도 하지요. 아마도 천국이며 열반이 수학적으로 증명이 된다면 나쁜 짓 할 사람 하나도 없겠지요. 그런데 진리란 그렇게 속 시원하게 증명할 수 있는 게 아니니, 어쩌면 이게 사람 사는 재미 아닐까요?"

"말씀을 듣고 보니 아인슈타인의 상대성 이론이 생각나는군요. 아인슈타인에 의하면 세상의 모든 사물은 상대적인 것입니다. 심지어는 시공간조차도 상대적이라니 놀랍지요. 즉 여기에서의 하루가 다른 어느 곳에서는 한 시간 또는 열흘이 될 수도 있고, 여기에서의 1미터짜리 자(尺)가 다른 어느 곳에서는 50센티미터가 될 수 있고, 3미터로도 될 수가 있다는 것입니다. 우리가 사는 3차원의 공간에다 시간이 변속하면서 그런 변화가 일어난다고 하는데, 그렇게 '느껴지는' 것이 아니라 '실제로' 그렇게 된다는 것이 충격적입니다.

카프라(F. Capra) 교수가 쓴 책도 생각납니다. 거기에는 서로 모순되는 것처럼 보이는 동양철학적 개념들이 훌륭하게 설명

돼 있더군요. 특히 『코스모스』의 저자로 유명한 미국의 칼 세이건 박사도 설명하듯이— 지금까지 영원하고 절대적인 것으로 믿어 온 시간과 공간도 비틀려 있다고 하거든요. 그러니 시간이란 것이 지금 우리가 생각하는 것처럼 꼭 일직선상에서 과거-현재-미래의 순서로만 흘러간다고는 볼 수 없다는 거지요. 그런 데다가 카프라 교수에 의하면, 물리학적 현상을 연구하다 보면 '미래가 과거에 일어난다'고밖에는 말할 수 없는 기이한 현상을 관측하게 된다고 합니다.* 아마 이런 것들이 선생님의 말씀처럼 과학을 통해 신비주의 사상이 증명되는 현상일 수도 있겠습니다."

"신비주의? 아닙니다. 한번 정신 수련을 해보고, 실제 초능력—엄밀한 의미에서는 과학의 정상(頂上)인—을 행사해 본다면 이걸 가지고 신비주의니 뭐니 하는 말은 않게 됩니다."

"아무튼 우리는 정신 수련을 통해서 4차원 이상의 세계를 볼 수가 있다는 말씀입니까?"

"그런 셈입니다. 지금까지 과학으로 해명하지 못한 것들이 참 많잖습니까? 옛날에는 천둥·번개·일기 변화의 원인을 몰라서 전전긍긍했었는데, 지금은 어린아이들도 그 정도는 압니다.

---

* 『현대물리학과 동양사상(The Tao of Physics)』 참조. 이 책에서 저자는 시간과 공간은 전적으로 동일한 것으로서 4차원 연속체로 통일되고, 그런 시점에서는 '전'도 없고 '후'도 없으며, 이런 물리학적 현상은 '찰나가 곧 영원'이라는 동양의 전통적 가르침과 일치한다고 말한다.

그러나 지금의 과학은 무당의 강신(降神)이라든가, 종교적 안수 행위나, 심령치료 등에 대해서는 입을 다물고 있죠. 모른다고 다 미신이라는 식은 잘못된 겁니다. 모르는 건 모른다고 인정 해야지요.

전에 미국인 학자 한 사람이 한국인 교수를 대동하고 나를 찾아온 일이 있습니다. 그 미국 교수는 4차원 연구가 전공이랍 니다. 지금 미국서는 그 방면에 대한 연구가 대단한가 봐요. 그 교수는 미국에서 실제 있었던 이야기를 내게 해주더군요.

미국의 어떤 역에서 열차가 출발했답니다. 그런데 그 중간에 서 열차가 증발해 버렸습니다. 이쪽 역에서는 분명히 출발했는 데 저쪽 역에서는 도착하질 않았던 것입니다. 샅샅이 수색했지 만 아무런 단서도 찾을 수가 없었습니다. 그런데 사흘째 되던 날, 그 문제의 열차가 도착했습니다. 기가 막힐 노릇이지요. 그 런데 이상한 것은 정작 당사자인 승객들은 그런 사실을 전혀 모르고 있었다는 사실입니다. 그도 그럴 것이 중간에 담배를 피워 물었던 승객의 담배가 여전히 타고 있었으니까요. 승객들 은 사흘이라는 긴 시간을 단 몇십 분으로 살았을 뿐, 나머지 시간은 감쪽같이 잃어버린 셈입니다. 국가에서는 이 사실을 극 비에 붙였답니다. 나한테 그때의 사진을 보여 주더군요.

'그래, 이거야말로 4차원 현상이다.' 이렇게 결론을 내리고 고급한 두뇌를 동원해서 연구를 시작했답니다. 그런데 4차원 연구라면 역시 동양철학 아니면 풀 수 없다고 해서 인도·중국·일본 사람 할 것 없이, 좀 야릇한 예언도 하고 약간 초능력도 보이고 하면 다 데려가는 모양입디다. 내가 웃었지요."

"일본의 도카이대학 교수이자 공학박사인 세키 히데오(關英男) 교수의 저서에서 읽은 겁니다만, 『타임머신』, 『투명인간』 등으로 유명한 영국의 소설가 H. G. 웰스는 1933년에 발표한 『The Shape of Things to Come』이라는 책에서 제2차 세계대전의 발발, 원자폭탄의 일본 2개 도시에의 투하, 새로운 일본이 부활해서 강국이 되리라는 것 등을 예언했다고 해요. 그런데 그는 제네바에서의 어느 날 아침잠 속에서, 미래의 역사책이 눈에 훤히 보여서 그것을 메모했다가 글을 쓴 거랍니다. 그런가 하면 『데이비드 코퍼필드』, 『크리스마스 캐럴』로 유명한 영국의 대소설가 찰스 디킨스도 생전에 못다 끝낸 원고를 사후 이름 모를 촌부에게 강령(降靈)해서 끝마쳤답니다. 이런 비슷한 경험은 『역사의 연구』로 유명한 대석학 토인비도 체험했다고 합니다.

그런데 또 이런 일도 있었답니다. 1963년 11월 20일 일본의 〈마이니치신문〉에 실린 차량 증발사건입니다. 기사 전문은 이렇습니다(박 군은 책을 뒤적여 해당 페이지를 찾아냈다).

'어느 은행의 도쿄 가쓰시카 지점 차장 R씨와 지점장 대리 K씨가 손님과 함께 K씨가 운전하는 차로 미토 가도에서 이바라

키현에 있는 골프장을 향해 우회도로를 달리고 있었다.

그 차의 약 150미터쯤 앞에 도쿄 번호판을 단 검은색 자가용 한 대가 질주하고 있었다. 그 차의 뒷자리 왼쪽 편에는 한 중년 남자가 신문을 읽고 있는 것이 똑똑히 보였다. 그런데 갑자기 차 주위에서 수증기인지 연기인지 모를 흰 기체가 피어나왔다. 그리고 불과 5초쯤 사이에, 그 차는 탔던 사람과 함께 증발하듯 홀연히 사라져 버렸다.[*]

그런가 하면 이런 일도 있었습니다. 1973년 5월 16일, 안토니오라는 기장이 조종하는 터보 보로프 항공기가 브라질의 벨루오리존치 공항으로부터 리우데자네이루를 향해 이륙했습니다. 수평비행으로 한참을 날다가, 갑자기 기체가 좌로 크게 기우뚱거리며 달달 떨리듯이 흔들렸습니다. 그 바로 직후, 승객 중의 한 사람이 밀실로 된 기체 안에서 연기처럼 사라져 버렸습니다.[*] 이런 비슷한 얘기는 저도 꽤나 많이 수집했었습니다. 마의 버뮤다 삼각지대, 또는 중력이 비틀어진 지대에서의 인터뷰와 사진, 순식간에 수천 킬로미터 밖으로 이동되어 버린 사람의 얘기 등……. 그러나 이런 일에 대해서 현대과학은 아직까지 속수무책인 것 같습니다……. 그래서 제 나름으로 고심하다가 이렇게 생각했습니다. 여기 그림을 보십시오.

[*] 세키 히데오 저, 손영수 역, 『4차원의 세계』 참조.

단

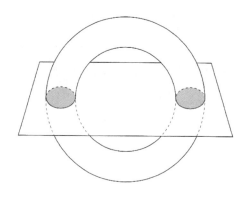

　이 도넛은 물론 3차원의 사물입니다. 이것을 그림과 같이 자르게 되면 잘린 면은 2차원이 되지요. 즉 면적만 있고 부피는 없는 세계가 됩니다.

　자, 그러면 2차원의 인식 능력을 가진 생명체를 상정해 봅니다. 그리고 2차원의 세계에 3차원의 파리 한 마리가 날아왔다고 가정합시다(물론 파리는 부피를 가진 3차원의 생명체로서, 면만 있는 2차원에 나타난 파리를 상정합니다). 2차원 세계의 주민들은 파리를 구경하려고 몰려듭니다. 그 순간 파리는 날아가 버립니다. 그러나 주민들은 파리가 날아가는 것을 볼 수가 없습니다. 그들은 2차원 세계의 주민이기 때문이지요. 파리가 2차원 공간을 떠나 움직이는 그 순간, 2차원 주민들에게는 갑자기 파리가 '증발해 버린 것처럼' 보입니다. 증발되는 것과 점점 멀어져서 마침내 보이지 않는 것은 다릅니다. 흔히 도깨비에게 홀린 것 같다느니, 허깨비처럼 펑 하고 사라졌다고들 표현하는 일이 있는데, 이 경우가 바로 그렇습니다. 비행기 따위가 점점 멀어져 가는 것을 보는 것처럼이 아니라, 순간에 펑! 하고 증발해 버리는 것입니다. 앞선 예와 같이 '사라져' 버리는 겁니다.

파리가 날아가는 것쯤이야 3차원에 사는 인간이 볼 때는 일상적인 일에 불과합니다. 그러나 2차원 주민들의 인식 능력으로서는 이것이 불가사의하기 그지없는 일인 것입니다. 이와 마찬가지로 4차원 세계에 대해서 우리는 아주 무력하기 짝이 없습니다. 그러기에 열차가 증발되고, 자동차가 사라져도 속수무책인 거지요. 도대체가 '불가사의한' 것입니다. 그런데 이 문제에 대해서 정신 수련법은 깊은 암시를 주고 있습니다.

4차원의 세계에서는 미래가 현재에 일어나기도 하고, 자기의 전생을 볼 수도 있습니다. 그런데 정신 수련을 통해서도 같은 현상이 일어나게 된다면, 제갈량이 천 년 후의 일을 보았다는 것은 당연하다면 지극히 당연한 일이라고 생각합니다."

"물론 미래를 아는 방법에는 여러 가지가 있습니다. 아마도 제갈공명은 직접 정신 수련의 원상법(原象法)을 통해서 알았으리라고 짐작되는데, 그 외에도 방법은 많아요. 천문이나 역법(易法)을 통해서도 산정(算定)이 가능하고, 지극한 정성을 가지고 기원을 할 때에 홀연히 보이는 경우도 있습니다. 이런 경우 서양 종교에서는 신의 계시라고 보지만 동양에서는 자기 내부에 있는 영성이 눈뜨는 것으로 보는 게 다를 뿐이지요. 서양 사람들(또는 현대인들)은 교육이란 피교육자가 모르는 것을 '가르쳐 주는' 행위라고 보지만 동양에서는 전통적으로 자기 내부에 있는 지혜를 '일깨우는' 역할이 교육이라고 봤어요. 그러니 우리는 깨닫기만 하면 그 순간 완벽해진다는 서지요.

하도 증거 증거 하시니까 말씀드리지요. 우리 선조들 대단했습니다. 다만 그분들은 깊이 숨기셨지요. 정신력의 초월적 능력이라는 건 칼과 같습니다. 모든 이기는 곧 흉기이기도 하듯이, 정신 수련이 주는 능력 또한 잘못하면 다치기 쉽다는 걸 알았던 선조들은 섣불리 자랑하거나 설치지 않았던 것입니다.

공주의 봉황산 위에 수원지(水原池)가 있습니다. 수원지 공사를 하다가 산정 가까운 곳에서 큰 반석 하나를 파낸 일이 있습니다. 그 돌에는 용연(龍淵)이라고 커다랗게 쓰여 있었습니다. 수백 년 전의 것이 분명했습니다. 그런데 왜 산꼭대기에다가 그것을 묻었을까요? 이곳이 큰 연못이 되리라는 걸 안 사람이 있었던 것입니다. 한번 장난을 해본 거겠지요.

제 선친께서 계룡산 밑에 있는 마을에 잠깐 계실 때지요. 오경남이란 이가 있었는데, 그 근처 곳곳에다 참문(讖文)을 새기고 그랬습니다. 선친이 그곳에 들어가시기 훨씬 전 일이지요. 그 마을에다가 오경남이란 이가 '개학동문(開學洞門)'이라고 떡 새겨 둔 겁니다. 마을이 생기고 500년 동안, 초시(初試)는 그만

두고 샌님 한 사람 없던 마을이어서 고생하는 사람들만 모인 동네였지요. 을묘년이니까 지금으로부터 69년 전이군요. 아버님께서 그곳에서 학교를 세우셨는데, 그 학교에서 경성제대에 입학한 이가 네 명이나 배출됐습니다그려. 그야말로 개학동문이 된 셈이지요.

선친께서 그때 그 마을 뒤편에다 구곡(九曲)을 차리실 제 구룡도천(九龍跳天)이라고 명명을 했었습니다. 아홉 용이 승천하는 기상이라는 뜻이지요. 나중에 그곳에서 출토된 오래된 기왓장을 보니까, 절 이름이 구룡사(九龍寺)였습니다. 옛사람들은 이름 하나를 짓더라도 가볍게 하지 않았습니다. 즉 선친이나 그곳 절에 구룡사란 이름을 붙이신 분이나, 그곳의 지세(地勢)를 똑같이 구룡의 것으로 보신 것입니다.

서울 수구문 이름이 무언지 아십니까? 광희문(光熙門)입니다. 수구란 물이 빠져나가는 마지막 지점입니다. 그런데 이씨조선 끝 왕 두 분이 광무(光武)·융희(隆熙)라는 연호를 사용하셨습니다. 그러니까 광희문이 될 수밖에요. 한양에 도읍이 정해질 당시부터 수구문 이름은 광희문이었습니다. 무학대사나 삼봉(三峰) 정도전 등이 그렇게 해놓은 것입니다.

종묘의 문 이름이 무엇입니까? 창엽문(蒼葉門)입니다. 그리고 거기에 모셔진 군왕은 28위(位)이고, 고종·순종 두 분은 반(半) 간에 모셔졌습니다. 그런데 창(蒼) 자와 엽(葉) 자를 자세히 음미해 보세요. 창은 이십(卄)과 팔(八)과 임금(君)의 합자입니다. 엽 자 또한 이십(卄와 十)과 팔(八)과 세(世) 자로 되어 있지요. 그런데 그 창엽문은 처음부터 있던 것입니다. 그리고 처음부터 종묘는 28간 반이었습니다. 남지도 모자라지도 않은 것이지요. 결코 공교로운 게 아닙니다. 종묘에 모셔질 군왕이 28세에서 그칠 것을 알고서 지은 이름인 것입니다.

율곡 선생께서 임진란을 예견하신 것은 널리 알려져 있습니다. 서애 유성룡은 두고두고 율곡에 대해서 경탄을 금치 못하였지요. 율곡 또한 정신 수련이 높은 경지에 올랐던 분이라는 걸 모르는 이가 많습니다.

또 하나 예를 들까요? 토정비결로 유명하신 이지함 선생 애기입니다. 그분은 스스로 사후에 묻힐 자리를 정해 놓았습니다.

그런데 마침 자기의 증손자가 당시 삼도감사(三道監司)를 지내면서 유명하다는 풍수쟁이의 말을 듣고 묘를 팠습니다. 이장을 하려던 거지요.

그런데 파고 보니 안에서 빗돌이 하나 나왔습니다. 그 빗돌에 써 있는 말이,

'모년 모월 모일 모시에 불초손(不肖孫)이 이 묘를 팔 것이며, 개봉축(改封築) 하리라.'

그래서 죄송스러운 마음에 그 삼도감사는 선산에 선영(先塋)과 함께 묻힐 수 없노라고 토정 선생의 묘 밑에다가 자그맣

게 자기 묘를 썼습니다. 지금도 토정 선생의 묘 밑에 그이의 묘가 있습니다.

사리는 이렇게 분명한 거지요. 이왕 내친걸음이니까 예지에 대해서 일화 몇 가지를 더 소개해 드리지요.

저희 조부께서는 무과(武科)를 하시고 수사(벼슬 이름)로 계셨습니다. 당시 종조부님으로부터 분가하면서 받으신 천석 받이 논을 사기꾼들에게 다 날리고 궁색하기 이를 데 없었다고 합니다.

그런데 하루는 같은 동네에 사시는 정(鄭)씨 댁에서 사람이 와서 조부를 모셔 갔습니다. 이씨 조선 내내 그래 왔습니다만 무과를 한 이는 문관들한테 여간 푸대접을 받은 게 아니었었지요. 게다가 그쪽 집안으로 말하자면 대대로 정승·판서·대제학 등을 지내신 명문이신지라 웬일인가 하고 놀라셨을 게 당연한 일이었지요.

'아, 내가 친구도 없고 적적해서 그래. 우리 한동네서 서로 친하게 지내세.'

정씨 댁 어르신께서는 이상하리만치 친절하게 대하시면서 아들 손자들을 불러 앉히고 깍듯이 인사를 시키셨습니다. 당황한 건 조부셨지요. 자제가 나중에 정일품에 봉해지신 분이었을 정도니까요. 그런데 이상하게도 정씨 댁 어르신께서는 궁색할 때마다 쌀도 주시고 돈도 주시면서 친절하게 격려도 해주시는지라, 그저 고마울 수밖에요.

그러다가 임종이 가까워 오자, 그 어르신께서는 저희 선친과 삼촌 형제분을 부르시더니 당신 손자들 삼 형제와 손을 맞잡게 하시고서 간곡하게 후사를 부탁하셨습니다. 서로 돕고 친형제처럼 지내야 한다고 말입니다. 거기에다 자제분한테 단단히 유언을 하셨던지 어르신 사후에도 도움이 계속되었습니다.

오래 뒤에 김홍집 내각 때였습니다. 중전 민씨(閔氏)가 독살되는 참극이 벌어졌습니다. 물론 주모는 일본인들이 한 것이었지만 김홍집이 관련했다 하여 그는 처참한 죽음을 당했지요. 광화문에서 종로까지 끌려오는 동안 성난 군중들에게 맞아서 뼈 한 줌 추릴 수가 없었을 정도였으니까요.

문제는 정만조(鄭萬朝) 어른이었습니다. 바로 조부를 도와주시던 어르신의 손자 삼 형제 중 첫째분이셨지요. 당시 승지(承旨)로 계셨는데, 이번 국모 시해사건을 정승지가 알고 있었으면서 고하지 않았다고 소문이 난 것입니다. 이것이 사실이라면 이는 불고죄가 되고 당연히 사형입니다.

그런데 공교롭게도 그 사건 당시 저희 부친께서는 판사로 계셨고, 삼촌께서는 법부대신으로 계셨습니다. 두 분은 은인의 손자를 처벌해야 하는 난처한 입장에 빠지신 거지요.

어쨌거나 두 분은 백방으로 노력하셨고, 결과는 면사형(免死刑)·종신정배(終身定配)로 나타났습니다. 우선 그만해도 한

숨 돌린 셈이었습니다. 어쨌거나 죽음은 면했으니까요.

정만조 하면 당시 소론의 팔재사(八才士)라고 해서 천재로 이름이 높던 분이었습니다. 후에 대제학에 봉해졌고, 경성제대에서 한문을 강의하신 일도 있습니다. 그 정만조 어르신은 나의 스승님이시기도 합니다. 당시 정만조 어른은 진도로 귀양가 계셨었는데 부친께서 진도 군수로 자원해 내려가시는 바람에 저는 그 어른의 가르침을 받을 수가 있었던 것입니다.

선친께서는 정만조 어른을 극대하셨습니다. 그러다가 기회를 봐서 서울로 올려 보내셨습니다.

임금이 내린 정배 죄인을 군수가 마음대로 풀어줬으니 당연히 백배대죄를 하셨지요. 선친께서는 상소를 올려서 모든 잘못은 소신에게 있다고 하면서 죄를 자청하셨습니다.

그러나 고종 황제께서는 죄를 묻지 않으셨습니다. 정만조 어른도 정승의 아들이요, 선친 또한 총신의 한 사람이었기 때문입니다.

어쨌거나 놀라운 것은 정만조 어른의 조부님이십니다. 벌써 수십 년 후에 있을 자손의 곤액을 미리 아시지 않았고서야 그런 예비를 하셨을 수가 없는 것입니다. 그야말로 예지에 가득 찬 노대인(老大人)의 모습이 눈에 선하지요……."

"정말 감탄할 만한 일입니다. '지식'에 관해서라면 현대인들이 옛사람들보다 더 앞섰을지 몰라도, '지혜'에 관해서라면 단

단

연 옛 어르신들이 깊었던 것 같습니다."

"지금도 그런 분들이 있을 것입니다. 다만 쉽게 알아보지 못할 뿐이지요. 대현(大賢)은 약우(若愚)라고 했습니다. 조심할 일입니다. 어떤 비상한 눈이 우리의 뱃속을 훤히 꿰뚫어 보고 있는지 모르니까요. 나도 젊었을 땐 세상 무서운 줄 모르고 돌아다닌 일이 있습니다만 몇 차례 고수들한테 뜨끔하게 당하고 나서는 꽤 조신하게 됐지요.

대현은 약우라, 크게 현명한 사람은 어리석은 것처럼 보인다고 말하고 보니, 신석태(申碩泰)라는 이인이 생각나는군요. 이것은 제가 직접 겪은 이야기입니다.

무오년이니까 1918년, 독립만세 부르기 한 해 전입니다. 그때 1차 세계대전이 끝났습니다. 굉장한 유행병이 전국을, 아니 전세계를 휩쓸었었지요. 같이 친구 문병 갔던 사람이 삼사일 뒤에 들으면 죽었다고 하는 일이 예사다시피 했었으니까요. 급성이었죠. 그래 모두들 전쟁귀신이 데려가는 거라고 말하고는 했습니다.

전라도 익산군 황등 사는 신석태라는 분이 이인이라는 말을 듣고 찾아갔습니다. 첨에 얼굴 보고 크게 낙망했지요. 한 60세가량 되어 보였는데, 아주 못나고 평범하다 못해 그야말로 약우였지요. 속된 말로 하자면 '저게 뭘 알아?' 싶더군요.

인사를 했더니 첫소리가 술타령입니다그려.

'자네 술 받아왔나?'

'술이야 마을 아래 내려가면 얼마든지 있지 않습니까?'

'사람이! 신석태 찾아오려면 막걸리 한 됫박 가져 와야지!'

그래서 곧장 내려가 좋은 막걸리집을 찾아가 술을 한 주전자 받아 가지고 왔습니다. 단숨에 서너 사발이나 마시더니 내 앞에 잔을 쑥 들이댔습니다.

'마시게.'

'술을 못합니다.'

'사내자식이!'

전혀 격의가 없습니다. 아주 소탈한 노인이더군요. 만나자마자 바로 '야, 쟈' 하면서 친구 대하듯, 동생 대하듯 했습니다.

'그게 아녀(묻지도 않았습니다). 가서 백립(白笠) 준비를 하게.'

'예? 갓은 무슨 소용입니까?'

이미 단발령이 내린 뒤여서 갓은 별 소용이 없던 때였습니다. 게다가 흰 갓이라니.

'그리고 함경도 가서 북포(北布)*를 사게. 그러면 돈이 남아. 자, 가게. 나 막걸리 한 잔 값은 했어!'

느닷없이 묻지도 않은 돈 남는 얘기를 듣고 나서, 아마도 이이는 물가 시세를 잘 보나 보다 했습니다. 그래서 삼비팔주 중

---

* 함경북도에서 나는 베. 백립을 만드는 데 쓰인다.

단

한 분인 산주한테로 편지를 썼습니다.

당시 산주 박양래 형은 인천에 있었습니다. 미두(米豆)라고 해서 지금의 증권과 비슷한 것인데, 거기서 산주는 시세를 보아주는 옥관(玉官) 노릇을 하고 있었지요.

산주 형은 나보다 12살 연상입니다. 대단한 사람이지요. 제갈량 못지않은 기략과 영재를 가진, 시운을 타지 못한 게 한인 사람이었습니다. 때를 만나지 못했을 때의 한신(韓信)과도 같이 인천 미두 바닥, 그 돈밖에 모르는 망나니들 속에서 자기를 숨기고 있었던 것입니다.

산주한테 신석태 노인 이야기를 하고 의견을 물었던 것인데, 곧 답장이 왔습니다.


천주성락(天主星落)하니 세사가지(世事可知)라. 연(然)이나 심장백립(深藏白笠)하야 이대국상(以待國喪)은 비신자지도리(非臣者之道理)요, 하불학장상지술(何不學長桑之術)하야 이제염천지화거(以濟炎天之火車)오?

천주성[천문에서 임금을 가리킨다]이 떨어지니 세상일을 가히 알겠구나. 그러나 백립을 깊이 감추어 두고서 국상을 기다리는 것은 신하의 도리가 아니요, 어찌 장상의 술*을 배워서

---

* 장상은 명의(名醫) 편작(扁鵲)의 스승. 따라서 장상지술이란 의술을 뜻함. 산주는 의술에도 소양이 깊었다.

괴로운 생령들을 구하지 않을 수 있으리오?

이렇게 쓰고서 약방문이 나오는데, 시호(柴胡)·황금(黃芩) 등 약재 이름이 15가집니다.

그래, 생각해 보았습니다. 신석태 노인도 이인이라고 하고, 산주도 대단한 사람인데(그때까지 산주와 우학도인은 그리 친근하지 않았다), 둘 다 국상을 이야기한다. 그런데 태황제나 융희 황제가 돌아가신다고 해도 망한 나라에 백립을 쓰게 할까? 아무튼 해보자.

약도 사고, 북포와 백립도 샀습니다. 결국 약값은 10배 남고, 백립은 50전에서 1원 하던 것을 7~8원씩 받았으니 그 또한 7배 이상 남았습니다. 광무 황제 수라에 약을 타가지고 황제께서 덕수궁에서 돌아가신 거지요. 겸해서 그때 마침 유행병이 창궐했는데, 어찌 됐든 내가 있던 공주 근방에서는 그래도 사람이 덜 희생되었습니다. 바쁘면 우선 그냥 지어 주곤 했는데도 돈이 워낙 많이 남았어요. 이듬해가 독립만세 부르던 해여서 자금이 넉넉해 좋았습니다. 이런 이야기를 하자면 한이 없을 것입니다."

"그렇게 정확하게 앞일을 내다본다면 아닌 게 아니라 큰돈도 벌 수가 있겠습니다. 투기 투기하는데 투기가 아니라 정확히 알고 투자할 수가 있겠군요."

"그러나 그게 그렇지가 않습니다. 돈 버는 데 써선 안 됩니다. 한두 번은 될지 모르지요. 곧 경고가 오고 흑막(黑幕)이 내리게 됩니다. 그것도 받아들이지 않으면 신벌(神罰)이 뒤따르게 되지요."

"경고, 흑막이란 건 무엇인가요?"

우학도인은 웃음을 지었다.

"그런 게 있습니다. 경고는 흔히 선배들한테서 받기가 쉽지요. 너무 설치다가 아주 크게 다치는 수가 있습니다. 술객들 중에는 말로 잘 다스리질 않고, 직접 '치는' 이들이 많으니까요. 흑막이란 계발된 영안 앞에 검은 장막이 내리는 걸 가리키는 말입니다. 세상에서와 꼭 같죠. 일정 기간 동안 정신계의 현상이 보이지 않습니다. 그럴 때는 다시 처음부터 수련해 들어가야 하지요. 한 번도 영안을 가져 보지 못한 사람이야 괜찮을지 몰라도, 잘 보이던 영안이 감겼을 때의 답답함이란 육안의 실명보다 몇 배는 더 고통스럽습니다. 그리고 친구들도 아는 체를 않습니다. 아주 따돌림을 받습니다. 제가 아는 경우만 해도 그런 이들이 몇몇 있습니다. 좋아하는 여자와 그 부모에게 현몽(顯夢)을 해서 장가를 든 자도 있고, 투시 능력을 사용해서 묏자리를 써주고 돈을 우려내는 사람도 압니다. 그런 사람들은 상대하지 않습니다. 평소 친하던 친구들도 아주 면전박대를 하지요. 좌익들 모임에 형사 나타난 양으로, 갑자기 하던 얘기도 않습니다. 참 딱한 일이지요."

"신벌을 당한 사람도 보셨던가요?"

"신벌? 그래요. 그걸 신벌이라고 봐야 옳겠지요. 이런 일이
있었습니다.

이우석이라고 술서에도 밝고, 힘도 세고 한 이가 있었어요.
이 사람한테 을척(乙尺)이라는 게 있었습니다. 이름은 을척이
지만 새처럼 생긴 것은 아니고 반달 모양으로 노리개처럼 생겼습
니다. 『삼국유사』에 나오는 금척(金尺)과 아주 비슷한 거지요.
갖은 신변도 다 부리고, 그야말로 도깨비 방망이 같은 겁니다.

재료는 뭔지 몰라도 나무 썩은 게 된다고들 합니다. 물론 정
신 수련의 일종의 신표지요. 제갈량의 백우선처럼. 나는 산주
한테 이우석의 을척 이야기를 몇 번 들었고, 직접 구경도 했었
습니다. 이우석이란 사람은 을척을 늘 겨드랑이 밑에다 가지고
다녔습니다.

그때 젊을 때라 그것을 구경도 하고 싶고 또 배우고도 싶어
서 나는 자주 그한테 술도 사주고 물건도 주고 했습니다. 지금
생각하면 철없는 짓이었지요. 그 귀한 것을 술 사준다고 가르
쳐 줄 리가 있겠습니까? 어리고 철모르는 소치였습니다.

하루는 이우석이 조선 국부(國父)인 민영휘의 집에 불려 갔
다가 왔습니다. 민씨들 여러 대감이 앉은 데서 그 을척을 구경
시키고는, 돈 몇 만 원을 받아온 거지요. 그때 산주를 만났습

니다. 산주가 나한테 눈짓하면서, 저 친구를 뒤쫓아 가보라고 했습니다.

'여해(如海), 가서 무슨 일 생기면 나한테 얼른 달려오소!'

여해는 당시의 내 호(號)였습니다.

그래서 산주는 기기 넘고, 나는 이우석을 뒤따라갔습니다. 이우석은 친구들이 모여 있는 사랑에 가더니, 연방 호기로운 자랑을 하는 것이었습니다.

'허, 그놈! 그래도 조선 국부라고 튼튼하게 사람대접 한번 잘 하드만!' 하면서 자랑을 하다가 느닷없이 그 자리에 푹 꼬꾸라졌습니다.

너무나 갑작스러운 일이었습니다. 허리를 접듯이 푹 쓰러지더니 잠시 후에 부시시 일어나, 왠지 머리가 무겁다고 하면서 하던 이야기를 계속했습니다.

산주가 나한테 부탁한 것은 바로 그때 자기한테 오라는 얘기였을 것입니다. 그런데 어린 마음에 나는 사실 은근히 욕심이 동하지 않는 바도 아니었습니다.

'옳지! 아마 신벌을 받는 것인가 보다.'

그러는데 다시 한 번 아까와 같이 푹 고꾸라집니다. 그러다가 다시 일어나서 연신 또 자기 자랑이었습니다.

세 번째는 아예 뒤로 벌렁 넘어가 버렸습니다.

'나 어지러워, 나 어지러워' 하고 간신히 중얼거리는 그이를 업고, 나는 곧장 병원으로 뛰었습니다. 마침 가진 돈이 없어서 산주한테 연락을 했습니다.

산주가 나한테 말했지요.

'갈 사람이라면 가야 하지만, 그래도 혹 도움이 될까 해서 부탁했던 건데…… 그때 바로 왔더라면 사람은 살릴 수 있지 않았을까 몰라……'

결국 시체를 염하고, 병원비 내고, 장사 지내기까지 모두 내 차례가 되었습니다. 그런데 없었습니다. 분명히 그가 을척을 보이면서 자랑을 했고, 다른 곳에 빠졌을 리도 없었을 텐데, 겨드랑이 사이의 그 을척은 없었던 것입니다. 을척뿐만이 아니라 민 대감한테 받았다는 돈도 한 푼 남아 있지 않았습니다. 그는 돈 3만 원에 신벌을 받았고, 신벌과 함께 을척과 돈을 다 신이 회수해 가신 것이지요.* 이 이야기는 아마도 그 신비스러운 세계가 일반에게 잘 알려질 수 없었던 한 단서가 될 수 있을 것입니다.

그 뒤에 산주는 나만 만나면 놀려 댑니다.

'어디 또 기회 있거든 송장이나 한번 또 치워 보우!'

선친께서는 내가 을척을 좋아하는 것을 아시고서 늘 말씀

---

* 유명한 요가 수행자 요가난다에게도 은(銀)으로 된 부적이 있었다. 그것은 어떤 진인(眞人)으로부터 요가난다의 어머니에게, 어머니의 죽음과 함께 그의 형에게(당시 요가난다는 2세 정도였다), 그다음에 그에게 전해졌었다. 그것은 사명이 다하자 저절로 소멸되었다. 최초에 예언되었듯이.

단

하셨습니다.

'너는 병자정축벽상토(丙子丁丑壁上土)*라서 을척은 안 된다. 그 생각 말고 공부나 열심히 해라.'

결국 아버님의 예언도 적중하신 셈입니다."

---

* 오행철학에 의하면 우주를 구성하는 다섯 가지의 기본 요소인 금목수화토는 서로 생(生)하고 서로 극(剋)한다. 그에 따르면 목(木)은 토(土)를 극하는 것으로써 서로 가까워질 수 없다. 따라서 을척이 나무로 되어 있다면 토성(土性)인 사람과는 인연이 먼 것이 당연하다. 그런데 우학도인의 생년은 토성에 속해 있었던 것이다.

# 일송 스승을 따라서

"내가 단학선도법과 인연을 맺게 된 것은……."

유난히 희게 빛나는 백발을 성성하게 늘어뜨리고, 얼이 고인 깊은 눈빛으로 우리를 응시하던 우학도인 권필진 옹.

우학도인의 음성은 구십 노인답지 않게 힘차고 강건하였다.

"내 나이 여섯 살 때지. 하나 내 수련은 전생으로부터 계속되어 온 셈이니까…… 허허허……."

도인은 유쾌한 웃음을 터뜨리며 은백의 수염을 흩날렸다. 그럴 때면 우학도인의 넓은 어깨는 힘차게 흔들리곤 하였다.

사실 고풍의 동양화에서나 볼 수 있을 만큼 이인풍(異人風)의 도격(道格)이 넘치는 풍모였다. 사람의 외모라는 것이 얼마나 그 사람의 인격을 표현할 수가 있는 것일까? 그러나 우학도인의 경우에 그런 질문이란 아예 필요가 없었다. 일견하여 선풍(仙風)의 장자(長者)다운 외모 때문에 누구나 압도될 것이기 때문이다.

우학도인은 천천히 자신의 일들을 회고하기 시작하였다. 이제부터 우학도인이 수련해 온 일생이 펼쳐질 것이었다. 조선말부터 일제 강점기를 거쳐 해방, 6·25와 그 많은 국난을 거치면서 겪어 온 풍상의 세월이 도도하게 전개될 것이었다.

모든 일에는 그 배경이 있기 마련이다. 그것은 우학도인의 경우에도 마찬가지였다.

이미 70~80년도 훨씬 전의 이야기니까 현대의 독자들은 그때의 분위기를 쉽게 짐작할 수가 없으리라. 그러나 어쨌든 분명한 것은 당시 사람들의 의식구조는 현대인들과 아주 판이했었다는 사실이다.

간단히 말해서 지극히 영적이었던 것이다. 과학의 세례를 받은 현대인들의 용어를 빌리면 '영적'이라는 말은 '미신적'이라는 말로 바뀌게 될 것이다. 그리고 그 '미신'이야말로 얼마나 경멸과 지탄을 받는 개념이던가?

사실 우학도인께서 살아오신 그동안처럼 우리 민족의 의식구조가 급격한 변화를 겪었던 시대는 역사상 달리 없었다. 단군왕검께서 신단수 아래에 터를 잡은 이래 수천 년 동안 한민족은 '과학적'이라는 것과 거리가 멀었다.

그러다가 나라가 병탄되면서부터 일본을 통한 간접적인 과학문물의 세례가 시작되었고, 그것은 해방 뒤에 더욱 가속되었다. 당연히 전통적인 가치기준은 급격하게 붕괴되었고, 한국인의 독자적인 의식구조도 빠른 속도로 변했다. 급기야는 불과 100년 전 우리 민중 사이에서 공공연하게 인정되던 많은 것들이 흔적도 없이 인멸되기에 이른 것이다.

손꼽기 어려울 만큼 많은 것들이 사라졌다. 충·효에 생명을 초개같이 버리던 유교적 덕목도 그 하나일 것이요, 상하의 관계가 범할 수 없는 것으로 못 박힌 봉건왕조의 관념도 그 하나일 것이다. 그리고 이 이야기가 배경으로 삼는 '영적' 또는 '신비적' 분위기 또한 빼놓을 수 없는 것 중의 하나가 되리라.

오늘날의 사람들이 의약(醫藥)에 친근하듯이 그때의 사람들은 뒤꼍에 모신 삼신단의 정화수와 친근하였다. 오늘날의 사람들이 과학과 학문을 숭상하듯이, 그때의 사람들은 지성으로 하늘에 간구하였고, 영(靈)의 조우(助佑)를 빌곤 하였던 것이다.

그뿐이 아니었다.

공공연하게 인간의 초능력이 인정되고 있었다.

선(仙)·불(佛)의 길을 닦는 사람을 괴이하게 여기는 사람은 없었다. 축지·장풍·둔갑·도술 등의 용어도 아무 거리낌 없이 일상적으로 쓰이고 있었다. 그리고 정성이 극에 달할 때 하늘의 감복을 입어 인지(人智)로는 불가해한 기적과 신통(神通)이 열린다는 사실을 누구나가 다 믿고 있던 때였다.

그런 분위기를 그냥 '미신적' 또는 '몽매한' 것이었다고 쉽사리 단정하고 폄하할 수가 있을 것인가? 우리 선조들이 신명을 바쳐 믿어 왔던 그런 개념들을 과학이라는 보검으로 쾌도난마하여 마땅할 것인가?

역사가 일직선으로 뻗어 나아가며 변증법적으로 발전한다고 보는 것은 서구적 견해이다. 역사란 순환하는 것이며, 결국 원점으로 되돌아오게 된다는 것은 전통적인 동양적 견해이다. 이중 어느 것이 옳을 것인지?

과학적으로 앞서가는 서구문명을 수용·발전·추종하느라고 우리는 그간 우리 자신의 특성과 장점에 너무 소홀했던 것은 아닐까? 앞서간다는 그 서양문명이 이제 와서는 새삼스럽게 동양정신의 정수를 찾아 회귀하고 있는 이때, 우리는 오히려 우리 것을 버리면서 그들을 추종하고 있지 않은가? 어찌 보면 100년 전 우리 선조들의 믿음이야말로 역으로 21세기적인 과학정신이라고도 볼 수 있다. 이제 과학은 그 끝에서 정신을 필요로 하게 되었고, 객관은 주관을, 물질은 마음을 찾게 되었으니까! 그런데 우리의 선조들이야말로 그 얼마나 심적이었으며, 영적이었고, 주관적이었던 것이랴.

---

\* 실제로 우학도인의 부친은 독실하실 뿐 따로이 수련을 하지는 않으셨으나 가끔씩 강계(降啓)가 있었다. 즉 위험에 대해서 신명(神命)으로부터 예고가 오는 것이다. 그 뿐 아니라 신명은 부친을 장신(藏身)으로 가려서 보호한 일이 있었는데, 그것은 오직 지성(至誠)과 일심(一心)의 공이라고 한다.

우학도인의 본명은 권필진, 명문 안동 권씨의 후예였다. 아명은 현민(玄民)이었으며, 자는 옥경(玉卿), 호는 여해(如海)였고, 당호는 물물(勿勿)이었으며, 후에 선가 수련을 하면서 우학(羽鶴)으로 불리게 되었다.

조선 말기. 국운이 풍전등화처럼 위태로운 때 현민은 재동 권 수사(벼슬 이름)의 손자로 태어났다. 현민이 태어난 재동은 대대로 고관 대작들이 자리 잡고 살던 곳이었는데, 을사조약 당시의 참정대신 한규설의 집도 현민의 집에서 바로 한 집 건너에 있었다.

당시는 고종 황제가 일제의 압력 앞에서 고군분투하던 때였다. 그리고 현민의 부친과 삼촌께서는 그 고종 황제를 모시고 모두 고관으로 봉직하고 있었다.

"재동 권 국장(부친의 관직명) 댁에 득남이라!"

소문이 일시에 장안에 퍼졌다. 그도 그럴 것이 현민의 부친으로서는 무려 열여덟 명의 자식을 버린 끝에 얻은 무녀독남이었던 것이다.

잃은 자녀가 열여덟이라면 현대의 독자들은 믿지 못할지도 모르지만, 당시에는 거의 예사로운 일이었다.

부친은 당시 궁내부에서 중책을 맡고 계셨다. 아주 직실한 성품이셨는데, 경학(經學)에 아주 밝으셔서 인망이 높았다. 그리고 사주에 아주 능했다. 당시의 고관대작들은 예의 취미 삼아 사주·관상 등의 요령을 익혀 두곤 하였다. 그때에는 주역이 육경(六經)의 첫머리에 꼽혀 존숭되던 때였으므로 주역의 괘효로서 운수를 점치는 법을 배운다는 것은 아주 쉬운 일에 속했다.

재동 권 국장 댁에 경사가 났다니까 제일 먼저 달려온 사람은 다름 아닌 사주쟁이였다. 당시 장안에서 손꼽힌다는 윤 생원이라는 사주쟁이가 달려와서는 아기의 시(時)를 묻더니 괘효를 풀어 사주를 주욱 써 내리기 시작했다.

매해마다의 운수가 빠짐없이 기록되었다. 그런데 이상한 일이었다. 뒤에까지 보관된 그 사주 괘효는 놀랍게도 현민의 일생을 그대로 적시하였던 것이다. 그렇다면 사람에게는 다 타고난 운수라는 것이 있단 말인가?

윤 생원은 분명 13세 되던 해에 현민이 15세 되는 처녀 아가씨와 결혼한다고 적고 있었다. 그리고 2년 후에는 아내를 사별, 마지막으로 63세에 이르러 침을 꿀꺽 삼키더니 눈을 지그시 감고 '원자무심(怨字無心)'이라고 적었다. 원(怨)에서 심(心)이 없다면 이는 사(死)가 된다. 63세에는 죽으리라. 당연히 그 뒤는 기록이 없었다.

당시에 63세라면 장수에 속했다. 그때의 평균 수명에 비해서 거의 곱절에 가까웠다. 숱한 병화와 역질이 난무하는 속에서 63년을 살 수 있다면 복이라면 복이었는지라 그 사주쟁이는 크게 주저하지 않고 마지막 기록까지 남겼던 것이다.

"다 적었느냐?"

권 국장의 말이었다.

"황공하옵니다."

윤 생원이 머리를 조아리고 사주장을 내밀자 권 국장은 처음부터 찬찬히 훑어보더니 빙그레 웃었다.

"네가 아주 제법이로구나. 잘 적었다."

"소생이 적은 사주가 틀린 적은 일찍이 없는 줄로 압니다."

"하나 아닐세. 이 아이는 예순셋은 더 살 걸세. 잘 적어 가다가 거기서 그만 헛짚었군!"

"네?"

"아니야. 수고했으니 집사를 만나 보고 돌아가도록 하게."

부친도 나름대로 사주에 밝으셨고, 자기 운수 정도는 짐작하시는 분이었기 때문에 자신 있게 어린 현민의 수(壽)를 예언하셨던 것이다.

부친뿐만이 아니었다.

현민의 삼촌인 권중현께서도 사주와 상학(相學)에 일가견이 있었다. 삼촌은 후에 농상대신으로 한규설 내각에 참여했다가, 이토 히로부미의 강권에 의해 을사조약 대신의 하나가 된 분이다. 그 뒤 두 형제는 의절하고 말았다.

현민의 삼촌도 자식이 없었다. 그러다 부인을 사별하고 아주 나이 어린 처녀와 재혼을 했다. 그러면 당연히 그 부인에게서

단

자녀를 기대해도 좋으련만 재혼하자마자 양자를 들였다. 이미 자기에게는 자녀의 운수가 없음을 아셨던 것이다. 과연 새 부인도 자녀를 얻지 못하였다.

이에 비해서 부친은 두 부인과 사별하고 자녀를 열여덟이나 잃었으나 이상하게도 계속 자식들이 어린 나이에 죽어 가는 것을 지켜보면서도 끝내 양자를 두진 않으셨는데, 이 역시 끝에 하나가 살아남으리라는 걸 아셨기 때문이었던 것이다.

그러니까 현민의 모친은 부친에게는 세 번째 정부인이었다. 모친에게는 현민이 유일한 자식이었다.

당시의 법도에 따라 현민은 아주 엄격한 교육을 받았다. 양반집 자제. 그것도 단 하나뿐인 자녀를 위해서 바치는 부모의 공력이란 현대인의 그것과 비할 바가 아니었다. 예의법도에서부터 학문에 이르기까지, 모든 것에 다 규(規)가 있고, 절(節)이 있었다. 현민은 당당한 집안의 적손으로 자라났다.

현민의 집은 재동에서도 아주 크고 넓은 편이었다. 사랑채만 해도 늘 비어 있는 방이 수십 간이나 되었다. 사랑채에는 언제나 시인·묵객과, 명승·고사·이인들의 출입이 끊이지 않았다. 통개중문하고 손님을 받던 당시 세도가의 풍습대로 손님을 받았다. 과객이면 묻지 않고 침식을 제공하던 당시의 풍습 그대로였던 것이다.

하인들은 부지런히 마당을 돌아다녔고, 안에서는 어머님이

엄한 법도로서 하인들을 지휘하고 계셨다. 그렇게 몇 년이 흘렀다.

어린 현민은 총명하고 튼튼하게 자랐다. 이제 불과 다섯 살. 그러나 그때의 다섯 살이라면 아마도 지금의 열 살 정도일 지도 모른다. 거기에다 태교에서부터 철저한 교육을 받은 양반집 자제라면.

"현민아."

하루는 어머님께서 어린 현민을 불렀다.

"네, 어머님."

깍듯이 예의를 지켜야 하는 것이 양반의 법도였다. 현민은 단정하게 무릎을 꿇고 초롱초롱 두 눈을 빛내며 모친의 고운 얼굴을 바라보았다.

"며칠 후에 어전으로 황제 폐하를 배알하러 가야 되느니라. 폐하를 배알하려면 궁중법도를 익혀야 하느니라."

망중한으로 고종 황제는 가끔씩 대신들의 가족과 단란한 한때를 보낼 때가 있었다. 그 모임에 부부 동반으로 초대되는 것인데, 어린 현민도 같이 가게 되었던 것이다.

아버님께서 황제와 특별히 가까운 인연을 맺게 된 데에는 까닭이 없는 것도 아니었다.

당시 황제는 덕수궁에 계셨다. 경복궁에서 명성황후 시해사건이 있자, 그 일에 대한 추억이 자신을 괴롭힌다 하여 덕수궁

단

으로 거소를 옮기셨던 것이다. 그 후에 고종 황제의 계비인 엄비(嚴妃)가 갑자기 관격이 들어 생사지간을 헤매는 일이 생겼다. 그때 선친의 도움으로 엄비가 기사회생하는 일이 있었고, 그 뒤부터 황제는 특별하게 권 국장을 대했던 것이다.

그러나 그 때문만은 아니었다. 고종 황제가 선친을 아낀 이유는 그 충직한 점에도 있었다.

한번은 고종의 성탄일 때였다.

황제의 생신을 축하한다고 팔도의 도백들이 갖가지 선물을 진상하였다. 그 선물들의 세목이 작성되었고, 황제는 그것을 일람하게 되었다. 워낙 많은 선물인지라 직접 볼 수가 없으니만치 목록을 보았던 것이다.

세목을 훑어보던 황제의 눈이 한 곳에서 멈추었다.

"이게 무엇인고? 처음 듣는 비단 이름이로다."

"네, 여기 대령했사옵니다."

평안도 감사가 보낸 것이었다.

과연 진품이었다. 황제도 연방 감탄을 하면서 그 진귀한 비단을 쓰다듬었다. 비단을 삼베나 광목 쓰듯이 하는 궁중의 황제가 감탄할 만한 비단! 이는 실로 그 얼마나 많은 고통과 땀이 깃들인 것이었으랴!

"권 국장, 이것 좀 보오! 기막히지 않은가?"

마침 곁에는 현민의 선친께서 배석해 있었다.

"예, 전하. 아주 진귀한 명품인가 하옵니다."

"과연 그러오. 한데 권 국장은 아까부터 어디가 불편한 듯하오그려."

"황공하옵니다."

"어서 말해 보시오."

권 국장은 머리를 조아렸다.

"전하. 이 많은 세목의 진상품들이 어찌 도백들의 손에서 나왔다 하오리까? 이는 모두 가난한 창생들의 피요, 땀인가 하옵니다. 통촉하시옵소서."

"으음!"

순간 황제의 얼굴은 새파랗게 변하고 말았다. 그도 그럴 것이, 한껏 고조된 자신의 감정이 피습을 당하고 말았던 것이다.

"황송하옵니다."

당황한 선친은 다시금 머리를 조아렸으나, 고종 황제는 자리를 박차고 일어나더니 내전으로 들어가 버리고 말았다.

이 얼마나 난감한 일인가?

자신의 주청에 본심이 어디에 있었을지언정 결과적으로 주상의 심기를 건드리고 만 것이다. 선친은 관을 벗고 머리를 흩트린 채 대죄청에 들어가 엎드려 대죄하였다.

낮이 지나고 밤이 되었다. 그러나 대죄청으로는 아무 기별도 오지 않는다. 그렇게 밤이 깊었다. 그래도 아무 소식이 없었다.

단

결국 그 밤은 꼬박 그렇게 밝고 말았다.

그때 의친왕(義親王)이 궐 밖에서 들어오고 있었다. 밤새워 풍류놀이를 즐기다가 새벽녘에 돌아오던 그는, 권 국장이 대죄청에 부복해 있는 것을 발견하였다.

"아니, 영감. 이게 웬일이오?"

"소신이 전하의 심기를 어지럽혀서 대죄하고 있사옵니다."

"아니, 그럴 수가?"

의친왕이 황급히 안으로 들어갔다. 그리고 한참 만에 승지가에 명을 전했다.

"퇴궐하라."

단지 그뿐이었다.

일단 퇴궐했다가 다시 들어와서 두 번째 대죄를 하였다. 그 것이 신하의 법도였다. 아직도 황제의 노염이 가라앉지 않은 것이다.

"권 국장은 이리 들라."

한 식경이 지나서 황제께서 친히 어전으로 부친을 부르셨다. 황제의 곁에는 서너 명의 대신이 함께 기다리고 있었다.

"내가 우매하였다."

"황공하옵니다, 전하."

권 국장은 부복할 수밖에 없었다.

"내가 잠깐 눈이 멀었었던가 보다. 그 비단이 그토록 나를 혹

했단 말인가? 보시오, 내부대신."

"예, 전하."

"이번에 궁중으로 진상된 물품들을 하나도 가릴 것 없이 모두 되돌려 보내도록 조치하시오."

"황은이 망극하옵니다."

"그리고 권 국장."

"예, 전하."

"가빈(家貧)에 사현처(思賢妻)하고, 국난(國難)에 사양신(思良臣)이라 했소. 권 국장 같은 신하가 몇만 더 있었어도 나라가 이 지경이 되지는 않았을 거요."

"황공하옵니다, 전하."

권 국장은 감격의 눈물을 흘리고 말았다.

이런 일을 계기로 고종은 선친을 더 아끼게 되었던 것이다.


드디어 그날이 왔다.

어린 현민은 예복을 단정하게 차려입고, 궁중에 들었다. 고종 황제는 엄비와 나란히 앉아서 대신과 숙부인들을 맞고 있었다. 현민의 차례가 되었다.

현민은 황제 앞에 사배를 올리고서 '황제 폐하 만세'를 올렸다.

"허허허…… 어린 것이 제법이로구나. 네가 몇 살인고?"

단

"소신, 올해 다섯 살이옵니다."

"그래? 기특하도다. 누가 네게 그런 법도를 가르쳐 주던가?"

"양반집 자제로서 그만한 법도는 알고 있음이옵니다."

"허허…… 권 국장은 아주 영특한 자제를 두었군! 자라면 나라의 동량이 되겠어!"

그러나 현민은 나라의 동량이 될 수가 없었다. 바야흐로 한일합방이라는 커다란 암운이, 나라의 운명 위에 무겁게 드리우고 있었던 것이다.

그해부터 현민은 한학을 배우기 시작하였다. 그리고 한 해가 지났다.

현민의 나이 여섯 살이 되던 해에 부친은 진도 군수로 부임하게 되었다. 그것은 부친이 자원한 것이었다.

그때 진도에는 부친 형제와 조부에게는 대은인이던 분의 손자, 즉 정만조 선비가 귀양살이를 하고 있었다. 부친은 어떻게 해서라도 옛 은혜를 갚아야 하겠다는 생각으로 우선 진도 군수를 자청하셨던 것이다. 그리하여 현민의 가족은 진도로 살림을 옮기게 되었다.

거기서 현민은 정만조 어르신 밑에서 계속해서 학문을 닦았다. 소론의 팔재사로 이름 높은 천재였던 정만조 어른도 감탄할 만큼 어린 현민의 재능은 놀라웠다. 웬만한 것은 배우는 즉시 돌아앉아서 줄줄 외곤 하였다. 공부는 눈이 부시게 진척되었고, 간간이 치러지는 시험에서도 장원은 언제나 현민의 것이었다.

"재주가 너무 승하면 안 되는 법인데……."

부친께서는 어린 현민의 재능을 은근히 경계하는 눈치였다.

"공부란 건 백 번 읽고 천 번 읽어서 뱃속 깊이 감추어야 하는 게야. 꼭꼭 새겨 박아서 배워야만 온전히 내 것이 되는 게다. 그저 돌아앉아서 줄줄이 왼다고 되는 일이 아니다. 너무 재재롭게 굴지 마라."

그것은 아버님의 평소 신념이셨고, 또한 생활태도를 반영한 것이었다. 사람이 깊고 진실한 데가 있어야지 재주만 있고 경망되어서는 안 된다는 것이 선친의 믿음이었던 것이다.

아버님은 온전한 유학자였다. 그렇기 때문에 모든 것이 추호도 법도에 흐트러짐이 없었다. 예절에 빈틈이 없었고, 강직하며 투철하였다.

그러나 어머님의 생각은 조금 다르셨던가 보다.

하긴 자식의 재능을 마다할 어머니가 있을까? 게다가 현민은 두 분의 외동아들이었다. 유일한 혈육인 데다가 재능이 돋보이는 데 대해서 모친께서는 내심 크게 만족하셨던가 보았다.

그뿐이 아니었다. 어느 날 모친께서 어린 현민을 은근하게 안방으로 불렀다. 이야말로 현민으로서는 처음으로 선도 비전(秘傳)의 호흡 수련을 접하는 계기가 되었던 것이다.

"아가야."

"네, 어머님."

"그래, 공부는 여전하더냐?"

"곧 『맹자』를 마치고, 다음엔 『논어』를 배우게 되옵니다."

"어린 네가 벌써 사서를 배우다니 참 장하구나. 하지만 현민아."

"네, 어머님."

"네가 공부를 잘한다는 게 이 어미한테도 여간 반갑지가 않구나. 그러나 세상엔 읽어야 할 책이 아주 많단다. 어디 그뿐이더냐? 겪고 치러야 할 일도 아주 많지. 공부할 시간은 짧고 배워야 할 경서는 산적해 있으니, 이럴 땐 어쩌면 좋지?"

"주자 대성(朱子大聖)께서 권학시(勸學詩)를 지어 후생들을 격려하시지 않았습니까? 소년은 늙기 쉽고 학문은 이루기 어렵나니, 짧은 시간이라도 헛되이 말라(少年易老學難成 一寸光陰不可輕)고 하셨습니다. 부지런히 배우겠습니다."

"오오, 우리 현민이가 제법이구나. 그런데 내가 비법 하나 가르쳐 줄까? 이 비법대로만 하면 아마 지금보다 열 배, 스무 배쯤은 더 잘 공부를 익힐 수 있을 게다."

어머님은 어린 현민의 까만 눈을 바라보며 신비로운 미소를 띠셨다. 현민은 욕심이 동해서 침을 꿀꺽 삼켰다.

그때까지 현민은 어머님이 선도의 단학 호흡법을 수련한 사실을 까맣게 모르고 있었다. 그것은 사실 당연한 일이기도 했다. 어머님은 그런 사실을 전혀 내색하지 않으셨던 것이다.

"이렇게 해보아라. 이렇게 하면 네 머리가 아주 밝아질 게다. 아마 지금보다 열 배쯤은 더 글을 잘 욀 수가 있을 게야. 여기 와서 단정히 앉아 보아라. 내가 호흡하는 법을 가르쳐 줄 테니까."

그렇게 해서 어린 현민은 어머님의 지도 아래 여섯 살이라는 그 어린 나이에 선도의 단학 호흡법을 익히게 되었다.

현민의 호흡 수련은 '일심' 그것이었다. 어버이의 말씀은 곧 법이요 진리였던 시절이었고, 경전 공부에 빨리 통효하는 것이 곧 지상명제였던 때였으니 만치 다른 데 한눈을 팔 여지가 없었다. 아마도 요즘의 어린이였더라면 기대하기 어려운 일이었으리라.

어머님은 어디서 그런 수련을 배우셨던 것일까? 그것은 현민으로서도 알 수 없는 일이었다. 그러나 어찌 됐든 어머님께서는 아버님과 나이가 무려 20년이나 차이가 나셨으면서도 노학자님이라고 해야 할 아버님 못지않게 경학에 밝으셨다.

그 점에 대해서는 아버님도 가끔씩 놀라곤 하셨다. 무슨 얘기 도중에 전고(典故)가 막히거나 하면 어머님 쪽을 돌아보신 때가 많았다. 그러면 어머님께서는,

"그건 무슨무슨 책 무슨무슨 편에 있습니다."

"부인께서는 언제 그런 귀한 책을 다 읽으셨소?"

감탄하는 부친의 물음에 대해서 어머님께서는 그저 빙긋이 웃으실 따름, 대답을 피하곤 하셨다.

아마도 그런 소양은 호흡 수련을 통해서 얻은 비상한 정신력을 사용하여 단시일에 획득하신 것이리라. 그러나 그런 수련에 대해서 크게 찬성하시 않았던 아버님이신지라 그냥 웃기만 하셨을 것이다. 아버님께서는 늘 신실하고 돈독한 정도(正道)만 아셨지 지름길로 간다는 건 생각지도 않으시던 분이었다. 그저 지성이면 감천이라는 식으로 옳고, 지극하고, 돈독한 길만을 걸어오신 아버님이었던 것이다. 그러나 선서(仙書)들을 좋아하는 하셔서 여러 본(本)을 필사하시곤 했다. 그러긴 했으되 직접 수행은 하시지 않았다.

총명에 대한 어머님의 은근한 자부심도 있는 데다가, 그런 어머님이 가르치시는 총명법이라니까 그 믿음이 깊어서 어린 현민의 호흡 수련에 대한 열의는 아주 대단했다.

어린 시절에는 무엇을 하든 빠르다. 아직 때 묻지 않은 상태이기 때문에 교육의 효과는 성인의 열 배에 당한다고 봐도 무리가 없으리라. 과연 그랬다. 어린 나이에 수련을 닦은 현민의 진보 또한 대단했다. 어머님의 말씀과 같이 호흡 수련을 겸한 그의 공부는 아무도 추종할 수 없을 정도였다. 8세에 이미 그는 『주역』을 제외한 유학의 경전들을 다 배웠고, 더불어 방계의 서적들까지 섭렵, 이미 수백 권의 책이 그의 복중에 살아 있었다. 그러나 어린놈이 『주역』을 읽을 수야 있느냐면서 부친은 끝내 『역경』을 읽는 것만은 허락지 않으셨다. 그렇지만 소용없는 일이었다. 옆에서 배우는 선배들의 어깨너머로 현민은 사서 육경 모두를 통달해 버렸던 것이다.

그리고 경술국치를 맞았다. 나라는 일본인의 수중으로 들어가고, 부친께서는 군욕신사(君辱臣死), 벼슬을 버린 채 고향으로 돌아가셨다. 그것은 조선의 모든 인재들에게 한결같은 비운이었다. 뱃속에 무엇이 들었든 소용없는 일이었다. 이미 나라를 잃은 마당에 학문이 쓰일 데가 있었을까?

을사조약에 서명한 삼촌과는 이미 의절하신 부친이었다. 형은 국망(國亡)에 낙향하고, 아우는 대신 자리에 그대로 눌러앉은 비극 속에서도 현민은 튼튼하고 총명한 소년으로 성장했다.

현민이 일송(一松) 선생과 인연을 맺게 된 것은 그의 나이 열세 살 때였다. 그것은 현민으로 하여금 어머님에 이어 두 번째로 선가 단학 수련의 길로 인도하는 계기가 되었다.

일송 선생은 당시 칠순이 넘은 노인으로 학과 같이 고고한 풍채를 한 청풍지사(淸風之士)였다. 낙향한 부친께서 공주(公州)에 사랑을 열어 놓고, 인근의 여러 선배며 과객들을 무시로 식객 맞이를 하였는데, 일송 선생 또한 가끔씩 그 사랑에 묵어 가는 손님 중 한 분이었다.

그날 부친께서는 막 친구분들과 볼일차 나가시려던 참이었다. 나가시는 대문 앞에서 부친은 찾아오시는 일송 선생과 대면을 하였다. 부친께서 인사를 여쭙자 일송 선생이 말했다.

"내가 몸이 좀 편찮우. 해서 영감 사랑에 잠깐 쉬어 가려고 하는데 어디들 가시는 모양이구려."

"마침 길을 나서는 참인데 제가 집에다 잘 일러 놓고 가겠습니다. 많이 편찮으신가요?"

"아니, 그리 심하진 않아요. 그저 감기 몸살인 모양이니 어서 다녀오시구려."

선친께서는 현민에게 단단히 일러두었다.

"이분은 일송 선생님이라고, 고명한 어른이시다. 내가 칠팔 일 다녀올 동안 불편한 일 없도록 잘 모시고 있거라. 약도 지어 드리고, 병구완도 잘 해드려야 한다."

"알겠습니다, 아버님."

어린 현민은 일송 선생을 사랑으로 모셨고, 부친께서는 인사를 하면서 길을 떠나셨다. 하지만 뒤에 현민은 이 방문이 우연한 것이 아니라, 일송 선생의 깊은 생각으로 이루어진 것임을 알게 되었다.

일송 선생은 당시 우리나라 선가의 우도방(右道方)* 방주(方

---

* 선도에는 좌도방과 우도방의 두 계보가 있다. 이중 좌도방은 주로 초능력 등을 능기로 삼고, 우도방은 심법(心法)에 정진한다. 단 출발은 다르더라도 도에 대성하게 되면 결국은 마찬가지라고 한다.

主, 도계의 최고 지도자)이셨다. 세상에서는 그냥 여느 선비처럼 지내셨지만 사실은 높은 도력을 가진 분이었는데, 그런 분이 쉽게 병을 앓을 리가 없었다. 게다가 부친께서 출타하는 걸 모르고 찾아오셨을 수도 없었다. 오히려 그걸 기화로 어린 현민의 품성과 자격을 은근히 시험하셨던 건 아닐까?

대대로 약장을 두고 손쉬운 약은 가내에서 짓는 집인지라 현민도 약방문 적을 줄은 알았다. 어머님께 내력을 말씀드리고 약을 지어다가 드리려는데, 일송 선생은 그사이에 고열이 올라서 신음을 하시면서 한사코 어린 현민을 만류했다.

"내가 뇌점(장티푸스)에 걸린 모양이여. 전염이 되는 병이니까 게 있지 말고 빨리 나가거라. 내가 아주 심한 병에 걸렸는가 본데, 어서 저리로 가라니까."

그러나 어린 현민은 결코 겁쟁이가 아니었다. 오히려 더욱 지극하게 간병을 했다. 여러 가지로 약을 다려 드리고 밤샘을 하며 간호를 했는데 병은 차도가 없었다.

당시엔 전염병도 흔하고 사람도 예사로 죽어 나가던 때였는데, 원래부터가 현민의 집안에서는 병이란 걸 그리 대수롭지 않게 여기는 게 전통이었다. 사람이 살고 죽는다는 것이 천명에 따르는 것인데 구태여 비굴하게 병을 두려워하지는 않는다는 것이다. 그런 핏줄을 받았음인지 현민은, 일송 선생의 사양에도 불구하고 아버님의 분부를 따라 지성으로 병구완을 해드렸던 것이다.

아버님이 돌아오시던 바로 전날에 일송 선생의 병은 씻은 듯이 나았다. 아버님이 돌아오시자 어머님이 새로 빨아 내온 깨끗한 새 옷을 입으신 일송 선생은 극구 사례했다.

"이렇게 고마울 수가 없소그려. 자제도 그렇고, 부인께서도 여러 가지로 잘해 주셔서 이렇게 쾌차했습니다."

"당연한 일에 뭘 그러십니까? 어디 불편하신 데는 없으셨습니까?"

"불편하다니요? 내가 이 보답은 언젠가 꼭 하리다."

키가 후리후리한 일송 노인은 그렇게 떠나갔다.

그로부터 6년 만이었다. 그때는 현민도 장성하여 그의 나이 열아홉 살의 꿋꿋한 호장부였으나 조금 앓던 끝이라 보약을 복용하고 있었다. 이미 어머님으로부터 배웠던 호흡 수련 덕택으로 정신은 밝았고, 체술에도 상당한 조예를 가지고 있었다. 그 이전에 이미 젊음으로 넘치는 혈기와 용력을 시험도 할 겸 일본으로 건너가 일본 정신계의 거두들에게서 견문을 넓힌 적도 있었으므로, 시야도 트일 만큼 트였을 때였다.

"지나가던 길에 들렀습니다. 그간 별고 없으셨는지요?"

"참 오랜만에 오셨습니다. 일송 선생님께서도 별래무양하셨습니까?"

"나야 늘 그렇지요. 그땐 참 고마웠습니다. 그래서 내가 그때의 보답을 해드릴까 하고 왔습니다만……."

"하여튼 사랑으로 드시지요. 건강하게 뵙게 되어 참 반갑습
니다."

두 어르신께서 사랑에 드시더니, 곧 현민에 대한 이야기가
오갔다.

"자제께서 일본에 다녀오셨습니까?"

"글쎄, 이 애비 속을 썩이면서 여기저기 돌아다니는군요.* 제
가 늘 타이릅니다만……. 다 큰 나이에도 종아릴 때리는데, 그
때뿐으로 여전 나돌아 다니니 제 타고난 운수지요."

"영감께서도 아실 건 아시니까 말씀드립니다만, 현민이는 산
에서 공부를 좀 시켜야겠습니다."

"나라가 남의 수중에 있는데 공부를 시킨들 무슨 소용이 있
겠습니까?"

"일본에서 그들 공부하는 것도 봤겠다. 이젠 단군 전래의 우
리 수련을 좀 시켜야지요. 제가 잘은 못합니다만 산에서 수련
을 몇 시키고 있어요. 영감 자제를 데리고 가서 한 서너 달 공
부하는 요령이나 가르쳐 볼까 합니다만……. 그때 하도 나한테
고맙게 해서 그 보답이나 될까 하고요."

---

* 17~18세 때 우학도인은 일본에 건너가 당시 일본 정신계의 태두인 하라(原)·기바라
(木原) 등과 사귀었다. 특히 기바라의 도장에서 우학도인은 정신계의 단위로 3계(7
단)를 받았다. 한편 우학도인은 그곳에서 검도(6단)와 유도(6단)도 배웠다.

"사내놈이니까 기운도 좀 쓰고 정신도 밝아지고 하면 좋겠습지요. 더구나 일송 어르신같이 깨끗한 선비 밑에서야 배울 게 많겠습니다만, 옆에서 귀찮지나 않을는지요? 전 그게 걱정입니다."

"괜찮습니다. 귀찮다니요? 한 서너 달만 제게 맡겨 주시면 힘껏 한번 성공시켜 보겠습니다."

"철모르는 것을 그리 보아주시니 고맙습니다. 하면, 노자나 마련해서 보내 드리겠습니다. 지금 약도 먹고 있는 참이니 산 공기를 쇠면 몸에도 나쁠 리 없겠지요."

"노자는 필요 없습니다. 산 생활이라는 게 돈 드는 건 아니니까요. 쌀이나 몇 말 있으면 족한데, 그것 정도는 제 힘에 닿습니다. 허락해 주시니 고맙습니다."

이렇게 결정이 나자, 부친께서는 현민에게 단단히 일렀다.

"선생님 모시고 가서 약 잘 먹고 공부 잘하고 오너라. 행여 노인 어르신 심려 끼치지 말고!"

"알겠습니다."

그렇게 해서 일송 선생을 따라 현민은 말로만 듣던 구월산(九月山)으로 향했다.

내처 걷는 거였다. 공주에서 구월산까지라면 몇십 리 길도 아니고 천 리나 되는 길인데, 팔십에 가깝다는 노인이 숫제 나는 것만 같다. 젊은 현민이 쫓아가기에 벅찼다. 걸음은 큰길에

서보다 산길로 들어서자 더욱이나 속력이 붙는다. 평지에서는 그럭저럭 따랐으나 산길에서는 노인의 걸음걸이를 쫓기에만도 급급할 지경이었다.

원래부터가 현민의 가계는 선도 수련과 인연이 깊었다. 현민의 사촌이었던 권용현이란 분은 당시 좌도방 수련가들 중에서 태두라고 할 만한 인물이었다. 또 독립문을 뛰어넘었던 삼종 조부도 빼놓을 수 없다. 그뿐 아니었다. 부친의 사랑에 출입하는 이들 중에는 그런 방면으로 조예가 깊은 이들이 많았기 때문에, 어려서부터 현민에게는 수련이라는 말이 그리 낯설지 않았다. 그리고 일본에 갔을 때 그쪽 정신계의 거두들을 통하여 이미 수련의 진면목을 잘 알고 있는 터였다. 그것이 현재 젊은 이들의 의식구조와는 달랐기 때문에 아마도 쉽게 일송 선생을 따랐고, 또 수련 효과도 높았던 까닭이 되리라.

구월산에 당도하여 산꼭대기까지 거의 올랐다. 일송 선생은 위에다 대고 무어라고 큰 소리로 누굴 불렀다. 그리고 잠시 후 위에서 두 사나이가 나타났다.

"선생님, 이제 오시는구먼요."

"그래, 잘들 있었느냐?"

보니까 한 사람은 7척 거구에 험하기가 곰같이 생긴 사내로 목소리까지 우렁우렁한 장부였고, 다른 한 사람은 나이가 50 줄에 있어 보이는 이로써 그저 평범한 선비 타입이었다.

"서로 인사들 하거라. 같이 공부하게 될 새 친구다."

"저는 권 모라고 합니다."

"나는 이사충일세."

"나는 강송석이여."

험하게 생긴 사내가 이사충으로, 마흔 살이 넘어 보였는데 머리 모양새는 총각처럼 떠꺼머리를 하고 있었다. 첫말에 '자네, 자네' 하면서 현민을 다루는 것이 아주 선이 굵어 보였다. 나이는 강송석이 위로 보이는 데도 이사충이 아주 험한 양해서, 강송석은 그 성미에 눌려 지내는 것을 짐작할 수가 있었다.

# 선으로 가는 길

아마도 이들만이 일송 선생의 제자는 아닐 것이다. 뒤에 알게 된 바로는 일송 선생이 가르치신 제자는 수백 명. 그중에서 이사충은 열아홉 번째쯤의 수준이었다고 한다. 도계의 용어로는 '십구방'이다. 강송석은 좀 둔했던지 아마도 '백방'도 넘을 거라고 하였다. 그로 보면 다른 우수한 제자들도 많을 것인데, 그들이 어디서 어떻게 수련을 하고 있는지는 알 길이 없었다. 또알 필요도 없었다. 그것은 다만 일송 선생의 깊은 흉중에 감추어져 있을 뿐, 그 깊은 내용을 제자들이야 알 수도 없었고, 또물을 필요도 없었던 것이다.

그날 밤은 그냥 지내고. 이러구러 사흘이 아무 일 없이 지나갔다. 공부를 시작하는 데도 길일을 기다려야 한다고 해서 좋은 날을 잡아 놓고 사흘은 그냥 보냈던 것이다. 마침내 공부를 시작하는 날이 내일로 다가온 날 밤이었다.

저녁 식사를 끝내고 모두들 현민의 움막에 모였다. 세 사람에게 각각 한 채의 움막이 있었고, 스승의 거처는 조금 떨어진 곳에 새로 지었던 것인데, 내일부터 수련이 시작되는 만큼 모두가 현민의 움막으로 모였던 것이다. 그것은 하나의 입문 절차와도 같았다.

움막 안에서 세 분이 무슨 얘긴지 주고받더니 조금 떨어져 있는 현민을 이사충이 불렀다.

"여보게, 현민이."

"왜 그러십니까?"

"자네 심부름 한 가지 하게. 여기선 자네가 제일 연소자니까, 나가서 물을 좀 한 바가지 떠 와. 물그릇은 거기 있지?"

생각해 보니 그 말도 옳아 보였다. 나이 어린 사람이 심부름 하는 건 예사요, 또 초년생이고 보면 물 한 바가지 떠온다는 게 그리 못마땅할 것도 없었다. 난데없이 구월산 꼭대기까지 와서 칠흑같이 어두운 밤에 밖으로 나간다는 것이 과히 유쾌한 일은 아니었지만 현민은 물그릇을 들고 밖으로 나갔다.

말이 물그릇이지 이건 개나 돼지의 밥통이거나 죽통과 다름 없었다. 통나무를 가지고 대강 깎아서 만든 것으로 무거운 데다가 아주 둔했다. 그것은 식사에 대해서도 마찬가지였고, 식사뿐만 아니라 모든 살림살이에서 다 그랬다. 식사래야 마른 밥에 소금이 유일한 찬이었다. 어쩌다 간장이라도 있는 날이면 상찬이다. 밥은 저녁에 각자 자기 것을 짓는다. 그걸 반만 덜어서 먹고 자기 수련장으로 나가 밤새워 수련을 했다. 그리고 돌아와서 아침에 나머지 반을 먹고, 다시 수련장으로 갔다가 오후에 돌아온다.

말하자면 잠은 안 자는 셈이었다. 어디 잠뿐이겠는가? 먹는 것, 입는 것, 사는 것 모두가 원시인이나 진배없었다. 특히 이사충의 몸집이며 하는 짓은 영락없이 원시인이었다. 생김생김도 그러려니와 성미 또한 마찬가지였다.

그는 가끔씩 하산을 했다. 아랫마을에 내려가서 닥치는 대로 '서리'를 해오기 위해서였다. 닭이든 토끼든 돼지든 상관없었다. 육식에 굶주린 모양으로, 그는 피가 뚝뚝 흐르는 그것들을 날것인 채 들고 올라오는 게 예사였다. 커다란 개를 한 손으로 휘휘 휘두르면서 가지고 와서는 선생님 몰래 구워서 어귀어귀 먹어 치우는 데는 아주 기가 막힐 지경이었다. 산중 생활이란 바로 그러했고, 그런 가운데 담력과 힘과 정신력이 배양되는 것인지도 알 수 없는 일이었다.

물을 떠오라는 심부름이 무슨 대단한 것인지 그때까지도 현민은 아직 모르고 있었다. 하나 진실은 곧 밝혀졌다. 함지박같이 커다란 물그릇을 들고 뚜벅뚜벅 걸어서 산막 문을 열고 밖으로 한 걸음 내딛으려는데, 이게 웬일인가? 무슨 물컹하는 감촉이 가랑이 사이로 와서 닿는다. 그대로 꾹 내려 밟았는데, 보니까 바로 범이었던 것이다.

송아지만큼 커다란 몸뚱어리에 화등잔 같은 눈을 굴리며 호랑이가 문밖에 쭈그리고 앉아 있을 줄은 꿈에도 몰랐다. 말로만 듣던 산왕(山王)의 당당한 모습에 우선 눈앞이 아뜩해졌다.

그러나 그는 용렬한 졸장부가 아니었다. 내친걸음으로 넘겨 짚은 발을 쑥 내밀어 그대로 호랑이를 넘었다. 그러고는 눈치 볼 것도 없이 샘물을 향해 성큼성큼 걸어 나갔다.

산에서 수련할 때 범이 찾아와서 곁에 쭈그리고 앉아 호위한다는 이야기는 어릴 때부터 익히 듣던 바였다. 또 현민으로서는 일송 스승에 대한 신뢰감도 있었다. 이렇게까지 나를 데리고 와서 설마 산 귀신을 만드실 까닭이야 있겠는가 싶었다. 속으로는 '아, 뜨거라' 싶으면서도 발을 움츠러뜨리지 않고 냉큼 나선 데에는 그 나름대로의 자신과 믿음이 있었던 것이다.

호랑이 쪽에서도 별로 놀란 기색이 없다. 슬금슬금 뒤를 따라오긴 하지만 그리 포악을 부릴 기색은 없어 보였다. 현민은 오금이 저렸지만 물을 길어서 다시 움막으로 되돌아왔다.

여전히 놈은 뒤를 따랐다. 아하, 이놈이 날 해치자는 게 아니라 날 지켜 주자는 겐가, 하는 생각이 들었다. 날 잡아 먹으려면 왜 하필 돌아오는 길이겠는가? 지금껏 별 기색이 없는 걸 보면 이는 내게 적의를 갖고 있지 않는 것이 분명하다.

못 믿을지 모르겠지만 산중에서 수련을 하면 영락없이 범이 나타나는 법이다. 특히 수련이 어느 정도 경지에 오르면 꼭 범이 나타나서 수련자를 호위하게 마련이다. 그래서 산중 수련에 익숙한 이들은 범을 그리 두려워하질 않는다. 나중에 우학도인을 따라 수련을 했던 어린 소년들까지도 범을 무슨 고양이처럼 쉽게 알곤 했던 것이다.

열 명이고 열다섯이고 둥그렇게 앉아서 수련을 하고 있자면 왠지 후끈한 기운이 돈다. 눈을 떠 보면 범이 와서 주위를 한 바퀴 돌고 있는 것이다. 범의 체온이 주위를 덥히는데, 그 범은 새벽이 될 때까지 기다렸다가 사라진다.

믿을 수 없는 일이라고 할 것이다. 그러나 맹세코 지금도 범이 있다고 믿고 있다. 우리나라에 범이 절멸했다고 학자들은 주장하고 있으나, 지금도 어디선가 누가 전력으로 수련을 한다면 불과 사흘 안에 범이 나타날 것이다. 범은 신령스러운 동물이다. 그래서 예전부터 산중왕(山中王)이라든가 산군(山君)이라고 불려 왔고, 산신령이 데리고 다니는 수행자로 생각되어 왔던 것이다.

내친김에 더욱이나 못 미더운 이야길 하나 더 해야겠다. 그것은 바로 산신령 이야기이다.

산마다 산신령이 있다고 한다면 요즘 같은 시대에 누가 믿겠는가? 그러나 산에는 산마다 산신령이 있고, 골짜기에는 골짜기마다 또 지키고 주재하는 신령이 깃들어 있다. 이것은 엄연한 사실이다.

정신계의 신비를 접해 보지 않은 이들에게는 실로 황당무계하기 그지없는 말이라고 할 것이다. 하나 이것은 사실이다. 그뿐만이 아니라 영(靈)은 곳곳에 다 있다. 일초일목(一草一木)에 영이 깃들여 있고, 산과 내마다 지키는 신이 있다. 예를 들어서 해묵은 사찰이나, 유서 깊은 전적(傳蹟)에도 모두 지키는 신령들이 있는 것이다.

예컨대 계룡산에는 어느 산신이 있는지 아는가? 조선의 명종조(明宗朝)에 십여 년 이상 정승을 지냈던 유명한 대감의 신이 지금 산신으로 있다. 그분의 실명은 밝히지 않기로 한다. 그러나 그분이 대단한 단학 수련가였다는 것은 밝혀 두어야겠다. 천기(天機)에 밝아서, 그 당시 이미 왜가 바다를 넘어오려는 기(氣)를 알고 있었던 분이다.

계룡산에서 수련가들이 간혹 참변을 당해 목숨을 잃곤 한다. 그와 반대로 위험으로부터 기적같이 목숨을 보존하는 경우도 있다. 이는 모두 산신의 벌이요, 산신의 도우심인 것이다.

생전에 그분은 성격이 아주 굳세고 험했기 때문에 산신이 되어서도 수련가들이 멋모르고 날뛰는 것을 경계했다. 좋게 타이르질 않고 기괴한 모습으로 나타나 호령한다. 그 때문에 수련 도중에 정신을 잃거나 실성하는 사례가 있었다. 그와 반대로 지극하게 신을 믿고 기구하며, 겸손하게 바른 뜻을 가지고 구활창생(求活蒼生)의 도를 이루려는 이에게는 보우를 주게 된다.

서울 근교의 관악산에도 역사상의 유명한 충신이 아직까지 산신으로 계신다. 고려 말의 이 충신의 혼령은 자기가 반대했던 이씨 조선이 500년간이나 눈앞에서 영화를 누리는 것을 목격했다. 이는 자임(自任)이 아니요, 신계(神界)의 명이기 때문에 거부할 수가 없는 것이다. 때문에 한이 깊어서 이곳에서도 가끔씩 술객들이 변을 당했다. 관악산 전체가 거대한 광원(光源)이 되어 덮씌우기 때문에 실성하기가 십상인 것이다.

물론 바른 공부를 하려는 이에게 그런 액을 씌울 리는 없다. 이웃과 국가를 위한 바른 공부가 아니라, 일신의 복락을 빌거나 사술을 부리려 할 때 신벌이 따르는 것이다.

정신 수련의 계제가 높은 이가 산중에 이르면 산신은 자진해서 출두하게 마련이다. 아무리 산신이라 하더라도 자기보다 경지가 높은 이 앞에서는 모든 것을 다 드러내지 않으면 안 된다. 물론 그런 경지에 오른 도인이 그리 많을 리가 없다. 하지만 숱한 전설과 비화가 산신의 출현을 이야기해 온 것은 결코 환상이 아니요, 비과학적인 현상도 아님을 말해 두고자 한다.

공부를 하려고 산중에 가는 이는 먼저 산신께 정성껏 고하는 것이 상식이다. 그런 걸 위해서 옛 수련가들이 마련해 놓은 주(呪)가 있다. 내용으로 보면 가당치도 않은 것이다. 그러나 그걸 정성껏 봉독하면 신의 감응을 받을 수가 있다. 이것은 우학도인이 직접 경험한 사실이다.

주를 불교에서는 진언(眞言)이라고 하여 의역을 하지 않고 음역을 한다. 이는 뜻이 문제가 아니기 때문이다. 유명한 '옴마니반메훔'이 그 하나의 예이다. 『반야심경(般若心經)』에 대신주(大神呪)요, 대명주(大明呪)요, 무상주(無上呪), 무등등주(無等等呪)라고 하여 그 이상 없는 신령스러운 주라는 '아제아제(揭帝揭帝)……' 이하의 주 또한 마찬가지다.

주문에 대해서는 재미있는 이야기 하나가 있다.

옛날에 아주 불학무식한 돌중이 있었다고 한다. 어찌나 둔하던지 다른 경전은 아무리 배워도 깨치지를 못하고, 오직 『천수심경(千手心經)』 한 가지만을 십만 독(讀)을 했다. 그러자 신통이 열렸다. 『천수심경』을 낭랑하게 외면서 삿갓을 타고 예사로 강을 건너곤 했던 것이다.

그런데 지나가던 고승이 그것을 보게 되었다. 보니 그 돌중의 『천수심경』의 독경은 틀린 데가 있었다는 것이다. 그래서 그 고승은 그것을 잘 설명하여 바로잡아 주었다.

그러자 이변이 일어났다. 여느 때 같으면 아무 탈이 없었는데, 바로 그 바로잡은 구절을 외기만 하면 타고 가던 삿갓은 물 속으로 폭 잠기고 말았다는 것이다.

이 이야기는 주력(呪力)이라는 것이 일심(一心) 바로 그것뿐임을 가르쳐 준다. 결코 주력(밖)의 힘이 아니라 자기의 정신 통일(안)의 힘인 것이다.

각 종교에는 다들 자기 나름의 주나 그에 상응하는 것들이 있다. 그러나 그것의 본뜻이 정신 집중에 있는 것이라면 옴마니반메훔이든 시천주조화정이든 훔치훔치*든 상관이 없다. 정신 집중이 가능하다면 어떤 문구도 주문이 될 수 있을 것이다. 물론 그 주문을 창시한 이가 탁월한 도인이라면 더 바랄 것이 없겠지만.

산신 중에서 백두산 산신은 아주 인자하다고 알려져 있다. 공부를 하러 입산한 이들에 대해서 아주 고마워하고 열심히 도와준다고 한다. 그리고 어떤 봉우리나 골짜기에서 선현(先賢)이 도에 경지를 얻으면 거기에 상당하는 신령이 그곳에 기(旗)를 꽂고 수호하게 마련이다. 그런 자리에서 수련을 하면 영의 도움을 받아 쉽게 공부할 수가 있다. 그렇지만 그 선현의 경지를 뛰어넘기는 어렵다고 한다.

교회나 사찰에서 신이나 부처를 모실 때 진실로 신과 부처가 이곳에 거한다고 믿는 목사나 승려가 몇이나 있을까? 불교에서는 점안식(點眼式), 즉 불상의 눈에 점을 찍는 의식을 통해서 부처님이 불상 속에 깃들이신다고 하는데, 그걸 글자 그대로의 의미로 믿는 이가 있을는지.

---

* '시천주조화정 영세불망만사지(永世不忘萬事知)'는 천도교의 구송(口誦) 장생주문(長生呪文). '훔치훔치 태을천상원군 훔리치야도래 훔리함리 사바하(吽哆吽哆 太乙天上元君 吽哩哆哪都來 吽哩喊哩 裟婆訶)'는 증산교의 태을주문(太乙呪文)이다.

단

그러나 그것 또한 거짓 없는 사실인 것이다. 정신 수련의 경지가 높아져서 영계와 신계를 볼 수 있는 영안이 뜨이면 그것도 가려낼 수가 있다. 예를 들어 이 절의 불상에는 참된 부처가 계신다든가, 저 절의 불상에는 부처가 아니라 조사(祖師)나 나한이 있다든가 혹은 잡신이 깃들여 있는 것을 가려낼 수가 있다.

사람에게 들린 귀신이 예수를 보고 도망쳤다는 성경의 기사는 진실이다. 예수에게는 영안이 있고 도력이 있기 때문에 잡귀가 도망치게 마련이다. 이는 다른 종교의 경전에 나타나는 예화에서도 마찬가지다.

그런데 유의할 것은 치유나 기복(祈福)의 치성이 효험을 보는 절 같은 데에는 참된 부처[正神]가 아니라 잡신이 있기 쉽다는 것이다. 참된 신은 그런 걸 돕지 않는다. 오히려 잡신이 그런 걸 돕고 나서 자기 욕심을 차리게 마련이다. 참된 부처가 깃들인 곳에서는 수련을 할 일이다. 공부를 하거나 참선을 해서 개인보다는 이웃과 사회를 위한 발원을 해야 하고, 또 그것이 영험을 얻게 된다.

이런 사실들은, 귀신같이 사람의 과거사를 맞추는 무당이나 점쟁이류의 비밀을 설명해 주기도 한다. 그런 점쟁이나 무당들에게는 삿된 귀신들이 깃들여 있는 것으로 보아야 한다. 때문에 그런 류의 예지나 영험들은 끝이 나쁜 것이다. 언제나, 참된 것은 자성(自性)에서 오는 것이 아니면 안 되는 법이다.

그렇게 범 앞에서 혼쭐이 난 현민은 움막 안에 들어서자 새삼스럽게 울화가 치밀었다. 그래서 선생님께 마구 대들었던 것이다.

"선생님!"

"왜 그러느냐?"

"절더러 죽으라면 그냥 죽으라고 하실 일이지 밖에다가 산군을 떡 불러다 놓고 나가라고 하시면 어떻게 합니까?"

"허허…… 그게 그리도 섭섭하더냐?"

스승께서는 웃으시는데 옆에서 이사충과 강송석이 한마디씩 하였다.

"너 그래 봬도 사내자식이구나. 놀라서 벌러덩 뒤로 넘어질 줄 알았는데 쑥 발 내딛는 것 보니까 너 불알 차도 아주 큰 거 찼구나!"

"그래, 너 공부 제대로 하겠어!"

요컨대 합격이라는 소리였다. 속으로는 은근히 기쁘기도 했으나 나를 이렇게 놀리나 싶어 공연히 화가 나는 것 또한 사실이었다. 일송 선생께서 말씀하셨다.

"우선 원상법(原象法)을 배우도록 해라. 너는 역시 무(武)보다는 문(文)이야. 원상법이 순조롭게 진척되면 그때에 산차(山借)도 하고, 검법도 배우도록 해. 네가 호흡 수련은 좀 했지?"

"호흡 수련이라면……"

"네 어머님으로부터 배운 게 그것이다. 그걸 좀 더 밀고 나가거라. 지금도 제법이긴 하다만 다듬을 데가 많아. 공부란 배우자면 한량없는 것이니까 열심히 하도록 해라. 송석이 하고 사충이 자네들이 서투른 건 잘 가르쳐 주도록 하게."

"알겠습니다. 30년 선배가 아닙니까?"

이사충이 너털웃음을 치며 하는 말이었다.

일송 선생이 움막으로 돌아가자 현민은 이사충에게 물었다.

"30년간이나 수련을 하셨나요?"

"여남은 살부터 일송 선생님을 따랐으니까 그쯤 되네."

"그러시면 도력도 굉장하시겠군요."

"글쎄. 근력이야 남 못지않지만 도력에 대해서는 모르겠네. 저놈의 영감쟁이가 뱃속에 무슨 생각을 갖고 있는지 통 알 수가 없단 말이거든!"

"선생님께 그게 무슨 말버릇인가?"

옆에서 강송석이 하는 말이었다.

"송석 형님은 가만 좀 계시소!"

뭔가 화가 난 모양이었다. 이사충은 씨근씨근하며 문을 박차고 나가 버렸다. 까닭을 알 수가 없는 현민으로서는 멀거니 강송석을 바라볼 뿐. 강송석이 말했다.

"나랑 사충이는 근 30년 넘어 선생님을 모셨어. 한데 하산을 하겠다고 해도 극구 2~3년 더 기다리라고 하시지 뭔가? 그래 사충이가 내심 불만이 있는 모양인데 자네가 이해하소. 그리고 아까 선생님 얘기대로라면 자넨 여간 특대가 아니야. 오자마자 바로 원상법을 가르쳐 주시다니 너무하지 뭔가? 그건 우리도 아직 닦질 못했네. 문(文) 쪽으로는 공부해 보질 못했어. 우리가 불학무식하다고 자네 같은 양반 아들과 차별하시는 게 아니면 좋겠군. 아무튼 자넨 이 좋은 기회에 공부 열심히 하소."

"그러면 형님들은 뭘 수련하셨습니까?"

"사충이야 세상에 나가서 힘을 쓰고 싶어 하니까 그런 쪽 공부지. 그걸 알아서 뭣 하겠나? 자넨 집에서 호흡 수련을 한 공덕을 톡톡히 보는 게여. 사실은 우린 호흡 공부가 짧아. 해서 선생님도 늘 무예보다는 정신 공부, 호흡 공부에 진력을 하라고 하시는데 앉기만 하면 따분해서 견딜 수가 없거든. 집심이 잘 안 돼. 한데 자넨 호흡을 얼마나 하는가?"

"한 호흡이 3분 조금 넘습니다."

"뭐여?"

강송석이 소스라치게 놀랐다.

"그게 정말인가?"

"정말이지 않구요. 직접 시험해 볼 수가 있는 건데 내가 왜 거짓말을 하겠습니까? 호흡에 대해서라면 일본 정신계의 고수급들도 나보다 길진 못해요. 단지 그들은 다른 공부를 많이 했고, 또 오래해서 능수능란한 것이 나보다 열 배나 위지만요."

"그렇담 자넨 훤히 보겠구먼."

"글쎄요. 그거야 형님께서도 잘 아실 것 아닙니까?"

"아닐세. 우린 정신 수련 쪽은 그리 힘을 쓰지 못했어. 호흡 공부에 대해서라면 오히려 우리가 자네한테 배워야겠구먼."

"설마 그렇기야 하겠습니까?"

"아무튼 공부 열심히 하게. 난 그만 가서 쉬어야겠네."

"내일 뵙겠습니다."

이렇게 해서 현민의 산중 수련은 시작되었다.


날이 밝았다.

강송석과 이사충은 각각 자기 수련장으로 떠났고, 현민은 일송 선생 앞에 앉아서 첫 공부를 시작하게 되었다.

일송 선생은 현민에게 물었다.

"네가 신동으로 일찍이 사서육경에 통달하고, 제자백가에 무불통지(無不通知)한다고 들었는데 혹시 선가(仙家)의 책도 읽었더냐?"

"여동빈의 『참동계(參同稧)』와 『옥추경(玉樞經)』을 보았지만, 괘상(卦象)으로 풀어 놓은 데다가 장황하여 그 주지(主旨)를 잡아내기가 쉽지 않았습니다."

"그것도 그렇겠다. 이후부터는 북창의 『용호결(龍虎訣)』에 의

지해서 공부하도록 해라."

그러고는 일송 선생은 문득 눈을 지그시 감더니 나직하게 뇌이는 것이었다.

"대학지도(大學之道)는 재명명(在明明)이라…… 대학지도는 재명명이라……. 네가 이 구절에 유의한 적이 있으렷다!"

현민은 소스라치게 놀랐다.

"네가 『역경』에 아주 밝다니 알겠구나. 역에 이르되 부질이속(不疾而速)하고 불행이지(不行而至)라, 내닫지 않아도 빠르고 움직이지 않고도 도달한다고 하였는데, 이는 무슨 말인고?"

여기서 현민은 그 자리에서 일어나 스승께 큰절을 올렸다.

"삼가 배움을 받고자 하옵니다."

"그렇다면 먼저 네 생각을 말해 보아라."

"제 나이 여덟 살 적에 정만조 스승으로부터 『대학』을 배웠습니다. 어린 소견에도 주자 대성의 강설이 흡족치를 않아서 속으로 의심을 품어 오기 무려 10년이 넘었습니다. '큰 공부의 길은, 밝은 덕을 밝히는 데 있고, 백성을 새롭게 하는 데 있고, 지극한 선에 머무르는 데 있다(大學之道는 在明明德하고 在親民*하고 在止於至善이니라)'고 주문공께서는 가르치셨지만 제 소견은 조금 달랐습니다.

---

* 원문은 '친(親)'이지만 정자(程子)가 이를 '신(新)'으로 보아야 한다고 주장하였다.

단

'큰 공부의 도는 밝았던 것을 다시 밝히는 데 있고, 덕(德)은 새로움에 있고, 민(民)은 지극한 선에 머무르는 데 있다(大學之道는 在明明이요, 德은 在親하고, 民은 在止於至善이니라).' 이렇게 해야만 도·덕·민(道德民)의 삼강령(三綱領)으로 확실하게 나누어질 뿐만 아니라, 도는 형이상(形而上)으로 경(經)을, 덕은 형이하(形而下)로서 위(緯)를 가리키게 됩니다. 경이기 때문에 태고 이래로 변함없는 벼리[綱]가 되고, 위이기 때문에 늘 새로운 것은 베를 짤 때의 씨줄과 날줄 같습니다."

"으음! 그러면 밝은 덕을 밝히는[明明德] 게 아니라 밝음을 밝히는[明明] 거란 말이지? 그런데 어떻게 명명(明明)을 하는 거지?"

"삼가, 그 대도(大道)를 배우고자 합니다."

"대학이란 큰 공부니라. 일세(一世)의 총명이 거기에 있으니 큰 재목이 아니면 감당할 수가 없기에 나는 사충이와 송석에게는 아직 원상법을 가르치지 않았다. 아마 주문공께서도 대학지도가 명명에 있음을 몰라서가 아니라, 섣부른 짓이 될까 봐 심법(心法)으로 숨겨 두신 걸 게야. 속법(俗法)대로 배우는 이들은 하나가 둘이 되고, 둘이 넷이 되고, 넷이 여덟이 되며, 여덟이 예순 넷으로, 다시 그것이 천하만물에 이르는 지식을 습득하려니와, 심법은 이와는 아주 다르다. 잘 듣도록 하여라.

여기 원상주(原象呪)가 있다. 불과 200자도 못 되는 이 원상주를 정성껏 봉독하게 되면 상재(上才)는 칠일, 중재는 이칠일, 하재라도 삼칠일이면 도통하게 된다고 하는데, 그저 앵무새처럼 외기만 해서야 무슨 공부가 되겠느냐? 주에는 외워서 공덕이 되는 것도 있다만 그 뜻을 밝혀야 공부가 되는 것도 있는데, 원상이 바로 그러하니라.

인체는 소우주라, 천지의 축소판이다. 원상에 이르기를 수건복곤(首乾腹坤) 천지정위(天地定位)라 하였으니, 머리는 곧 하늘이요, 배는 곧 땅이 되는 것이다. 이감목리(耳坎目离) 일월명광(日月明光), 귀와 눈은 곧 하늘의 일월에 비유될 수가 있겠고, 구태수간(口兌手艮) 산택통기(山澤通氣)라, 입과 손은 산과 물에 흡사하며, 고손족진(股巽足震) 뇌풍동작(雷風動作)이니, 팔과 다리의 사지는 곧 우레나 바람과 같은 것이니라.

결국 천지의 조화가 사람의 몸에 그대로 깃들여 있은즉 사람이야말로 위대한 것이니, 이 위대한 육신을 바로 계발하게 되면 우주 만상의 오묘한 기틀을 포착해 오묘하게 사용할 수가 있다. 기틀이란 고요하면 곧 변하고(機靜則變) 움직이면 곧 화하는(機動則化) 법이라, 이 동정(動靜) 간의 무궁한 변화를 따라 마침내 '내딛지 않아도 빠르고 움직이지 않아도 도달하게 되는' 것이다. 그리하여 '마음을 신령한 데로 일으켜 천하의 모든 연고를 자기 손바닥 들여다보듯이 볼 수 있는 것', 이와 같이 천지와 우주의 묘법이 자기 몸 안에 깃들여 있는 것이니 힘써

단

부지런히 수련하여야 한다."

"그와 같이 몸 안에 선천으로 갖추어져 있는 대우주의 영명(靈明)을 어떻게 수련해야 후천으로 다시 밝힐 수가 있겠습니까?"

"거기서 묵좌식상(默坐息想)의 호흡법이 필요한 것이다. 네가 십여 년간이나 혼자서 호흡 수련을 했다고 하니 이미 아는 것은 알겠다마는, 호흡 수련이란 기(氣)만을 배양하자는 것은 아니다. 기가 통창(通暢)하게 되면 정(精)이 맑아지고, 정이 맑아지면 신(神)이 열리게 되는바, 호흡법은 기로 시작해서 신령스러운 데서 마치게 된다. 예로부터 선가(仙家)에 대명(大名)을 남기신 분들도 모두 뱃속에다가 호흡 수련의 단(丹)을 저장해 왔으니, 그것은 곧 원신(元神)을 배양하자는 것이다. 원신이 배양되면 영육(靈肉) 등신대(等身大)의 몸을 빼쳐 장생불사하게 되는데, 간혹 사후에 현신(顯身)하는 이들은 모두 이 법에 따라서 그러한 것이다.

내가 설명을 할 터이니 명명(明明)의 원상법(原象法)을 잘 들어 두어라.

천지(天地)는 음양(陰陽)의 지극함이요, 일월(日月)은 광명의 지극함이며, 오행(五行)은 만물의 지극함이요, 호흡은 생사(生死)의 지극함이 된다. 또한 성인은 인륜(人倫)의 지극함이요, 규구(規矩)는 방원(方圓)의 척도가 되고, 법산(法算)은 총명의 지극함이요, 원상(原象)은 명명(明明)의 지극함이 되는 것이다.

그러면 우리에게 생래적으로 구비되어 있는 신령한 밝음을 다시 깨우치려면 어떻게 하여야 할까? 그런 사람은 먼저 호흡을 가다듬어야 하는 것이니, 고요한 방에 앉아서 모든 상념을 쉬게 된다. 오직 일념을 호흡에만 집중하면 호흡이란 곧 마음을 싣는 파도라, 파도가 점차 고요해지면 마음도 그에 따라 함께 고요해져서 천하 만상은 명경지수(明鏡止水)에 사물이 비치듯이 비쳐 오게 마련인 것이다.

대도(大道)는 문(門)이 따로 없고, 일규(一竅)는 만규(萬竅)와 통하는 것. 묵좌식상의 명상법은 여러 종파에서도 각기 찾아볼 수가 있다. 단지 여러 종교에서 성(性)을 말할 때 선가는 명(命)을 가리키고, 다른 길들이 선(善)을 계도할 적에 선가에서는 명(明)을 일깨우는 것이 다르다고나 할까? 이는 선가 전래 비인물전(非人勿傳)의 비전(秘傳)으로서 천기(天機)라고도 할 수 있으니 경망되이 방설해서는 안 된다. 내가 너를 6년 전에 예의 시험하고 이제 여기서 명명의 심법을 전하게 되었은즉, 이 일송의 염려를 헛되이 해서는 아니 될 것이니라.

선가 명명의 법은 호흡 수련과 원상법이 심묘하게 연합하는 데에 있느니라. 네가 이미 호흡 수련을 한 지 오래고 익숙한지라 이제 필요한 것은 원상법뿐이다. 호흡 수련이 익숙해지면 자연 타고난 정·기·신(精氣神)이 제자리를 찾게 되고, 따라서 자연히 성명(性明)도 열릴 것이다마는, 역시 원상법을 모른다면 지름길을 잃는 폭이 될 게야.

인간이면 누구나 스스로 갖추고 있는 소우주로서의 밝음을 다시 깨우치려면 어떻게 하여야 할까?

먼저 고요한 곳에 단정하게 앉아서 선가 전래의 단전호흡에 몰두하여야 한다. 호흡에 익숙해지거든 마음을 천지만물 가운데 자유롭게 던져 놓고 무념무상에 들게 된다. 그리하여 점차 천군(天君, 두뇌)이 크게 안정되어 백체(百體, 전신)가 그에 따르게 되거든 비로소 명명의 뜻을 세워 그 밖의 망상을 모두 지워버리되, 눈은 반쯤 떠 코끝을 응시하고 마음의 빛을 되돌려 원상문자(原象文字)에 귀의토록 하여라.

그리하면 깜깜한 어둠 가운데서 가느다란 빛이 어디선가 나타날 것인데, 그 빛은 곧 사라지기도 하고 무수하게 되었다가 문득 꺼지기도 할 것이다. 심신은 아주 황홀하기 이를 데가 없을 게야.

계속 정진하여라. 그러면 그 빛 속에서 비로소 현상(現狀)이 시작될 것이다. 몸은 비록 깊은 방 안에 앉아 있어도 눈과 귀가 천 리 밖까지 이르는 시작이니, 일컬어 천안통(天眼通)이니 천이통(天耳通)이니 하는 불교 수도자들의 신통력(神通力) 계발이 여기서부터 나타나게 되는 것이다. 이것을 가리켜 '역(易)은 무사야(無思耶)하고 무위야(無爲耶)하야 적연부동(寂然不動)이라가 감이수통천하지고(感而遂通天下之故)'라고도 하고, 또는 '부질이속(不疾而速)하고 불행이지(不行而至)'라고도 하는 게지. 하지만 여서 벌써 그런 신통이 다 열린 것은 아니다. 그 조그만 시작이라는 이야기지.

그 암중미광(暗中微光)이 점차 안정되면서 수련의 진척에 따라 정신은 커다란 영사막(스크린)을 갖는 셈이 될 것이다. 그 막(幕) 위에 이제부터 무수한 것이 보이고 사라지는데, 그것은 영원히 기억에 각인되어 잊혀지지 않을 것이니라.

제일 먼저 나타나는 현상은 여러 가지가 뒤섞여 분간 못할 것들이 보이게 된다. 좀 더 참고 훈련을 하여라. 그러면 그것들이 단순명료해져서 무엇인지를 알게 되겠지. 거기서 또 나아가면 그런 현상들 중에서 자기가 보고자 원하는 것들도 섞여 있음을 알게 될 것이다. 거기서 또 나아가거라. 그때에 가서 비로소 예지가 열리고, 투시가 계발되어, 내일의 천기(天氣)를 오늘 알 수가 있고, 명일의 내방자의 거동을 미리 짐작할 수가 있으며, 벽(壁)을 격(隔)해서 사물을 볼 수가 있을 것이다.

공부는 여기서부터 시작이다. 초학자는 여기까지 1년이 걸리려니와 너는 이미 호흡에 익숙한 편이니 좀 쉬울 것이다. 수련을 하고 의문이 나거든 와서 묻도록 하여라."

"알겠습니다."

이렇게 해서 현민의 원상 수련은 시작되었다.

위낙 호흡 수련에 익숙한지라 수련은 눈부시게 진척되었다. 불과 삼칠일(21일) 만에 현민은 스승을 찾아뵈었다.

"무슨 경과가 있었느냐?"

"안자(顔子)께서 '순(舜)은 누구며 나는 누구냐?'라고 말씀하신 뜻을 이제야 알 것 같습니다."

"자세히 일러 보아라."

"겸손하신 안자께 고성(古聖)을 폄하하여 그런 말씀을 하셨을 리는 없으니, 이는 누구나 정진하면 순임금과 같은 성인도 될 수 있고 현인도 될 수 있다는 가르침이 아닐까 합니다. 스승님의 가르침을 받고 정실안좌(靜室安坐)하여 수련하기 스무하루 동안에 저는 비로소 사람이 천지인삼재(天地人三才) 가운데 하나요, 크나큰 우주의 축도판이며, 천상천하에 유아독존임을 깨달았습니다."

"그래, 장하구나! 그동안 네가 본 것을 일러 보아라."

"선생님께서 일러 주신 그곳까지 다 보았습니다."

"벌써? 그러면 격벽투시가 가능하단 말이지? 대단하구나!"

"선생님께 가르침을 받고 불퇴전의 용맹으로 정진하였습니다. 점차 심파가 가라앉으면서 처음에는 아주 가느다란 광선이 멀리서 나타나더니 점점 커지면서 황홀하게 눈앞을 비추었습니다. 그래서 다시금 마음을 다잡고 더욱 정진에 일념을 쏟았습니다. 그러자 그 빛이 점점 자리를 잡고 큰 막을 형성하면서 그 속으로 갖가지 현상들이 마치 생시인 것처럼 보이는데, 흡사 시장 구경을 하는 것처럼 얼핏 무엇이 무엇인지 가늠할 수가 없었습니다. 그래서 스승님께서 가르치신바 일심으로 정진을 계속했습니다. 그러자 어지럽던 현상이 점차 가라앉으면서 보이는 현상이 뚜렷해지기 시작하였습니다. 그리고 오늘내일 있을 일들이 보이는데 틀림없이 사실과 부합하여 적이 놀랐습니다. 그렇지만 아직 제가 원하는 것을 임의대로 볼 수는 없습니다. 다만 저절로 나타나는 현상들을 볼 뿐입니다."

"대단하구나! 모두가 일심의 공덕이다. 네가 지금 도달한 데까지 보통 사람이라면 꼬박 1년은 걸리느니라. 그러나 아직 멀었다. 계속 정진하거라. 요령은 지금까지와 매한가지니라. 이제 점차 네가 원하는 미래사를 볼 수가 있게 되고, 마침내 네 삼생(三生)을 훤히 다 보게 될 것이다. 너의 지나온 과거사가 손에 잡힐 듯 선명하게 보이고, 너의 전생도 보이게 될 게야. 물론 책 같은 건 덮어 놓고도 한눈에 읽어 내릴 수가 있지. 어떠냐? 정신계에서 본 것들은 지금도 선명하게 생각날 테지?"

"예, 아주 뚜렷합니다."

"가끔씩 선경(仙境) 구경은 시키더냐?"

"예, 온갖 기화요초(奇花搖草)와 고대루각(高臺樓閣)에 산수절경을 구경시키다가 천하절색의 미인이 공손하게 영접을 합니다."

"그건 네가 호흡을 놓쳤기 때문이야. 잡념이 들었다는 증거다. 그런 마라는 놈은 정면에서 나타나지 않고 양옆에서 슬금슬금 나타난다. 그러나 그건 보지 말고 쭉쭉 앞으로만 나가거라. 거기에 빠지면 공부는 모두 허사가 된다. 다른 시험은 없더냐?"

"아직 없습니다."

"곧 시험이 닥칠 게다. 지지 말고 십이관절(十二關節)을 곧바로 뚫도록 하여라. 이건 대나무에 구멍을 뚫어 나가는 것과 같다. 한 마디 한 마디 곧게 뚫어 나가야 한다. 조금만 헛된 생각을 가져도 방향이 잘못 잡혀서 다음 마디를 뚫지 못하고 빗나가는 것이야. 그렇게 되면 처음부터 다시 해야 된다. 그러나 아무 생각 않고 일심을 호흡 정진에만 집중하면 다 잘될 것이다."

아닌 게 아니라 현민에게도 시험이 닥쳐왔다. 그것은 그 뒤약 열흘 정도가 지나서였다.

이제 투시 현상도 점점 자리를 잡아 현민은 자기가 원하는 것들을 가려가면서 볼 수 있은 뒤였다. 움막 안에 앉은 채 밖에서 일어나는 것을 볼 수가 있었고, 심지어는 수련 중인 강송석과 이사충도 앉은 자리에서 투시할 수가 있었다.

현민은 이제 자신의 과거를 돌이켜 보기 시작했다.

그것은 재미있는 시간 여행이었다. 우선 오늘의 일부터 거슬러 생각해 낸다. 그것이 끝나면 어제, 다시 그저께로 건너가면서 끝없는 과거로의 여행을 떠나는 것이다.

그런데 놀라운 일은 이미 까마득 잊혀진 것으로 생각했던 과거사들이 마치 영화 속 한 장면처럼 선명하게 되살아난다는 점이었다. 심지어는 10년 전의 사소한 장면까지 생생하게 눈앞에 다시금 전개되었다.

망각의 창고에 깊이 갇혀 있던 온갖 사념과 경험들이 다시금 되살아나고 있었다. 당시에는 무심코 지나쳤던 일, 좋은 일과 나쁜 일이 다 재생되었다. 그리하여 현민은 자꾸만 '지금'으로부터 그 '옛날'로 멀어져서 결국은 자신의 유년시절까지 올라갔고, 거기서부터는 기억이 흐려지기 시작했던 것이다.

그때였다. 현민에게 정신계로부터의 시험이 시작된 것은.

난데없는 불한당 같은 자들이 떼거지로 나타나 무언가 묵직한 것들을 끌어 나르기 시작했다. 못 믿을지 모르지만 정신계로부터 현상되는 것들은 생시의 체험과 다름없이 생생한 것이다. 그것은 흡사 꿈속에서의 체험을 생시와 다름없이 느끼는 것과 같다. 그렇기 때문에 그 난데없는 불한당들의 급습은 역시 실제처럼 생생하게 느껴질 수밖에 없었다. 한 가지 다른 것이 있다면, 생시 같으면 자기가 원하는 방법으로 그것들에 대해서 대항을 한다든지 무슨 대책을 마련할 수가 있으련만, 꿈속에서와 마찬가지로 정신계의 시험에 대해서는 거의 속수무책으로 당하고 있을 수밖에 없다는 점이다.

단

그 불한당들은 시체를 끌고 들어왔다. 어디서 가져오는지는 알 수가 없었으나 끝이 없었다. 하나가 놓이고, 둘이 놓이고 해서 방 안이 가득해지자, 이제 그것도 모자라 켜켜이 층으로 시체들을 쌓아 올리기 시작하는 데는 이골이 날 지경이었다. 그렇지만 현민으로서는 속수무책으로 그것을 바라보기만 할 뿐이었다.

'이게 아마도 정신계의 시험인가 보다.'

경황 중에도 현민은 다시금 마음을 가다듬었다. 사실 시체를 곁에 쌓아 두고 견디는 시험이야, 천녀(天女)보다도 아름다운 여자가 유혹하는 따위의 시험에 비하면 쉬운 편에 속하는 것이었다.

'이럴 때일수록 호흡 정진에만 몰두하는 거야.'

현민은 마음을 다잡고 조식(調息)에 일념을 모았다. 이미 시체는 방 안을 가득 메웠고, 그 시신으로부터 악취와 함께 썩은 물이 고여 방바닥으로부터 차오르기 시작했다.

엉덩이가 그 썩은 물에 젖기 시작했고, 물은 점점 불어나 배꼽까지 올라왔다. 냄새는 더욱이나 진동해서 머릿속이 온통 멍멍해질 지경이었다. 곧 물은 현민의 가슴까지 차올랐다.

시험치고는 아주 고약한 시험이 아닐 수 없었다. 그러나 현민은 결코 지지 않았다. 누가 뭐라 해도 오불관언으로 수련에만 정진할 뿐.

말이 시험이지 그것은 하나의 마였다. 호사다마라던가! 모든 좋은 일에는 그것을 훼방하는 마가 따르게 마련인 것이다. 부처님의 성도(成道) 시에도 요녀의 유혹이 있었고, 예수의 단식 기도 중에도 마귀가 나타나서 유혹을 시도했었다. 이는 마계의 우두머리급이라고 할 수 있겠거니와, 마란 그보다 작고 낮은 무리들도 많다고 한다. 바른 공부를 하여 정신계의 경지를 이루려는 이에게도 그에 상당한 마가 나타나서 유혹도 하고 괴롭히기도 하는데, 사실 이것은 자업자득인 것이다.

마가 어디 있는가? 그것은 결국 자기 자신의 약함이 만들어 낸 헛것이 아닐까? 영명(靈明)이 자기 내부에서 나타난 것이 사실이라면, 마가 자기 내부에서 나온 것도 사실일 것이다. 그러므로 마를 부르는 것도 자신이요, 따라서 마를 쫓아낼 것도 자기 자신이어야 하는 것이다.

드디어 썩은 물은 가슴을 덮어 누르더니 코밑까지 차올랐다. 이건 악취 정도가 아니었다. 이런 상황에서 무념무상으로 앉아 있을 수가 있다면 세상에 무슨 일을 견디지 못하겠는가 싶었다. 하나 현민은 그것도 은근한 기세로 잘 버티어 나갔다.

결국 차오르던 물은 코끝을 넘어서 올랐다. 그러자 다음 순간 난데없이 황홀하기 이를 데 없는 향기와 함께 썩은 물이며 시체 더미들은 간 곳도 없이 사라져 버리고 말았다. 이것은 또 무슨 조화일까? 현민은 어느 사이엔가 처음의 그 자리로 돌아와서 가부좌를 틀고 앉아 있는 자기 자신을 보게 되었다.

마의 시험이 완전히 물러간 다음에 현민은 용기를 내어서 다시금 회광반조(回光反照)에 전력하였다. 역시 입태출태(入胎出胎)를 거슬러 올라가는 일이 힘들었다. 기억은 모태에서부터 출생에 이르는 거기서 더 이상 거슬러 올라가질 못했다.

사실 출생이야말로 얼마나 중대한 통과의식이던가. 출생은 죽음과 함께 인생 최대의 통과의식인 것이다. 그 두 가지의 통과의식은 인간을 엄청난 공포로 몰아넣는 충격을 동반하기 때문에 아기는 태어날 때 자지러지게 울음을 터뜨릴 수밖에 없고, 또한 그때에 전생의 모든 기억을 잊게 마련이 아닌가?

그러나 전생이라는 것이 실재하고, 또 정신 수련의 효과가 우리의 망각을 헤치고서 무의식 속에 침전되어 있는 '모든 기억'을 되살릴 수가 있다면, 살아생전의 망각된 것들을 재생시키듯이 전생의 기억을 재생시킬 수도 있으리라. 다만 그것은 죽음과 출생이라는 두 개의 커다란 통과의식을 거치면서 가장 깊은 무의식 속에 파묻혀 버린 만큼, 대단히 회복하기 어려운 것 또한 사실이었다.

그러나 현민은 결국 그 대관절도 뚫고 넘어갔다. 홀연 과거 삼생(三生)이 눈앞에 전개되었고,* 드디어 현민은 시험을 통과

* 자기의 전생을 보는 것을 말한다. 후에 우학도인은 그 전생처를 찾아 중국의 산둥성으로 가게 된다.

하여 성큼성큼 앞으로 나아가게 되었다.

현민의 수련은 계속되었는데, 금 수련(金修鍊), 목 시재(木試才), 수 수패(水受牌), 화 입적(火入籍), 토 승급(土昇級)을 거쳐서, 용 재록(龍再錄), 호 역삼생(虎逆三生), 풍 관삼생(風觀三生)을 모두 통과하여 불과 두 달 사이에 재계(再堦)의 계제에 오르게 되었다.*

---

* 수련의 진척에 따라 경지를 초계(初堦)에서 구계(九堦)까지 아홉 단계로 나누는데, 재계는 2단격의 경지이다.

# 때를 못 만난 잠룡

현민은 이제 그야말로 당당한 선계(仙界)의 일원이 되었다. 수패도 끝났고 입적도 끝났으니, 말하자면 선가의 호적에 등록된 셈이다. 역삼생은 전생의 전생을 보는 것을 말하고, 관삼생은 다른 사람의 전생을 보거나 또는 관심술의 경지가 열리는 것을 가리킨다. 제갈량이 동오에서 설전군웅(說戰群雄)할 때, 그리고 주유를 농락할 때는 이미 이 관삼생에 정통해 있었기에 가능했던 것이다. 타인의 마음 추이를 간파할 뿐만 아니라 온갖 사물의 내력을 앉아서 알 수가 있으니, 이 경지는 과학도들과 외교관들에게도 아주 긴요하게 쓰일 수 있는 정신 능력이 아닐 수 없다.

"이제 거기서 좀 쉬도록 해라. 더 이상 앞으로 나아갈 생각은 말고 지금의 계제를 단단하게 다지면서, 내일부터는 산차(山借)를 배우거라."

스승의 말씀이었다.

"제가 본 것들은 고인(古人)들의 계제에 비해 어떻습니까?"

"고선(古仙)들에게는 여러 가지 풍도가 있으니 비교하기가 쉽지 않으나, 이제 때는 착실히 벗은 셈이다."

"이후로는 어떻게 수련을 해야 합니까?"

"네가 지금껏 한 공부는 선(仙) 공부이면서도 동시에 속(俗)의 공부도 되려니와, 이후의 공부는 오로지 선만을 위한 것으로 더 많은 공력과 정성이 없으면 이루기가 쉽지 않을 것이다. 너의 앞길을 보건대 선보다는 속에 의지하면서 살아야 하겠기로 여기에서 일시 가르침을 중지하는 것이니, 더 공부하려거든 하산한 연후에라도 지금의 법대로 정진하게 되면 그 이상의 계제도 보게 될 것이다. 하나 지금은 네 용력을 키우는 것이 급하니 이 산차주를 정성껏 봉독하도록 하여라."

"알겠습니다."

"나를 따라오너라."

일송 선생은 움막 밖으로 나서더니 6척은 됨직한 장(杖)을 현민에게 건넸다. 그러고는 성큼성큼 앞서서 걷기 시작하였다.

움막으로부터 한 마장쯤 되는 곳에 높이가 열 길은 됨직한 바위 절벽이 있었다. 병풍처럼 펼쳐진 우람한 절벽 밑으로는 맑은 개울이 흐르고 있었다. 스승은 그 앞에서 걸음을 멈췄다.

"여기서 주를 읽는다. 한번 서보아라. 그 지팡이를 오른손으로 힘차게 눌러 짚고."

현민이 시키는 대로 자세를 취하자 스승께서 또 일러 주었다.

"큰 소리로 정성껏 읽도록 하여라. 힘차게 꾹꾹 눌러서 송하되 잠은 자지 않는다. 추호도 잡념을 가지거나 의심해서는 안될 것이야. 아주 진심으로 우렁차게 읽어라. 천지대령(天地大靈)이 응감하시도록."

"알겠습니다."

"주는 세 차례로 되어 있으니 첫 번째 것을 먼저 읽어라. 그러다 보면 아마도 신의 계시가 있을 게야. 그러면 두 번째 걸 읽고, 다시 계시가 내리면 마지막 것을 읽는다."

"힘껏 해보겠습니다."

그뿐이었다. 스승은 뚜벅뚜벅 오던 길을 되돌아갔고, 현민은 그날부터 새로운 공부를 시작하였다.


천신지지(天神地祇) 동악신령(東嶽神靈) 남악신령(南嶽神靈)

서악신령(西嶽神靈) 북악신령(北嶽神靈) 중악신령(中嶽神靈)

모산신령(母山神靈) 태을선관(太乙仙官)…….


산차주는 이렇게 시작되었다. 사실 읽어 보면 별 대수롭지 않은 것으로서 신령들의 명호가 죽 나열된 데 불과했다. 그러나 현민은 일송 선생을 신뢰하고 있었다. 또한 그의 호흡 수련은 집심하는 데 큰 도움을 주고 있었다.

스승이 가르쳐 준대로 우렁차게 그 주문을 외기 이레가 되자, 아니나 다를까 정신계로부터 계시가 왔다. 해서 그는 제2주문으로 바꾸었다. 다시 이레가 지나자 새로운 계시가 내렸고, 현민은 제3주문으로 바꿔 읽었다. 그리하여 삼칠일이 순식간에 지나갔다.

그날 밤이었다. 스승의 가르침대로 한 소리 한 소리 꾹꾹 박아서 주문을 외고 있는데, 갑자기 알 수 없는 힘이 깃들여 와서 온몸이 진동했다. 몸 안에서부터 힘이 불끈불끈 치솟아 올랐다. 현민은 더욱 정성껏 주문을 외면서 지팡이를 힘껏 잡아 눌렀으나 전신(顫身)은 갈수록 더 심해질 뿐이었다.

그때였다. 도대체 이게 무슨 조화일까? 그 일은 눈 깜박할 사이에 돌연히 일어났다.

불현듯 몸이 부웅 솟구치더니 그 높은 십여 길 절벽을 따라 올라 어느새 그 위에 사뿐히 내려앉는 게 아닌가? 꿈같은 일이었다. 마치 새처럼 가뿐하게 그야말로 '날아올라 온' 것이다.

이처럼 올라올 수가 있다면 왜 뛰어내릴 수 없으랴. 그는 아래쪽을 향해 몸을 던졌다. 여전히 몸은 가뿐하게 지상에 안착했다.

'이제 내가 산차를 얻긴 얻었는가 보다.'

그러나 하도 믿기지가 않아서 현민은 몇 차례 더 솟구쳐 올랐다가 다시 뛰어내려 보았다. 여전히 가뿐하다. 아마도 권용현

사촌이 배웠다는 좌도방 술법도 이와 비슷한 것인가 보다. 현민은 지팡이를 단단히 붙잡고 더욱 정성껏 산차주를 외웠다.

그렇게 해서 삼칠일 만에 남들이 200일, 300일에 한다는 산차를 모두 끝냈다. 마음이 여간 상쾌한 게 아니었다. 하도 재미가 붙어서 으레껏 시험 삼아 절벽에 뛰어올라 보기도 하고 근처에 있는 집채만 한 바윗돌을 들썩여 보기도 하였는데, 그때 뒤에서 스승의 목소리가 들려왔다.

"허허…… 너 아주 제법이로구나."

"선생님!"

"네가 산차까지 마쳤으니 오늘은 이만 내려가도록 하자. 네가 이제 한 천 근 정도의 역사는 쉬이 당해낼 만하겠구나. 네수고가 많았다."

"모두 스승님의 가르침 덕분입니다."

"그 힘에 그 정신력이면 이제 세상에 나가도 웬만큼은 쓸 만하겠다. 일후에 나라가 평온해지거든 그 훗공부에 전력해도 좋겠지. 가자꾸나."

그런데 움막에서는 심상찮은 분위기가 흐르고 있었다. 그것은 이사충이 때문이었다. 저녁 식사를 하면서 이사충은 얼굴이 붉으락푸르락해서 야단이었던 것이다.

그 전부터 이사충은 불만에 가득 차 있었다. 그는 강송석에게 푸념을 늘어놓았다.

"아니, 저 노인네가 도대체 우릴 뭘로 아는 게여? 30년이나 따라다닌 우리한테는 산차를 시켜 주지도 않고 저 애송이한테만 가르쳐 준단 말여? 좋겠다, 좋겠어! 늘 기다려라 기다려, 한 2년만 기다리라고 하드니만. 여보게 현민이, 자네한테만 산차를 가르쳐 주는 까닭이 대체 뭔가? 옛다, 산신(山神)! 이거나 처먹어라!"

좌충우돌이었다. 수염투성이의 험한 얼굴이 붉으락푸르락하면서, 저녁 먹으려고 굽던 닭 한 마리를 획 내던지며 소리를 버럭 지르는 것이다. 할 수 없는 일이었다. 나이도 손위일 뿐 아니라 거칠고 힘이 장사인 데다가, 사실 그가 그런 불만을 가질 만도 했다. 물론 스승으로서는 무슨 깊은 뜻이 있었을 테지만.

그래도 강송석은 옆에서 거푸 이사충을 달래고 있었다. 그가 말했다.

"여보게, 사충이. 자네 갑자기 왜 그러나? 참게, 참아!"

"현민이 쟈가 산차 다 끝낸 거 오늘사 알았소. 그래서 그러오. 왜 잘못됐소? 이놈의 영감탱이 당장 요절을 내뻐려야지 안 되것소, 형님!"

"허허, 선생님 들으시겠네!"

아닌 게 아니라 바로 옆 움막에서 드르렁드르렁 스승의 코 고는 소리가 들려오고 있었다. 이상도 하다. 스승은 지금껏 그 강송석의 움막에서 주무신 일도 없으려니와 저렇게 코를 고시는 분도 아닌데……. 현민은 슬그머니 그 자리를 피했다.

잠깐 뒤였다. 화광이 하늘을 치솟아 올랐다. 깜짝 놀란 현민이 달려왔을 때, 스승이 주무시던 움막은 이미 불더미 속에 묻혀 버린 뒤였다.

"옛다! 이놈의 노인네! 재주가 좋은 노인네니까 살아 나올 테면 살아 나오라지!"

미친 사자와 같이 소리소리 지르면서 이사충은 거의 발광 상태였다. 아마도 강송석이 자꾸 말린 것이 오히려 그의 울화를 긁어 댄 모양이었다. 옆에서 강송석은 이 사람! 이 사람! 하며 말리기는 말리는 모양이었으나, 워낙 장사인 데다가 물불 모르고 격분한 이사충을 누구도 어떻게 할 수 없었다.

현민은 당황하면서도 문득 짚이는 데가 있어서 바로 등성이 너머에 있는 일송 선생님의 움막으로 달려갔다. 스승은 그곳에 단정하게 앉아 있었다. 어느 사이엔지 스승은 화마로부터 벗어나신 것이다.

"사충이 불러라."

담담하게 스승이 말했다. 이사충과 강송석이 불려 들어왔다. 이사충의 얼굴에는 심술이 더께더께 엉켜 있었다.

"네 이놈!"

일송 선생의 호령이 떨어졌다.

"내가 너더러 이태만 더 견디라고 하질 않았느냐? 네가 세상에 나가서 쓰기 갑갑하지 않을 만큼 배우려면 한 이태 더 배워야 한다고 그랬지? 인제 가봐라. 가서 일 하다가 내 생각 날라! 이태 더 못 배운 게 한이 될 게다. 이놈! 어서 가봐!"

불같이 화가 난 스승 앞에서 이사충은 무릎을 꿇고 백배사죄하였으나 일송 선생의 노염은 가라앉지 않았다. 일송 선생은 이번에는 강송석을 호되게 나무랐다.

"그래, 너는 내가 타 죽나 안 타 죽나 볼 심산이었더냐? 나이도 네가 위이고 하면 잘 타일러야지. 그래 그걸 보고만 있어? 못난 놈! 너도 가거라! 다 보기 싫다!"

두 사람을 내보내 놓고서 스승은 현민을 가까이로 불렀다.

"현민아."

"예."

"너도 가거라."

"스승님!"

"지금은 아무 말도 하지 마라. 모든 일에는 인연이 있고 운수가 있는 법. 지금은 모두 헤어질 때니라."

"……."

그뿐이었다.

불과 두 달 남짓. 그사이에 현민으로서는 놀랄 만큼의 진척이 있었던 산중 수련이긴 했다. 그러나 아직도 더 익히고 닦아야 할 것이 많은 것도 사실이었다. 그러나 어찌하랴. 간곡한 부

192                                            단

탁도 뿌리치고 스승은 홀홀히 그곳을 떠나고 있었다.

단정하게 새 옷으로 갈아입고 홀홀히 떠나시는 스승의 뒷모습을 본다는 것은 일견 가슴 아픈 일이면서도 일견 홀가분한 것이기도 하였다. 사람이 산다는 것─. 저처럼 홀홀히 잊고 끊을 수 있다면! 대자유인으로서의 스승의 심정을 헤아리며 현민은 뜨거워지는 눈시울을 어찌할 수가 없었다.

스승은 배웅을 하겠다는 제자들의 마지막 부탁도 받아들이시지 않았다.

"천지즉금침(天地卽衾寢)이라, 하늘과 땅이 모두 내 집이다. 내 집안을 휘휘 돌아다니는데 너희들이 누굴 어디로 전송한단 말이냐?"

천지가 내 집일 뿐 아니라 생사의 왕래도 자유로운 스승이셨다. 스승은 금선탈각(金禪脫殼)의 대도법인 시해법(尸解法)에 정통한 도인이기도 하셨던 것이다.

그러면 또 금선탈각이란 무엇인가?

옛사람들, 특히 선도 수련가들에게 있어서 불로장생(不老長生)은 지상명제 중 하나였다.

인간에게는 육신과 함께 영혼이 있다. 그런데 그 육신이란 불과 100년도 못 미쳐서 스러지고 썩어지게 마련이었다. 그런 다음에 우리의 영혼은 어디로 가는 것일까? 삶의 뒤에 다가오는 죽음이라는 거대한 무(無)의 심연을 바라보면서 공포와 함께 무거운 신음소리를 내는 것은 비단 옛사람들뿐만은 아닐 것이다.

종교는 그 죽음에 대해서 나름대로의 답변을 제시해 준다.

불교는 그리하여 제행무상(諸行無常)의 사상을 가르쳤다. 세상의 모든 것은 다 영원불변의 고정된 실체가 없다. 이것은 저것에 의지하고, 저것은 이것에 의지하여 잠시 물거품처럼 존립할 뿐이다. 이것이 인연이다. 그러나 인연이 다하면 그 물거품(현실)은 사라져 버리게 된다. 세상은 유전(流轉)하는 거대한 운동 현상이다.

불교에 의하면 생과 사 또한 마찬가지 현상일 뿐이었다. 생에 대해서 사가 있고, 사에 상대한 생이 있을 뿐이다. 그렇다면 생에도 사에도 집착하지 말자. 그리하면 죽음이 나를 찾아왔을 때, 그는 누구를 데리고 갈 수 있겠는가? 거기에 아무 분별심도 없고, 생사의 집착도 없고, 내가 '나'라는 에고(ego)도 없는 존재가 있다. 아니, 그것은 '있다'고도 말할 수 없는 그 무엇인 것이다.

완전하게 '나'가 없는 상태. 그것에의 도달이 불교의 목표라고 할 수 있었다. '나'라는 생각이 욕심을 낳는다. 집착을 낳는다. 생사를 낳는다. 그리고 윤회를 낳는다.

이에 비해서 유교의 태도는 아주 판이하였다.

유교는 아주 중국적인 가르침이었다. 지극히 현실적인 태도가 그 입장이었느니 만치 유교의 사상은 자연히 정치학적·사회학적 입장을 띠게 된 것이었다.

'산다는 것을 아직 모르는데 죽음을 어찌 알겠느냐?'

삶 이후에 대해서 『논어』는 아무런 이야기도 하지 않았다. 우선 진실하게 삶을 살라. 그 뒤는 하늘에 맡기는 것이다.

어쩌면 선도는 이 양자의 중간적인 입장이었다. 그렇다면 유교가 세속의 법리요, 불교가 탈속의 가르침인데 비해서, 선교는 반은 세속에 반은 탈속에 관계하고 있는 것인지도 모른다.

선교는 인간의 죽음에 대한 두려움, 즉 삶에 대한 애착을 유교처럼 무시하지 않았다. 그에 비해서 완전한 무아(無我)와 열반적정(涅槃寂靜) 따위의 지고하고 영원한 철리를 주창하지도 않았다.

장생불사가 선도의 목표였다. 지금 이 육신을 지닌 채 오래오래 산다. 오래오래라면 그 얼마나 오래인가? 아무리 오래 산다고 해도 '영원히' 살 수가 있을 것인가? 그럴 바에는 아예 죽음을 인정하고, 그 죽음을 통해서 '구원'받고자 하는 태도가 더 옳지 않을까? 이런 따위의 있을 법한 질문에 대해서 선인(仙人)들은 아마도 유유히 웃었을 것이다.

도화유수묘연거(桃花流水杳然去) 별유천지비인간(別有天地非人間). 복숭아꽃은 물에 흘러서 아득히 사라져 가고, 여기는 천지 밖 인간 세상이 아닐세…… 문여하사서벽산(問余何事栖碧

山) 소이부답심자한(笑而不答心自閑). 그대는 내게 묻는가, 왜 푸
른 산에 깃들여 사느냐고. 고요히 웃을 뿐 대답하지 않는 내
마음은 그저 한가로울 뿐일세……

종교·철학적 논변에 대해서도, 세속적·현실적 주창에 대해
서도 백발이 성성한 노옹(老翁)의 지긋한 태도로 여유 있게 응
수하는 것. 이것이 아마도 선도가들의 입장일 것이었다.

장생불사.

이 말은 그 얼마나 매혹적인 것이었을까? 그리하여 예로부
터 수많은 방사·도사들이 불로초와 신단을 구하러 삼신산(三
神山)을 찾아 떠돌아 헤매었던 것이 아닌가?

그러나 정작 불로초를 찾은 이는 아무도 없었기에 차차 사
람들은 불사약(不死藥) 쪽으로 기울어졌다. 그렇다면 불사약이
란 실제로 존재하는 것일까?

이에 대해서 민간에 유포된 전설은 선단(仙丹)이니, 금단(金
丹)이니 하며 구구한 이야기를 전하고 있다. 또한 선인전(仙人
傳)류의 이야기도 금단의 공을 소재로 다루고 있는 것이다.

그에 따르면 정성을 다해서 특별한 방법으로 금단을 빚어서
그것을 길일에 복용하면 장생불사한다고 한다. 그러나 그게 아
니었다.

"단(丹)은 외단(外丹)이 아니라 내단(內丹)이지."

언젠가 스승은 현민에게 말씀하셨다.

"뱃속에 금단(金丹)을 쌓는 사람은 원신(元神)을 갱생시킬 수가 있는 것이다. 원신이 갱생되면 시해(尸解)를 할 수가 있지. 시해를 하면 신선이 된다."

"자세히 설명해 주십시오."

"대개 방술은 먼저 정신이 통일된 뒤에야 이를 수가 있다. 더구나 혼백을 연단(鍊丹)하고 정신을 비월(飛越)하여 신선이 되려는 자는 더 말할 것이 없이 먼저 정신 통일을 해야 하는데, 그 시작은 우선 잠을 자지 않는 것으로부터 시작되는 것이야."

스승의 말씀은 계속되었다.

"사람의 육신과 영은 천지로부터 받은 것이다. 그래서 이 육신과 영에는 오묘한 법도가 깃들여 있는 게야. 그러니 그 오묘한 철리를 알아서 정·기·신(精氣神) 삼보(三寶)를 잘 닦으면 작게는 늙음을 막고 크게는 불사(不死)에 이르는 것이니, 이것이 바로 선법(仙法)이니라.

선법에는 양생(養生), 양성(養性) 등 하고많은 길이 있으나 그 귀착점은 오직 연단(鍊丹)뿐이다. 그러면 연단이란 무엇인가?

그것은 호흡을 통해서 천지의 원기를 훔치는 것을 말한다. 천지의 원기를 훔치는 자는 능히 장생하여 신선이 되는데, 그 시작과 끝은 오직 숨 쉬는 것 그 하나뿐이니라. 내쉬는 기(氣)는 뿌리에서 생하고 들이쉬는 기는 그 꼭지[蔕]에 이르러, 이러므로 천지의 기운을 호흡하여 단전으로 돌아가게 하는 것을 도기(盜氣)라고 하는 것이다.

사람의 호흡은 천지 운행의 도수와도 일치한다. 즉 동지(冬至) 이후의 운행은 내쉬는 숨이요, 하지(夏至) 이후의 운행은 들이쉬는 숨이니 이것이 1년의 호흡이다. 또한 자시(子時) 이후의 시간은 내쉬는 숨이요, 오시(午時) 이후의 시간은 들이쉬는 숨이니 이것은 하루의 호흡이다. 이처럼 하늘의 1년과 하루는 사람에게 있어서 일생과 한 호흡과 같은 것이니라.

사람에게는 저마다 품기(稟氣)와 품수(稟壽)가 있다. 이것은 그 사람이 세상에 태어날 때 전생의 업력(業力)에 의해서 받게 되는 그 육신의 강하고 약함이나 그 정기(精氣)의 높고 낮음을 가리키는 것이다. 즉 태어날 때부터 타고난 수명이지. 그것을 호흡수로 계산하게 된다. 사람은 태어날 때 평생의 호흡수(품수)를 5억이든 6억이든 받게 되는 것이지. 그 호흡수가 다하면 그는 다음 생으로 넘어가는데, 선도 수련을 통해서 그것은 얼마든지 연장이 될 수가 있다.

보통 사람들은 하루에 2만 8,800번 정도의 호흡을 하게 된다. 1년에는 대략 1천만 번의 호흡이니까 그가 5억 번의 품수를 지녔다면 50살까지 살게 마련이다.

그러므로 숨을 천천히 쉬는 것이 장수의 비결이 된다. 한 호흡의 기간이 그만큼 연장되면, 그 품수에 대한 소비가 적어서 마침내 장생할 수가 있는 것이다.*

단

보통 선계의 1일이 지상의 1년이라고 하는데, 이는 그것을 가리키는 것이다.

그런데 거기에서 그치지 않고 호흡을 단전에 깊이 모아 계제가 높이 올라가면 기(氣)가 단전에 모여서 마침내 결태(結胎)가 이루어지게 된다. 원신이 게서 갱생되는 게야.

원신이란 영원불변의 네 본래면목(本來面目)이다. 네 육신이 죽든 살든 불괴(不壞)하는 본체이지. 그 원신이 양성되어서 점차 자라면 마침내 그것은 등신대(等身大)의 실체로 나타나게 되는 것이다.

원신이 네 육신과 같을 정도로 자라면 너는 이제 선인(仙人)이 되는 것이야. 마음대로 원신을 육신으로부터 빼쳐서 장생불사의 선계로 떠날 수가 있지. 이것이 금선탈각이다.

마치 매미가 허물을 벗듯이 육신을 벗고서 이 세상을 떠나가게 된다. 그러고는 영원한 나라로 가는 게야."

매미가 허물을 벗듯이 구차스러운 육신을 벗어나서 신선이 되어 날아간다…… 이 얼마나 매혹적인 이야기였던가? 이야말로 '금선탈각'인 것이다.

그러나 그러한 대도를 이루어 등선(登仙)하신 선인의 수는 아주 적었다. 이런 등선법의 성공이야말로 기독교의 부활이나

---

* 즉 지구의 자전이나 공전식이 아니라, 예를 들어 천왕성이나 명왕성식의 자전이나 공전법을 본받아서 호흡을 하는 것이다.

불교의 대열반에 필적하는 성도(成道)라고 할 수가 있었다. 그러나 대부분의 선도 수련가들은 그 중간에서 머무르게 마련이었다.

안색이 화창하고 심신이 깨끗하게 성명을 보존하는 정도였거나, 놀라운 지혜의 계발과 불가사의한 신통력을 얻는 것만으로도 지상선(地上仙)이라 부를 만하였다. 말하자면 선(仙)에도 여러 등급이 있다고 할 수가 있었다.

그러한 선도 비전의 시해등선법을 채 접근해 보지도 못한 채 언제 다시 스승을 재회할지 기약도 없이 하산해야 하는 현민의 심정은 착잡하기 이를 데가 없었다. 모처럼의 호기가 사라져 버린 것이다.

그리하여 현민은 터덜터덜 고향으로 돌아올 수밖에 없었다.

그러나 어찌 됐든 그것만으로도 그는 이미 비상한 정신력과 보통 사람의 열 배에 해당하는 힘을 가진 대장부가 되어 있었다. 젊음이 그의 내부에서 꿈틀거리고 있었다. 가능성이 그의 복중에서 용틀임하고 있었다. 그러나 나라는 일인들의 치하에 있었고, 그는 자기의 용력을 어디에도 써볼 도리가 없었다.

써볼 데 없는 힘과 정신력. 그것은 차라리 부담이었다. 그는 한신(韓信)이 대망을 품고 시장 바닥에서 비루하게 지냈던 고사를 생각하였다. 그의 참담한 심정을 이해할 수가 있었던 것이다.

"그래!"

그는 마침내 결정을 내렸다. 넘치는 용력을 주체하지 못하고 전국을 휩쓸고 다닌 다음이었다. 폭력배들과의 허튼 충돌 따위가 자기의 할 일은 아니었다. 벌써부터 헌병대의 눈초리가 그의 그림자를 밟고 있었다.

그 전부터 현민의 부친은 일제에 의해 이미 감시 대상으로 지목되어 있었다. 대한제국의 요직을 맡았던 분일뿐만 아니라 민족주의적 경향을 가진 지사들이 사랑에 자주 출입하고 있었던 것이다. 게다가 선친으로서는 이미 동학군에게 큰 군자금을 대주신 일까지 있었다.

"우선은 숨어 지내기로 하자."

그래서 선택한 곳이 인천 미두간이었다.

요즘 말로 하자면 증권 거래소이다. 그곳에는 많은 요시찰 인물들이 형사들의 눈을 피해서 잠입해 들고 있었다.

예로부터 돈과 조국은 양립할 수가 없는 것이다. 돈을 사랑하는 자는 조국을 사랑할 수가 없다. 그래서 인천의 미두꾼들에 대해서는 형사들도 거의 단속을 하지 않고 있었던 것이다.

때를 기다리자면 우선은 위장할 필요가 있었다. 현민은 그 날부터 인천 미두간의 한 투자가가 되었다.

단학 수련가와 미두간의 투자가.

이 얼마나 기묘한 연결이던가? 그러나 그런 기묘한 역할을 현민은 거리낌 없이 잘도 해냈다. 돈을 걸고 돈을 잃고 돈을 버는 일이 계속되었다. 여느 투자가들처럼 그의 태도에는 아무 거리낌도 없었다. 그는 철저하게 미두꾼으로서의 역할에 충실하기로 마음먹었던 것이었다.

세월은 흘렀고, 그사이 숱한 우여곡절이 있었다.

신석태 노인과 산주 박양래의 예언을 듣고 백립과 북포와 한약재를 사두었던 것도 그때였다. 서울의 건달패들, 부산 생선전 이백골이와 대구 도리우찌패 이준우 삼 형제와 맞부딪친 것도 그때였었다. 그리고 3·1만세운동이 터졌다.

폭풍처럼 몰아친 민족의 의분이 온 강토를 뒤흔들었다. 현민은 현민대로 아버님을 도와 전국에 독립선언서를 배부하였고, 백방으로 노력했지만 만사휴의. 결국 현민이 목격한 것은 민족의 정당한 주장이 총칼 앞에 잔악하게 짓밟히는 것뿐이었다.

의(義)라는 것이 과연 무엇인가?

현민의 심정은 착잡하기 이를 데 없었다. 하늘은 왜 이 땅위에서 옳고 바른 것들을 붙잡아 주시지 않는 것일까? 사(邪)가 정(正)을 속이고, 불의가 의를 짓밟을 때 왜 하늘은 굳게 침묵하고 계시는가?

하늘은 듣지 않는 바 없고, 하늘의 그물은 성글어도 삿된 자가 빠져나갈 수 없다고 옛 현인들은 가르쳤었다. 그러나 그것이 과연 진실이었을까? 그것이 진실이었다면 2천 만 민중의 애처로운 읍소는 어떻게 이처럼 덧없이 짓밟힐 수 있단 말인가?

그러면서도 다시 세월은 흘렀다.

세월처럼 인간의 마음을 치유해 주는 것이 달리 또 있을까? 이제는 3·1운동 같은 일을 일상적인 화제로 올릴 만큼 되었을 때, 어느 날인가 산주 박양래가 현민에게 말했다.

"이보오, 여해."

"왜 그러시우?"

"거 이상하지 않소?"

산주 박양래는 여해보다 열두 살이 위인, 인천 미두간의 옥관(玉官)이었다. 옥관이란 미두꾼들이 투자할 곳과 때를 점괘로 풀어 주는 사람으로서 일종의 점쟁이였다.

그 당시 사람들의 의식구조가 현대인들과는 아주 판이했다는 사실은 여기서도 나타난다. 현대인들 같으면 데이터에 의지해서 투자를 할지언정 점쟁이에게 괘를 묻는 일은 없으리라. 그러나 그때 사람들은 달랐다.

자기 나름대로의 판단에 의하면서도 역시 미두 옥관의 판단에 따르는 일이 많았고, 그 일을 해주는 대가로 산주는 수수료를 받아 생활하고 있었던 것이다.

산주 박양래에 대한 인천 미두꾼들의 신뢰는 아주 대단하였다. 하기는 그럴 수밖에 없는 일이었다. 그는 흡사 귀신이었다.

마음만 먹고 주역의 괘사를 풀어 내리면 한 치의 빈틈도 없이 주가의 상승과 하락을 짚어 냈다. 심지어는 명일의 시세를 조목조목 정확하게 적는 일도 있었다. 그뿐이 아니었다. 명일의 시세 중에서 그 기록하는 사람이 실수하여 잘못 적을 부분까지도 적어 내는 데에는 기가 찰 일이었다.

그런 예지력을 가진 산주였으나 역시 사람들의 대접은 일개 점술가로서의 그것 이상은 아니었다. 모두들 그에게 괘를 묻고 나서 돈을 벌게 되면 몇 푼 던져 줄 뿐, 인간적으로 또는 신력을 지닌 이로서 그를 대하는 사람은 아무도 없었다.

그 산주 박양래가 여해에게 말을 걸어왔던 것이다.

"거 이상하지 않소?"

"뭐가 이상하단 말입니까?"

보통 사람들과 다르게 여해는 아주 공손한 태도로 산주를 대했다.

산주가 말했다.

"내가 인천에서 옥관 노릇 하기 무려 10년이 넘었소. 여해도에서 벌써 몇 해 되는 줄 알고 있는데, 내게 한 번도 시세를 묻지 않으니 그게 무슨 까닭이겠소?"

"허허……"

여해는 웃었다.

"산주장."

"왜 그러우?"

"산주장은 돈 버시려구 옥관 노릇 하십니까?"

"……."

"산주장에게 다 깊은 생각이 있어서 여기서 몸 숨기고 계신 걸 내가 압니다. 그런데 내가 무슨 맛으로 산주장한테 시세를 묻겠습니까?"

"……."

"첫눈에 산주장이 범인(凡人)이 아닌 줄 알았습니다. 그리고 내가 산주장 머리에 삼화(三火)가 뜨는 걸 봤어요. 나도 공부를 한다는 사람인데 그만한 걸 모를까요?"

산주는 고개를 끄덕였다.

여해가 산주를 눈여겨본 데에는 바로 그 삼화가 계기가 되었던 것이다.

삼화란 말하자면 정신력의 광휘였다. 정신력이 고도의 경지에 이르면 그것이 오라(aura)가 되어 빛으로 나타난다. 흔히 성화(聖畵)에 원광(圓光)이 그려지곤 하는데, 그야말로 실체화된 삼화인 것이다. 그런데 산주 박양래에게서도 삼화가 뜨고 있었다. 아주 예민한 사람이 아니면 감지할 수 없을 만큼 그것은 희미한 광채였다.

평상시에도 희미하게 광휘를 끼치는 정도의 정신력이라면 이는 아주 놀랄 만한 경지라고 보아야 한다. 만일 이런 이가 집중 명상 상태에 들어간다면, 그 광휘는 아주 뚜렷해질 것이었다.

이상한 것은 정신력과 빛과의 관계였다.

거의 모든 종교가 빛에 대해서 절대적인 이미지를 부여하고 있다. 말하자면 고도의 정신세계나 영혼세계는 빛과 아주 가까운 관계에 있는 것처럼 보인다는 것이다. 하기는 아인슈타인의 상대성 이론의 체계에서도 광속(초속 30만 킬로미터)은 절대적인 의미를 지닌다.

후에 여해는 김경운 스님의 입적 시에 온 절이 보름달 빛을 받은 것처럼 밤새도록 은은한 빛에 휩싸이는 것을 목격한 일이 있었다. 그뿐이 아니었다. 경허 스님의 시신에서는 백열전구의 빛을 방불케 하는 광화가 찬란하게 쏟아졌던 것이다. 그리고 중국의 대선인인 왕진인의 몸에서는 밤을 밝힐 정도의 현저한 방광이 있었다.

그런 예를 들자면 끝이 없을 것이다.

영남의 거유 곽종석 선생의 눈에서는 광선이 줄기를 지어서 뻗어 나가는 것을 볼 수가 있었다. 그것은 유·불·선을 가릴 것 없이 모든 비상한 정신력과 관계를 맺고 있는 빛의 원리라고 해야 옳았다.

"그도 그렇겠소."

자신의 머리 위에 삼화가 뜨는 것을 보았다는 데에야 그도 더 이상 자기를 숨길 수는 없었던가 보았다. 말하자면 산주 박양래 또한 여해와 전혀 같은 동기에서 인천으로 흘러들어 온

단

형편이었던 것이다.

"그렇잖아도 산주장의 도력에 대해서 궁금해하던 참입니다. 모처럼 동도(同徒)를 만났으니 어디 조용한 데로 가서 얘기나 나눕시다."

여해의 청에 산주도 흔쾌히 따라나섰다.

6척의 헌헌한 키에 날렵한 인상을 주는 박양래였다. 평소에는 느끼지 못했었으나 그의 안광은 날카로웠고, 걸음걸이는 흡사 땅을 스치는 듯 날렵했다. 두 사람은 곧장 그곳을 떠났다.

이렇게 해서 당시 최고의 일류 방술가들의 그룹과 여해는 인연을 맺게 되었다. 산주 박양래야말로 삼비팔주라고 불리는 열한 명의 대술객 중의 한 사람이었던 것이다.

이로부터 여해의 도계 편력(道系遍歷)은 시작되었다.

# 11인의 초인 삼비팔주

당시 우리나라에는 수많은 도인과 초능력자들이 생존해 있었다. 아마도 그것은 당대 민중들에게 뿌리 깊게 내려져 있었던 정신력 또는 영력(靈力)에 대한 신뢰가 있었기에 가능했을 것이다.

숱한 역사(力士)와 술사(術士)가 도처에 산재해 있었고, 또 그것이 그다지 신기한 일까지도 될 수가 없던 때였다. 우리 선조들은 그런 것을 거의 예사롭게 생각하고 있었던 것이다.

그도 그럴 수밖에 없었던 것이, 그들은 어렵지 않게 차력술이나 방술을 통한 괴력을 구경할 수가 있었다. 그랬으므로 그들에게 초능력이란 현대인들에게 있어서의 문명의 이기나 별반 다를 것이 없었던 것이다. 전기를 이용한 모든 문명의 이기란 우리에게 하등 신기할 것이 없다. 또한 컴퓨터나 인공위성·원자탄 등에 대해서 큰 의심을 갖는 현대인은 없다. 그러나 생각해 보면 그것들은 그 얼마나 기이한 초현상인가? 다만 우리

난

는 그것을 눈으로 보고 실제로 사용하며, 그 일상화 과정을 통해서 그런 초현상들을 당연한 것으로 생각하는 것뿐이다.

먼 미래에 과학이 눈부시게 발달하여 정신력의 물질화 등이 실현되어서, 마음만 먹으면 물체를 움직일 수 있다고 한다면 어떨까? 현대인들은 그것을 믿지 못할지도 모른다. 마치 고대인들이 전기를 이용한 전화의 송수신이나 텔레비전의 방송 따위를 믿을 수 없었듯이. 그러나 아마 100년도 지나지 않아서 그런 불가사의한 초능력(그러나 21세기 사람들에게는 일상적인!)이 실현될 수 있지 않을까?

사실 전기의 이용이야말로 기적이라면 아주 큰 기적이 아닌가? 그러나 그 기적을 기적이라고 생각지 못하고 있는 것은 그것이 일상적이기 때문이다. 즉 자주 일어나는 것은 기적일 수가 없는 것이다. 예수가 물 위를 걷고, 사명당이 뜨거운 솥 속에서 견디거나 죽은 나사로가 다시 살아나는 일이 자주 있다면, 이는 벌써 '기적'이라고 부를 수가 없다.

그 당시의 민중들은 어렵지 않게 그런 초현상들을 볼 수가 있었다. 말하자면 유리 겔러와 비슷한 사람들이 흔한 시대였기 때문에, 현대인에게 있어서 전기의 예와 마찬가지로 구태여 그런 일들을 두고 크게 흥분할 필요가 없었던 것이다.

당시 조선총독부의 조사 보고서에 의하면, 유리 겔러의 초능력과 유사한 것으로 신장점(神將占)이 있었다. 무당은 텔레파시로 죽은 영혼을 대나무나 칼이나 방울 같은 신장대에 불러 들이는데, 대나무일 경우에는 들고 있는 사람이 갑자기 학질을 앓는 것처럼 떨리고, 방울일 경우에는 아무도 들고 있지 않는데 갑자기 울어 대며, 칼일 경우에는 서서히 외로 굽고 모로 굽는다는 관찰 보고가 있다. 이 정도라면 스푼을 문질러서 굽히는 것보다 훨씬 출력이 강하다고 할 수가 있는데, 이런 사람들이 전국에 수천 명도 더 있었다. 그리고 염력·투시·예지 등의 소유자로 보이는 많은 사람들이 조사되어 동 보고서에 기록되어 있다.

그런가 하면 홍경래 등 역사상의 인물들 중에도 초능력자가 아주 많았다.

홍경래는 거사에 필요한 지모(智謀)의 소유자 우군칙과 자금의 소유자 이희저 등을, 멀리 있는 솥뚜껑을 영력(靈力)으로 들어 올리는 등의 비상한 초능력을 보임으로써 감복시켜 참모를 삼았다. 이 이야기는 일반에게 잘 알려지지 않은 것이지만, 이에 비해서 사명당의 도술이나 이율곡의 예지력 등은 아마 모르는 이가 없을 것이다.

당시의 초능력자들 중에는 신장점류의 왠지 귀기와 습기가 찐찐한 한(恨)의 냄새가 나는 사람들이 많았다. 거기에는 아주 비정한 설화가 전해져 내려오고 있다.

젖먹이 아이를 가두어 놓고 허기가 져서 죽지 않을 만큼 젖을 주지 않는다. 이 굶주린 아이에게 젖꼭지를 갖다 댄다. 허겁지겁 그 젖에 손을 내미는 아기의 손가락을 날카로운 칼로 잘라 낸다. 그 아이의 잘린 손가락, 그러니까 아이의 정신력이 일심으로 집중된 그 손가락을 지니면 그 아기의 한이 초능력으로 작용한다는 것이다(《조선일보》 84. 9. 25자에서).

이것은 무지한 민중들 간의 설화이지만, 사실 그처럼 깊은 한이 초능력뿐만 아니라 그 이상의 영력도 보일 수 있는 것은 사실이었다. 그러나 우리가 보아 온 것처럼, 엄연히 철학적인 근거에 바탕을 두고 '초능력'이 아닌 '도력'을 닦는 이들도 많았던 것 또한 사실이었다.

삼비팔주는 그 대표적인 예였다. 삼비팔주란 우학도인과 친분이 두터웠던 11명의 도계의 사람들을 말한다.

그들은 모두 비상한 초능력자들이었다. 그러나 그것은 단순히 '능력'이 아니었다. 그것은 '도력'이라고 해야 옳을 것이다.

유리 겔러는 자기의 초능력의 원인을 몰랐지만, 이들은 모든 것을 알고 있었다. 엄청난 능력이 있었지만, 겉으로는 일체 내색을 하지 않았다. 능력이란 곧 칼과 같으며, 따라서 남을 해칠 수도 있고 자기를 벨 수도 있는 것이다. 그들은 깊이 그것을 감추고 은인자중하고 있었던 것이다.

여해는 삼비팔주들과의 오랜 친분을 나누어 오면서 사실 그들의 능력에 대해 여간 궁금하지가 않았었다.

우선 박양래 하나만 놓고 보더라도 상상을 불허하는 예지력의 소유자였다. 그러나 정작 그들의 도력이 어느 정도인지는 구체적으로 알 수가 없었는데, 왜냐하면 자랑하기를 원치 않던 것이다. 그걸 두고 보채고 조를 형편도 아니었다.

공교롭게도 삼비팔주의 중심적 인물인 박학래(朴鶴萊)·박양래(朴養來)·이홍몽(李洪濛)·주회인(朱懷仁)과 주기악(周基岳) 다섯 명은 모두 나이는 여해보다 열두 살이나 위였지만 도계로는 조카뻘이었다. 그들의 스승이 바로 일송 선생의 제자였던 것이다. 그 때문에 그들은 여해에 대해서 깍듯이 경대를 하였고, 여해는 여해대로 그들에게 맞경대를 할 수밖에 없었다.

그러다가 동경 대지진이 있기 약 한 달 전이었다.

산주가 여해를 불렀다.

산주를 따라 그들이 모이는 은밀한 장소까지 가자, 그들은 심상찮은 눈빛으로 여해를 바라보았다.

아마도 그것은 그들 나름대로의 재미요, 맛이었을 것이다. 열한 명의 술사들 앞에 지필묵이 놓여 있었고, 그들은 돌려 가면서 각기 무엇인가를 적고 있었다.

이윽고 그들은 적은 것들을 모았다. 그리고 하나하나씩 쓴 글들을 낭독했다.

"왜 여해는 쓰지 않우?"

박양래가 묻는 말이었다.

단

여해로서도 짐작되는 바가 없는 것은 아니었다. 그러나 지켜보기로 하였다.

아니나 다를까.

그들은 하나같이 한 달 뒤에 있을 대참사를 예언하고 있었다.

먼저 윤신거(尹莘居).

"일본에서 대재난이 있을 것 같소."

이석열(李碩烈).

"대지진이오."

이화암(李華庵).

"조선 사람이 수없이 다칠 겁니다."

이우석(李友石).

"모년 모월 모일이오."

강경도(姜京度).

"피해자는 조선인 몇 명에 일본인 몇 명입니다."

이런 식으로 주욱 올라가더니 주기악·주회인·이홍몽·박양래를 거쳐 박학래에 이르자, 한 달 후에 있을 대참사는 눈으로 보듯이 소상하게 그려지고 있었다.

"이게 다 신벌이지. 일제가 그걸 알아야 할 텐데……."

박학래가 나직하게 뇌는 말이었다.

모두들 고요하게 말이 없었다. 그도 그럴 것이었다. 놀라운 예지력의 소유자들로서, 이런 비참한 미래를 뻔히 눈뜨고 내다

보면서도 속수무책일 수밖에 없었으니.

"절통한 일이오!"

성미 급한 주회인이 씨근거리면서 좌장 격인 박학래에게 하는 말이었다. 둘의 나이는 같았으나 무예를 그에게서 배운지라 박학래에게는 늘 경대하고 있었다. 주회인의 성미는 꼭 『삼국지』의 장비와 흡사했다.

"언제까지 이 지경으로 탄식만 해야 한단 말이오? 사실 천하를 손아귀에 움켜쥔들 부족함이 없는 사람들로서, 이 무슨 갑갑한 일입니까?"

주회인이 울화통을 터뜨리자 모두들 술렁거리기 시작하였다. 내 나라가 제대로 주권을 갖고만 있었더라도 출장입상(出將入相)의 영재(英才)로 쓰일 그들이었다. 정신적으로는 놀라운 예지력과 비상한 기억력·판단력 등을 갖춘 천재들이요, 육체적으로도 무쇠를 녹일 강인한 사내들이었으나, 나라 잃은 백성으로서는 그런 능력도 아무 소용이 없었다.

"계십니까?"

그때 밖에서 찾는 사람이 있었다. 그것은 좌중에게 약간의 놀라움을 주었다. 왜냐하면 그들의 은밀한 집합장소는 세상의 그 누구도 알지 못하는 곳이었기 때문이었다.

"계십니까? 여기 혹시 여해라는 친구가 오지 않았소?"

뜻밖에도 내객은 여해를 찾고 있었다. 좌중의 시선이 일시에 여해에게 떨어졌다.

"가보우!"

여해는 대문간으로 나가서 손님을 맞았다. 찾아온 사람은 박경산이었다.

"틀림없이 찾았군! 안에 모두들 있겠지?"

박경산이 싱글싱글 웃으며 여해를 바라보았다.

"허어…… 이거 또 야단나시려고! 내가 그만두라고 하지 않았습니까?"

"그만두면?"

박경산은 200근이 넘는 거구를 흔들며 버럭 성깔을 돋우었다.

"그래, 내가 한손잡이도 되잖을 박양래한테 형님! 하고 머리를 숙이고 들란 말인가?"

아니나 다를까 그는 삼비팔주를 찾아온 게 분명하였다. 여해는 쓴웃음을 지었다.

당시 박경산은 경기도 일대에 유명한 장사였다.

체격이 황소만 한 데다가 힘이 3~4천 근을 든다는 차력사였다. 그 앞에서 당해 내는 장사가 없었고, 그래서 기고만장한 그였던 것이다. 한번은 여해가 박양래의 이야기를 하자 박경산이 버럭 성깔을 돋운 일이 있었다.

"고 팔랑개비같이 호리호리한 박양래가 뭐 어쩐다고?"

"모르긴 몰라도 박경산이 두세 명 가지고는 어림없을걸."

"허어!"

"허어!"

두어 번 그런 일이 있고 나자, 급기야는 자신의 용력을 떨칠 심산으로 그곳에 나타난 것이다.

"여보, 이게 무슨 짓이오? 여긴 점잖은 자리요."

여해는 말릴 데까지 말려야 한다고 생각했다. 그러나 허사였다. 그는 한사코 안으로 들어가려고 나섰던 것이다.

"좋소!"

마침내 여해는 물러서고 말았다.

"그 대신 나중에 나보고 살려 달라고 통사정은 하지 마시구라!"

"누가 누굴 보고 할 소린데?"

맨손으로 황소의 뿔을 꺾었다는 그였다. 거구의 박경산이 뚜벅뚜벅 좌중이 있는 방 안으로 걸어 들어갔다.

"초면에 실례가 많소이다. 나 박경산이오."

한마디 인사 비슷하게 건네더니 그는 방 한가운데 주저앉았다.

통틀어서 열한 사람. 그가 일별해 보기로는 힘을 쓸 만한 자는 주회인과 이홍몽뿐이었으리라. 모두들 가냘프고 세련된 것이 흡사 소년들처럼 고왔기 때문이었다. 그는 가까이에 있는 놋화로를 끌어당겼다.

"이 인천 바닥……."

이는 꼭 박양래에게 들으라는 소리가 분명하였다.

"이 인천 바닥에 와서 보니 별 시답지 않은 놈들이 요동을 친단 말여! 내 한손잡이도 되잖을 것들이 내가 장삽네 하며 야단이거든! 그런 놈들은 그저 요렇게! 요렇게!"

놀라운 일이었다.

아무리 박경산이 천하장사라 하더라도 그만한 사내인 줄은 여해로서도 뜻밖이었다. 박경산은 두툼한 놋화로를 왼손으로 잡고 돌려 가면서 오른손 검지로 톡톡 내리치고 있었는데, 그때마다 청동이 떡처럼 떨어져 내렸다.

"그런 놈들은 요렇게 요절을 내놔야 정신을 차릴 게야! 그저 요렇게!"

하면서 연방 그는 청동화로를 모두 요절내고 말았다. 멀쩡한 화로 하나가 커다란 톱니바퀴 모양으로 바뀌었고, 그 앞에는 수제비처럼 떨어진 청동 조각이 수북하게 쌓여 있었다.

잠깐의 침묵이 흘렀다.

난데없는 거구의 사내가 힘자랑을 하는 바람에 분위기는 사뭇 냉각된 것 같았는데, 그게 아니었다. 오히려 삼비팔주들은 여유 있게 그가 하는 양을 바라보고 있었다. 은근히 미소조차 띠면서. 그러나 박경산은 미처 그걸 깨닫지 못하고 있었다. 그는 아직 자신보다 더 센 장사를 인정할 수 없었던 것이다.

그러나 사정은 일순에 바뀌고 말았다.

박경산의 난데없는 공격을 받고 나서, 아무렇지도 않은 표정으로 박양래는 박경산의 건너편에 다가 앉았다. 그는 박경산을 힐끗 건너다보았다.

"내가 소꿉놀이 할 적에 좀 배워 둔 솜씨가 있었는데, 아직도 남았을랑가 몰라……."

이렇게 나직하게 중얼거리더니, 그는 떨어진 놋쇠들을 집어서 하나하나 제자리에다가 맞추기 시작하였다.

아무리 대차력사의 힘이요 술법이라 하더라도 그것까지는 미처 생각지 못한 일이었다.

흡사 밀가루 반죽이었다. 박양래의 손끝에서 청동은 잘 반죽된 밀가루마냥 뭉개지면서 제자리에 깨끗하게 도로 붙어 버리고 말았다.

그뿐이었다. 산주 박양래는 가타부타 아무 말이 없었다.

새파랗게 질린 것은 박경산이었다. 그로서는 상상도 할 수 없는 역습이었던 것이다. 게다가 정식으로 도전을 청한 것도 아니고, 방자하기 짝이 없는 태도로 범의 소굴 속에 들어온 것이다. 그는 어쩔 줄을 모르고 진땀을 흘리며 고개를 푹 숙이더니 애처로운 눈으로 여해를 바라보며 구원을 청했다.

"고작 고깟 힘을 가지고 자랑을 혀?"

218

벽력같은 호통소리는 주회인의 것이었다. 그는 불같이 노해 있었다.

"네 이놈!"

마치 어린아이 다루듯이 주회인은 박경산을 꾸짖었다.

"고만한 힘으로 어디서 힘자랑을 하는 게냐? 한번 혼쭐이 나볼 테냐?"

쑥 빠지면서 실수를 했노라고 하면 될 텐데도, 주변 없는 박경산은 여전히 끙끙거리며 진땀을 빼고 있었다. 이건 여간 딱한 노릇이 아니었다.

"형! 이건 너무하잖우?"

여해는 12년 연상인 주회인을 형이라고 부르고 있었다.

"너무하긴 뭐가 너무해? 이런 놈은 이 기회에 아주 버릇을 고쳐 놓아야 해!"

"하지만 내가 잘 아는 인데 그렇게 함부로 하면 어떡허우?"

"여해도 이런 놈과는 사귀지 마소!"

그때 강경도가 나섰다. 그는 점잖게 박경산을 타일렀다.

"보시오. 당신은 여기가 어떤 자린지 잘 모르시나 보오만, 그래도 우린 몸을 조심한다는 사람들이오. 그런 힘을 자랑하고 싶으면 그걸 보고 싶어 하는 이들 앞에서 하실 일이지, 뭣하러 여기까지 오셨소? 어서 돌아가시오. 그리고 가시거든 몸조심하도록 하시오."

그야말로 첩첩산중이라고 해야 옳았다. 언제 어느 곳에 나보다 강한 자가 있는지 알 수 없는 일이다. 그래서 무술의 도방에서는 늘 몸조심이 필요한 것이었으나 사람의 심리란 그게 아니었다. 자기 용력이 남의 곱절만 되어도 나서서 자랑하고 싶은 것이 사람의 마음인 것이다.

후에 여해는 주회인의 힘을 직접 구경할 기회가 있었다.

당시 경복궁에서 큰 공사가 벌어질 때였다. 그곳에 1만 7천 근짜리로 알려진 거대한 솥[鼎]이 있었다. 그것을 주회인이 들어 올려 보였던 것이다.

1만 7천 근을 드는 역사.

그런 주회인이었으니 만치 박경산의 힘자랑이 얼마나 가엾어 보였을 것인가? 아마도 그는 그 뒤에 무척 몸을 사렸으리라.

박경산이 돌아간 뒤에 화제는 자연스럽게 힘에 대한 것으로 바뀌었다.

"주창(朱倉)이나 항우(項羽)가 얼마나 장사였는진 모르지만……."

언제나 큰소리를 치는 건 주회인이었다. 그는 또 그만큼의 용력도 있는 사내였다. 시커먼 그의 얼굴에서 구릿빛 힘이 펄펄 넘쳐 흐르고 있었다. 거기서 모두들 주회인에 호응하여 힘자랑들을 늘어놓으면서 좌석은 시끌벅적하게 변하고 있었다.

외부에 나가서는 점잖고 침착하게 혹은 옥관으로, 혹은 미두꾼으로, 혹은 착실한 서생이나 선비로 생활하는 그들이었다. 아무도 그들의 뱃속에 가득 찬 기상과 용력을 눈치채지 못하고 있었다. 그러나 이처럼 가끔씩 모이면 달랐다. 분위기에 따라 이런 소란이 벌어질 때도 있었던 것이다.

그도 그럴 것이었다. 사람은 지기(知己) 앞에서 제 뜻을 펼쳐 보이게 마련이었다. 서로를 아는 자리였다. 그러니 만치 반은 푸념 삼아, 반은 자랑 삼아 대단한 장담과 자기 자랑이 벌어질 때가 있었다. 그럴 때면 으레 자리는 큰 요릿집으로 옮겨지게 마련이었다.

큰 방에 술상을 불러다 놓고 그들은 앉았다. 커다란 상을 차려 놓고 외부인의 출입을 완전히 막는다. 술은 몇 동이를 미리 불러 두었고, 고기도 충분할 만큼 쌓여 있었다.

평소에는 침착하고 유순해 보이던 그들이 마치 게걸들린 사람처럼 넓적넓적한 고기 다리를 우적우적 뜯기가 예사였다. 취흥은 도도하여서 고담준론이 펼쳐졌고, 천하는 그들의 손아귀에서 좌지우지되고 있었다.

그럴 때에도 유독 박학래만은 조금도 몸을 흩뜨리지 않았다. 그는 장소가 바뀌어도 언제나 변함없이 박학래 그일 뿐이었다. 그는 맑은 미소를 띤 채 동료들이 저마다 늘어놓는 장담들을 말없이 듣고 있었다.

박학래.

그의 전력을 아는 사람은 아무도 없었다. 그곳에서 그의 이름이 박학래로 통하고는 있으나, 그것이 물론 그의 본명은 아닐 것이다. 그는 어디서 태어났으며 어디서 자랐는가? 그의 능력은 어디까지인가? 그는 뱃속에 무슨 경륜을 숨기고 있는가? 아무도 그를 몰랐다. 그러나 그는 그곳의 좌장이었다.

박학래, 그는 도인의 표본이었다.

그의 전력과 그의 능력을 목격한 이가 아무도 없었음에도 불구하고 일동 중에서 그에게 경외감을 갖지 않는 사람은 아무도 없었다. 벌써 외모에서부터 그는 문자 그대로의 도골선풍이었고, 행동거지에 있어서 한 치의 허와 실도 없는 이였다.

그는 키가 7척은 됨 직하게 후리후리한 몸매에 깎은 듯 깨끗한 얼굴의 소유자였다. 흠 하나 없는 얼굴은 관옥과 같았고, 눈에서는 깊고 현현(玄玄)한 기운이 언제나 은은하게 서려 있었다.

걸음걸이는 젖은 땅에도 발자국을 내지 않을 만큼 가벼워 보였다. 그리고 목소리도 청아하여, 우선 타고난 신체적 조건이며 기질이 선인의 표본이었던 것이다.

게다가 그는 과묵하였다. 쓸 말 이외에는 입도 뻥긋하지 않는 그였다. 하루 종일 함께 있으면서도 단 한 마디의 말도 붙여오지 않는다. 묻는 말에만 간단하게 대꾸할 뿐이었다. 그리고 늘 빙그레 웃음을 띨 뿐. 그는 단정하게 앉아서 몸도 움직이지 않았다. 두 눈만이 광채를 발하면서 가끔씩 깜박일 뿐으로, 그는 흡사 옥으로 깎아 놓은 조각 인간 그것이었다.

"태공망(太公望) 여상(呂尙)에게야 못 미칠지 모르지만, 손오(孫子·鳴子)며 제갈량에게야 질 리 있소?"

누군가가 전고를 들어가면서 조목조목 용병술(用兵術)을 논하고 있었다.

"나 같으면 제갈량처럼 육출기산(六出祁山)에 실패하고 오장원에서 그토록 비참하게 죽진 않았을 게요!"

연이어 역사적인 인물들이 하나하나 도마 위에 오르고 있었다. 무장들도 예외는 아니었다.

그들 대부분은 문무에 고루 통달하고 있었다. 그들은 천문·지리와 산법 등의 대가였고, 역술·병법의 천재였다. 그뿐이 아니었다. 조선 고유의 검창술과 체술을 비롯해서 술서에도 일가견들이 있었다.

이우석은 환술(幻術)의 명인이었다. 주회인은 여러 가지가 능했으나 특히 검법의 귀인(鬼人)이었고, 박양래는 특히 예지와 장신(藏身)·은신(隱身)·분신(分身)·취물(取物)·섭백(攝魄) 등에 능했다. 즉 몸을 숨기는 법, 몸을 둘 이상 여러 개로 나누는 법, 다른 곳에 있는 물건을 이곳에 앉아서 가지고 오는 법 등등 기기묘묘한 술법을 부릴 줄 알았다. 그뿐 아니었다. 박양래는 병서에도 밝았고, 역산(易算)에도 귀재였다. 특히 섭백이라는 불가사의한 초능력을 행사할 수가 있었다.

섭백이란 무엇인가?

아마도 현대의 독자들은 믿지 못할지도 모른다. 그것은 먼 곳에 있는 사람을 끌어오는 술법을 말한다.

사람에는 혼(魂)과 백(魄)이 있다고 한다. 즉 정신은 혼과 백이라는 두 가지로 나눌 수 있다는 것이다. 흔히 혼은 얼, 백은 넋이라고 일컬어지고 있다.

섭백이란 그중에서 백을 끌어오는 것을 가리킨다. 10리든 100리든 밖에 있는 사람의 넋을 이곳까지 끌어오게 된다. 이것은 물건 끌어오기, 즉 취물과 비슷하다고 할 수 있으나, 그 대상이 사람이라는 점에 있어서 비상한 도인이 아니면 불가능한 대술법인 것이다.

섭백을 당하게 되면 평양에 있던 기생이 느닷없이 서울 한복판으로 순식간에 육체가 이동된다. 당사자로서는 알 수 없는 일이지만 그런 일이 벌어지는 것이다. 물론 얼을 지닌 또 다른 진짜 육신은 평양에 그대로 있다. 그 둘은 나중에 다시 결합된다. 그런데 더 놀라운 일은 그 섭백당한 이에게 육신의 상처를 입히면 그 상처가 그대로 남는다는 점이다. 또한 여기서 받은 물건을 가지고 돌아갈 수가 있다.

가끔씩 보도되곤 하는 4차원 현상인 '공간 이동'은 이런 섭백술과 관계가 있는 것이 아닐까?

여기서 우리는 이 술법의 활용을 생각해 볼 수가 있을 것이다. 쉽게 말해서 김일성이나 김정일을 서울로 섭백해 온다면? 그런 일이 가능하다면 아마도 60만 국군이 못 해낸 대사를 성취시키는 셈이 될 터이다.

우학도인은 이에 대해서 자세하게 설명해 주었다.

섭백뿐만 아니라 우리가 지금껏 전설로만 알고 있었던 여러 가지 도술들은 실제로 가능하다고 한다. 예를 들면 축지(縮地)·비보(飛步)·둔갑(遁甲)을 비롯해서, 위에서 예로 든 여러 가지 등이다. 대도인의 경우에는 그야말로 호풍환우(呼風喚雨)도 가능하다는 것이다. 우학도인의 말씀에 의하면, 제갈량이 동남풍을 빌었던 것은 글자 그대로의 진실이라는 것이다. 그리고 전우치·김덕령·사명당·송구봉 등의 비화도 사실이라고 한다.*

---

* 1984년 10월 14일자 국내의 한 일간지에 이런 기사가 실렸다. "세계 40개국의 기인과 괴인 126명이 일본 도쿄에서 한자리에 모여 깜짝쇼를 펼친 끝에, 한국은 불무도인(佛武道人) 4명이 종합대상을 차지했다. 대한 불무도협회 조자룡 회장과 사범 김병순·손주복·이현문 씨 등이 화제의 주인공들. 이들은 최근 NHK가 주최한 세계기인대회에서 화폭술(火爆術)·육침차인기(肉針車引技)·구화기(口火技)·암기술·활법 등의 묘기로 갈채를 받았다. 인체 투시기를 통해 일본 종합병원에 입원 중이던 디스크 환자를 치료한 것을 비롯해 직경 5미터, 높이 12미터의 휘발유 불 속에서 5분간이나 견뎌 내 일본 소방관들을 놀라게 했고, 쇠침을 팔에 꽂고 12톤 대형 버스를 끈 묘기, 150명이 즉석에서 말한 간단한 단어를 한 자도 틀리지 않고 외는 암기술을 보여 주었다." 한편 사명당이 일본에서 보였던 초능력 중에는 수십 리에 적힌 1만 5천 간의 병풍서(屏風書)를 암기하기와 방석을 타고 물 위에 뜨기, 화열의 방 안에서 견디고 방 안에 서리를 끼게 하기, 잡충(雜虫)이 든 방석 알아맞히기, 불로 달군 철마(鐵馬)를 태우려 하자 대노하여 천둥과 비바람을 몰아오기 등으로 『임진록(壬辰錄)』은 기록하고 있다. 지금까지는 위에 든 기사에서도 보듯이 이런 류의 초능력이 간단하게 깜짝쇼 등의 흥밋거리로 취급되었으나(이 때문에 '믿으면서도 믿지 못하는' 기현상이 생긴다), 이제는 본격적인 과학·철학적 논구가 필요한 것이다.

그리고 예로부터 세상에서 큰 이름을 떨친 분들 중에는 그런 도인들이 아주 많다고 한다. 예를 들어서 강태공이나 장자방·제갈량 등은 말할 것도 없고, 우리나라의 을지문덕·무학대사·진묵대사·정도전·율곡·퇴계 등도 대도인이었다는 것이다. 물론 근대에 있어서의 삼대이인(三大異人)이라고 볼 수 있는 최수운이나 강증산, 그리고 김일부 또한 마찬가지이다.

그런데 그런 도술을 직접적으로 세상일에 적용하기는 불가능하다고 한다. 강태공은 도인의 계제로는 상지중(上之中)이 넘는 대가이지만, 주나라를 건국하는 데 있어서는 실제적인 병사(兵事)를 일으켰던 것이다. 그뿐이 아니었다. 거의 모든 도인들도 세속에서 일을 성취시키려고 할 때에는 세속적인 방법을 동원했다는 것이다.

그것은 업(業)의 원칙에 의해서일 것이다. 여기서 업이라는 개념에 대한 이해가 필요해진다.

업. 동양 고래의 업에 대한 관념이 요즘은 거의 퇴화된 것처럼 보이는 것도 사실이다. 그러나 업이야말로 아주 논리적이고, 어쩌면 과학적인 관념 중의 하나라고 본다면, 이에 대한 숙고는 그만큼 가치가 있다고 할 수가 있다.

한마디로 업이란 인과응보의 법칙이다. 세상은 이해할 수 없을 만큼 부조리한 것이 사실이다. 선한 사람이 핍박받기도 하고, 악한 자가 득세하기도 예사이다. 그것을 풀어 보려 숱한 사람들이 노력하였으나, 종교와 철학은 늘 난해하게 겉돌기만 했던 것이 사실이 아닌가?

그것을 고대 인도인들은 윤회와 업이라는 두 개념을 사용해서 멋지게 풀어 보였던 것이다.

즉 세상일이 그렇게 된 데에는 다 '까닭'이 있다는 것이다. 내가 허약한 육신으로 태어난 것, 내가 가난한 집에 태어난 것도 다 까닭이 있다. 내가 정의로운 행위에도 불구하고 핍박받는 데에도 다 까닭이 있는 것이다.

그것은 모두 전생(또는 과거)의 업이다. 과거 어느 생에선가 나는 그런 고통을 받을 수밖에 없는 일을 행한 적이 있었다. 그것이 오늘날 나에게 그 업의 소멸을 요구하면서 나를 괴롭히고 있는 것이다.

인과응보의 빈틈없는 이합집산과 상관관계에 의해서, 세상은 다 그렇게 될 수밖에 없는 필연적 당위성을 가지고 존립하고 있으며, 또 유지되고 있다. 그러니까 김일성이나 김정일 또한 마찬가지라는 것이다. 한국의 상황에 대해서도 마찬가지로 생각해 볼 수가 있다.

이런 거대한 인과응보와 업의 원칙에 의해서 움직이고 있는 빈틈없는 컴퓨터인 '세계'를 한 도인의 도력만으로 역전시킬 수는 없는 것이다. 그 대원칙이 바뀔 만큼의 또 다른 업의 원칙이 상쇄되었을 때만이 도인의 도력은 성공할 수가 있는 법이다.

그렇게 본다면, 율곡 선생께서 놀라운 선견지명으로 십만 양병을 주장하셨음에도 불구하고, 왜 다른 일에는 그토록 현명하던 서애 유성룡이 율곡 선생의 제안에 반대했던지 이해가 될 것이다. 말하자면 당시 우리 민족은 국난을 치러야 할 커다란 무슨 업을 지니고 있었던 것이고, 그것은 율곡의 도력으로도 막을 수가 없었던 것이다. 개인으로서도 마찬가지이다. 이순신 장군이나 권율 장군 등은 그런 대명(大名)을 떨칠 업(업은 꼭 부정적으로만 작용하는 것이 아니라 긍정·부정에 모두에 관계된다)을 지니고 있었다고 본다면 그분들께 누가 될 것인가? 이는 아주 숙명론적인 견해이기 때문에 찬성하지 않는 독자도 많을 것이다. 그러나 반드시 업의 개념이 숙명론적인 것만은 아니다.

이를 미래지향적으로 적용해 보자. 그렇게 되면 곧 '업은 창조된다'는 것을 알게 될 것이다. 현재의 상황이 과거의 결과(업)이듯이, 미래에 닥쳐올 운명이란 곧 현재의 열매(업)일 뿐인 것이니까. 업은 과거에 우리를 붙들어 매자는 것이 아니라, 미래로 지향하자는 의미로 강조되어야 옳다.

말하자면 아무리 도력이 높다고 해도 그로 인해서 한 국가나 수천만 생령(生靈)들의 운명이 일시에 바뀔 만큼의(좋게든 나쁘게든) 성과란 그에 상응하는 값이 치러졌을 때에만이 가능한 것이다. 그러므로 대도인이라 하더라도 '때'를 맞지 못한다면 아무 소용이 없는 것이다.

삼비팔주들은 그런 의미에서 그 '때'를 잘못 타고났다고나 해야 할 것이다. 그에 비해서 이제 우리 민족의 업이 대웅비의 시점에 이를 때에 나타날 도인의 운은 그 반대라고 볼 수가 있다(우학도인은 그 도인의 출현을 예언했다). 역사상 그 얼마나 많은 걸사들이 '때'를 만나지 못하고 이름 없이 스러져 버렸던가?

이렇게 본다면 도력을 가진 강태공이 거사에 있어서는 실제로 병사를 동원해 가면서 일을 치렀던 것이 이해될 것이다. 그리고 동남풍을 빌었던 제갈량의 고사는 곧 유비와 손권의 승리가 업의 원칙에 부응하는 것이었기에 가능했으리라.

또한 삼비팔주의 그 기막힌 도법들이 거의 쓸데없이 되었던 것도 업과 때의 불일치로 설명할 수가 있을 것이다. 사실 박양래는 진작부터 그것을 알고 있었다.

"내 공부가 어느 정도 되었을 때……."

그는 언젠가 여해에게 이야기한 적이 있었다.

"우리나라 미래사를 죽 뽑아 보았지. 그런데 을유년에 가야 우리나라가 해방이 되거든. 그러고는 신정부가 서는데, 그때 참여할 인재들 중에 불행하게도 박산주는 없더란 말이오. 이 아니 딱한 일이겠소?"

그는 대야망을 품은 사내였다. 그야말로 출장입상의 영명(英明)을 가지고 있는 잠룡(潛龍)인 그였던 것이다. 그러나 그에게 '때'와 '운'은 허락되지 않았다.

"하늘은 어째서 그런 인재들을 구경만 시키고서 모두 데려가 버리셨는지 몰라……"

우학도인의 탄식이었다.

하긴 그 점은 우학도인에게도 꼭 같은 말을 할 수가 있었다. 우학도인에게도 '때'는 허락되지 않았고, 늘 세상사를 지켜보고 미래를 예견할 수 있을 뿐이었던 것이다. 한 번도 '적극적인 참여'의 기회는 주어지지를 않았다.

도법을 배우는 이들 중에는 그 도법을 통해서 이미 세상에 대한 흥미를 잃고 인연을 끊어 탈속해 버린 이들이 많았다. 그것은 대도인의 경우에는 더욱이나 현저한 현상이었다. 세상의 업, 즉 '운수'를 다 꿰뚫어 본 나머지, 세상사에 대한 흥미를 잃어버리는 것이다. (제1유형)

그중에서도 공교롭게 '운'과 일치되는 경우 출세하여 성공을 하는 이가 있었다. 강태공이나 을지문덕 같은 경우가 그 예라고 볼 수 있었다. (제2유형)

그런가 하면 운이 자기에게 없는 줄을 알면서도 출세하여 자기의 신념을 위해 진력하는 이도 있었다. 제갈량이나 이율곡 같은 이가 그런 예였다. (제3유형)

그런가 하면 운이 자기에게 아주 따르질 않아서 세상에 촌보(寸步)도 발붙일 수 없었던 이들이 있었다(제갈량이나 율곡은 운은 없었으나 어쨌든 중용되었다). 이들은 아주 불운한 사람들이

었다. 삼비팔주가 그런 예였다. (제4유형)

그러면서도 그들에게는 탈속의 등선보다는 그래도 세상 사람들을 위해서, 그리고 자기 자신의 뜻을 펴기 위해서(업의 소멸을 위해서), 진력하려는 욕망은 컸다. 능력은 있다. 그러나 등선이나 탈속은 내키지 않는다. 그런데 운은 닿지 않고……. 그들에게는 점차 자폐적인 모습이 나타났다.

박양래 이하 그들이 거의 그랬다. 임진란 때 났더라면 맹장이 되었거나 대지략가가 되었으리라. 그러나 국권을 빼앗긴 때에 그들은 태어났던 것이다.

"만주로 안 가시겠소?"

한번은 여해가 박양래에게 독립군에 가담할 것을 권한 적이 있었다.

"을유년까지 기다려야 해. 아무래도 그때까진 독립이 안 돼."

말하자면 허튼 고생이라는 얘기였다.

"아니, 그렇다고 수수방관만 한단 말이오?"

여기서 그들은 여해와 늘 생각이 갈렸다. 그들은 이미 이생은 포기하고 있었다. 다음 생이나 보자는 것이다. 다음 생에 운을 타고나서 뜻을 편다는 것만 생각할 뿐으로, 되든 안 되든 힘써 보자는 뜻은 거의 없는 것 같았다. 그러나 여해의 생각은 전혀 달랐다.

"글쎄, 도가 높아지면 그렇게 되나 모르겠지만 내 생각은 달라요……."

안타까운 여해의 말이다.

"이생에도 진력하고, 다음 생에도 진력하면 될 게 아닌가?"

우학도인의 눈빛은 현실을 응시하는 끈끈함이 진하게 배어 있었다.

# 축지와 비월과 조선검법과

삼비팔주 중에서 수뇌는 박학래였다. 그는 어느 모로 보든지 최고의 계제에 있었다.

박양래와 이홍몽도 그에 준하는 대가들이었다. 이중에서 이홍몽은 특히 도계의 감찰과 같은 역할을 맡고 있었다.

도계에도 규율이 있었다. 술법 등을 함부로 사용하여 혹세무민하거나 사술을 부리는 자들을 견책할 필요가 있었다. 이홍몽은 그들을 견책하는 역할을 맡고 있었다. 도계에서는 이 세 사람을 삼비(三飛)라고 불렀다.

삼비팔주. 그리고 선도술(仙道術).

그것은 얼마나 불가사의한 세계였던가? 당시 이미 일송 선생을 통해서 선도와 관계를 맺은 뒤였던 여해로서도 그들의 도법은 경이롭기 그지없는 것이었다.

"놀라운 이들이었지……."

우학도인은 그들에 대한 경외심을 표명하며 말씀하셨다. 우리 둘은 거의 넋을 빼앗기고 있는 상태였다.

"요즘 과학에서는 인정을 못할 겁니다. 어떻게 축지와 비보가 가능하냐고 하시겠지요? 장풍(掌風)? 그 정도가 아닙니다. 박학래 같은 이는 여기서 손바람을 내면 10리 밖에 있는 바윗돌이 격파당합니다. 그뿐입니까?"

우학도인은 초능력 도법에 대해 계속 이야기했다.

하기는 모든 물질은 에너지의 표현일 뿐이라고 현대 물리학은 가르치고 있다. 유명한 아인슈타인의 이론 등은 바로 '에너지 보존의 법칙'과 '질량 불변의 법칙'을 합친 데서부터 출발한다고 한다. 즉 에너지는 표현되지 않은 물질이요, 물질은 표현된 에너지로서 그 둘은 같은 사물의 다른 표현 양식일 뿐이다. 바로 이 간단한 진리가 원자과학 시대를 연 것이 아니었던가?

그런데 동양사상에 의하면 에너지란 바로 기(氣)인 것이다. 그리고 불교식으로 말하면 공(空)이 될 것이다.[*]

색즉시공(色卽是空) 공즉시색(空卽是色).

이처럼 옛 경전들은 에너지는 곧 물질이며, 물질 또한 곧 에너지임을 가르쳐 왔지 않았던가? 그런데 에너지란 무엇인가? 그것은 무형의 힘, 즉 기(氣)이며 기야말로 마음의 자녀인 것이다.

---

[*] 물론 대승적 의미에서의 공(空)은 물(物)과 심(心)을 넘어서는 차원의 개념이다.

둔갑·은신·장신·분신 등의 술법들에 대해서 이런 이론들은 시사하는 바가 크다. 물질은 표현된 에너지(氣)요, 에너지는 표현되지 않는 물질이라고 한다면, 그리고 그 에너지를 인간의 마음으로 통제할 수가 있다면 세상에 불가능한 것은 없으리라.

대도인들은 이러한 물질과 에너지의 동일성을 체득한 이들이다. 그 두 원리를 통괄하는 더 큰 원리의 체득자들. 그들에게는 언제든지 물질을 에너지화하거나 에너지를 물질화할 수 있는 통일된 마음의 원리, 즉 도법(道法)이 있는 것이리라.

그 원리는 아직 과학으로는 구명되지 않았다. 그러나 구명되지 않았을 뿐 실재하는 것은 사실인 것이다. 은신이나 장신술은 바로 그런 원리가 실현된 것이었고, 둔갑 또한 마찬가지였다. 사람의 몸도 물질인 것이다. 그렇다면 그것 또한 대원리의 체득자인 도인에게는 비물질화(즉 에너지화. 따라서 육안으로 보기에는 '사라진다')가 가능한 것이며, 또는 에너지의 물질화를 이루어 '창조력'을 보이거나, 임시적으로 자기의 몸을 가리는 벽이나 병풍 따위를 만들어 낼 수가 있는 것이다!

과학은 단계적 지공(遲攻)이요, 도법은 초월적 속공(速攻)이기 때문에 도법이 과학보다 먼저 그런 대원리를 사용할 수가 있었다. 숱한 종교적 신비현상 등이 그것이다. 그러나 언젠가는 지공의 과학 또한 그 지점에 도달할 것이며, 그때에는 지금 도법이나 기적 또는 초능력이라 불리는 것들이 지극히 일상적인 일이 될 게 분명하였다.

우학도인은 박양래의 은신술과 장신술을 직접 구경한 일이 있었다. 그것은 지금까지도 잊을 수 없는 생생한 기억으로 남아 있었다.

삼비팔주 중에서 유독 국가 대사와 민족의 독립에 애태웠던 사람은 강경도였다. 그는 박영효 대감과 친분이 있었는데, 그걸 계기로 인천 미두간에서 박 대감의 투자를 대행하였다.

그런 한편으로 만주의 독립군들과도 은밀하게 손이 닿아 있었다. 그가 증식한 재산 중에서 상당 부분이 독립군의 군자금으로 빠져나가고 있었다. 그러면서도 그는 별 내색을 하지 않았다. 그는 삼비팔주 중에서 유일하게 현실 참여적인 존재였다.

모두들 그런 그를 만류하지는 않았다. 그렇다고 적극 후원하지도 않았다. 그러다가 강경도는 일본 형사들에게 그 사실을 발각당하게 되었던 것이다.

"서울서 인천으로 오는 특급열차요!"

그날 아침 박양래는 주회인에게 말했다. 갑자기 무언지 짚이는 게 있었던가 보았다.

"난 집에 있겠소. 주 형이 가서서 강 형을 모셔 오도록 하시오. 지금 인천선 형사들이 대기하고 있습니다."

그때 강경도는 박 대감을 만나기 위해 서울로 갔다가 특급열차 편으로 돌아오는 길이었다. 형사들이 그걸 알고서 인천역에서 대기하고 있었는데, 갑자기 박양래에게 계시가 있었던가 보았다.

주회인은 더 묻지 않고 바람처럼 밖으로 내달았다. 그런 지 조금 후에 웬 사내 하나가 집 안으로 뛰어 들어왔다. 그는 이조익이라는 이름을 가진 조선인 형사였다.

"형사들이 쫙 깔렸소."

그는 급히 상황을 설명했다. 박양래가 말했던 그대로였다.

이조익 형사는 친분이 있는 삼비팔주들에게 사전대비를 하도록 하려고 시간을 내서 잠시 빠져나와 그곳에 들렀던 것이다. 그는 곧 황급히 그곳을 빠져나갔다.

20~30분이 지나자 강경도를 앞세우고 주회인이 돌아왔다. 주회인과 강경도는 숨도 헐떡이지 않았다. 그 둘은 모두가 비보(飛步)의 명수였던 것이다.

경인 간을 45분에 달리는 신설된 특급열차에 주회인이 뛰어올라서 강경도를 빼냈다. 그러고서 그 둘은 형사들보다 앞서서 순식간에 집으로 돌아온 것이다.

"수고 많았소."

박양래는 산가지를 놓다 말고 흘끗 두 사람을 돌아보면서 무심한 한마디를 던졌다. 강경도가 여해에게 말했다.

"여해, 돈 500원만 주오."

"왜 그러시오?"

"나 만주 안동현으로 가야겠어. 그곳에 가면 그만한 돈이 필요해."

"그러시구려."

강경도는 부산하게 떠날 준비를 했다. 그러느라고 5~6분이 경과했다.

그때였다.

소란스러운 발소리와 함께 마당으로 형사들이 우르르 몰려 들었다. 족히 30~40명은 되어 보였다. 그들은 집을 죽 에워싸고 는 주인을 찾았다. 인천역에서 강경도의 검거에 실패한 그들은 곧바로 이곳으로 달려왔던 것이다.

사태는 심각했다. 이제 도저히 가망이 없었다. 방 안에는 박 양래·주회인·강경도와 여해가 있었고, 밖에서 형사들이 물 샐 틈 없이 포위망을 형성하고 있었다.

그런 때에도 박양래는 추호도 당황하지 않았다. 그는 강경도 에게 짧게 한마디 하였다.

"그쪽에 누워 계시오."

방 아랫목을 턱으로 가리키면서 그가 말했다. 강경도는 박 양래를 쳐다보더니, 이윽고 알겠다는 듯이 고개를 끄덕였다. 그 러고는 심호흡을 하며 방 아랫목에 길게 벽을 보고 누웠다.

그때까지도 여해는 그게 무엇인지를 몰랐다. 설마 말로만 들 었던 은신과 장신의 술법을 구경할 수 있으리라고는 생각지도 않았던 것이다.

"여기 아무도 없나?"

일본말이 거칠게 집 안을 흔들었다. 여해는 밖으로 나가서 그들을 맞았다.

일본 형사들은 몇 마디 묻더니, 이쪽으로 이동해 온 확실한 단서가 있다는 듯 서슴지 않고 각 방들을 조사하기 시작했다.

드디어 강경도가 누워 있는 방까지 왔다. 여전히 산주 박양래는 산통을 들고서 괘효를 뽑고 있었다.

"강경도란 자 못 보았소?"

박양래에게 묻는 말이었다. 그들이 찾는 강경도는, 그러나 그 방 아랫목에 여전히 누워 있었다.

"왜 못 보았겠소? 그 사람 내가 아주 잘 압니다."

박양래가 천연덕스럽게 말했다.

"내가 인천 미두 옥관 박양래라는 사람이오. 한데 그 강경도란 자가 내게 줄 돈도 주지 않고서 내뺐습니다. 어저께지요. 도대체가 실컷 괘효를 뽑아 맞춰 줬으면 사례를 해야 할 게 아뇨? 나도 그를 찾고 있소이다."

그런데 이상한 일이었다.

아랫목에 누워 있던 강경도의 모습은 인멸되듯이 스르르 사라지면서, 마침내는 감쪽같이 보이지가 않는다! 그야말로 쥐도 새도 모르게 증발해 버린 것이다.

"여기도 없구만!"

"잘 찾아 봐!"

형사 두 사람은 장롱이며 문갑까지 열었다 닫았다 했다. 그리고 한참 동안을 방 안에서 서성거렸다.

그런데 그것도 신기한 일이었다.

조금 전에 강경도가 누워 있던 아랫목 근처에서 그들은 더이상 앞으로 나아가질 않는 것이다.

불과 한 자 반 정도의 폭. 그들에게는 아마도 거기쯤에서 방이 끝나고 벽인 것처럼 보이는 모양이었다. 강경도가 누워 있을 아랫목에는 그들의 발이 조금도 접근하지를 못했다. 박양래는 거기에다가 이미 무형의 벽을(그러나 그들에게는 분명한!) 설치해 두었던 것이다.

형사들의 불만스러운 목소리와 함께 발소리가 멀어졌을 때에야 박양래는 술법을 풀었다. 강경도는 여전히 아랫목에 누워 있었다. 그는 부시시 자리에서 일어났다.

"한숨 잘 잤소."

그가 박양래에게 하는 말이었다.

"빨리 가시오. 늦기 전에 도착해야지."

"고맙소."

아마도 그들 간에는 은신이나 장신 따위로 큰 인사치레를 차릴 것까지도 없는 모양이었다. 강경도는 그렇게 떠나갔다.

그런데 또다시 놀라운 일이 여해를 습격하였다.

강경도가 떠난 지 불과 네 시간 만에 속달전보가 날아들었다.

'무사착안.'

무사착안이라니?

그가 만주 안동현까지 간다는 것은 알려진 그대로였다. 그가 관계를 맺고 있는 연고자가 그곳에 살고 있었던 것이다. 그런데 2천 리가 넘는 그곳까지 불과 몇 시간 만에 갈 수가 있었을까? 그러나 그 신실한 강경도가 헛된 전보를 보냈을 리가 없었다. 더구나 그의 안부를 애태워 기다리고 있는 인천 친구들에게 말이다.

강경도는 삼비팔주 중에서 비보로 특히 유명했다. 세상에서 흔히 말하는 축지법을 터득하고 있었던 것이다.

당시 독립군을 지원하던 연락책 중 상당수가 비보의 달인들이었다. 강경도도 그런 비보의 달인이었던 것이다. 그렇다면 과연 비보는 무엇인가?

우학도인은 건강한 보통의 사람도 2~3년 정도만 훈련을 쌓으면 속보 정도는 누구나 가능하다고 말한다. 이는 우학도인 자신이 젊었을 당시 직접 수련을 했고, 또 사용했던 것이며, 지금도 우학도인은 속보법에 대한 저서를 준비하고 계셨다.

"비보나 축지에 대해서는 내가 듣고 보기는 했을망정 직접 해보질 못해서 장담할 수 없지만, 속보만은 지금도 자신 있습니다."

속보란 과연 어느 정도의 빠르기를 말하는 것일까? 이름은 속보라고 해서 '걸음걸이'로 분류하고 있지만, 그것은 분명 '걸음'이 아니다. 한 시간 반 정도면 100리 정도를(그러니까 마라톤 코스를!) 가는 것이니까 이를 '걸음'이라고 부를 수는 없으리라. 그런데 도계에서는 이 정도를 '속보'라고 불렀던 것이다.

인천서 서울까지 걸어서 왔다가 충분히 일을 보고 다시 내려가면 반나절로도 모자라지 않는다. 이 정도의 속도가 되어야 겨우 초보자는 면한다는 것이다. 이는 우학도인 자신의 걸음 속도이기도 했다.

그렇다면 비보란 어느 정도의 빠르기일까?

한 걸음에 20~30간 정도를, 그러니까 약 70~80미터 정도를 그야말로 '나는' 것이다. 이 비보의 경우 축축하게 젖은 땅에도 그 발자국이 남지 않는다고 한다. 획! 하는 순간 쏜살같이 아득하게 멀어지는 것이다.

도저히 믿을 수 없는 얘기라고 할 것이다. 그렇지만 이런 이야기를 뒷받침하는 예화는 많다. 이 이야기의 서두에 소개되었던 박정표 군이 부친으로부터 들은 이야기도 그 하나가 될 것이다.

박정표 군의 아버님은 가끔씩 말씀하셨다.

"너희 증조할아버님을 모두들 '축지꾼'이라고 하셨지. 한번은 나를 부산서 열차로 배웅하시고서는 서울에 도착하니까 마중을 나오셨지 뭐냐?"

박정표 군의 말에 의하면 증조부는 자기 자식·손자들을 안고서 한밤중에 그 비보로 '나는' 일이 가끔 있었다고 하였다. 물론 이는 박 군의 부친이 어렸을 적의 이야기다. 그런데 그럴 때에 박 군의 부친은 자기 할아버지의 어깨너머로 모든 풍경들이 '까마득하게 멀어져 가는' 것을 보면서 아찔한 현기증을 느끼곤 했었다는 것이다. 바로 강경도의 비보가 그런 것이었을 것이다.[*]

만약 그것이 사실이었고, 또 지금도 가능하다고 한다면? 그렇다면 우리는 제일 먼저 체육계에서 그 얼마나 경악할 것인가를 충분히 상상할 수가 있겠다.

우선 비보나 축지 이야기는 접어 두기로 하자. 속보 정도만으로도 마라톤 세계기록은 무난히 경신될 수 있을 것이다. 사실 이는 우학도인께서 안타깝게 강조하시는 분야이기도 하다. 자신이 직접 수련했던 방법을 통해서 건강한 젊은이를 2~3년 정도만 훈련시킨다면, 비단 마라톤뿐만이 아니라 전 육상 종목에서 다수의 신기록 수립이 가능하다는 것이다.

[*] 속보는 소축(小縮), 비보는 중축(中縮)이라 한다. 즉 '작은 축지법'인 것이다. 한편 박 군의 증조부는 구한말, 풍운을 일으키던 명신(名臣)이었다.

달리기·던지기·들기 이 세 분야에 대해서만은 어렵지 않게 세계를 제패하리라는 것이다. 사실 그런 희망이야말로 듣는 우리들로서는 여간 흥미로운 일이 아닐 수가 없었다.

그러나 미심쩍어 하는 세상 사람들은 쉽사리 우학도인의 주장에 동조하지 않았다. 그것은 모두 '호랑이 담배 먹던 옛이야기'로 치부되었다. 그럴 때 우학도인으로서도 더 이상 그런 주장을 되풀이할 필요는 없었다. 그러던 차에 박정표 군과 같이, 인간 능력의 무한한 가능성을 믿는 후학을 만난 것이 이런 이야기를 털어놓는 실마리가 되었던 것이다.

그러니까 우리가 중국 무술영화에서나 보던 대부분의 도법은 실제로 가능하다는 이야기였다. 그것은 비월에 대해서도 동일하게 적용되었다.

비월이란 쉽게 말해서 '날아오르는' 것을 말한다. 공중으로 수십 척씩 날아올라서 장애물을 넘어가는 것이다. 이것은 사실 비보의 연장이기도 하였다.

필자는 이미, 당시 사람들의 의식구조가 현대인들과는 달랐으며, 그런 초능력 도법의 실존을 믿고 있었다고 말한 바가 있다. 그중에서도 자기의 가계(家系)나 주변에 그런 이가 생존해 있을 경우에는 그 믿음이 더욱 컸을 것임은 물론이다. 우학도인의 유년시절이 바로 그러했었다.

우학도인의 유년 시절.

당시는 청나라의 원세개가 조선에 진주해 있을 때였다. 그의 휘하에는 유명한 여덟 명의 장사가 있었다. 그 '팔장사'는 원세개의 자랑이었다. 공교롭게도 당시 대원군에게도 '팔장사'가 있었는데 이 두 그룹은 대결을 벌였고, 결과는 대원군 측의 참패였다. 이때 대원군의 명예를 회복하고 청나라의 팔 장사를 굴복시킨 것은 유명한 장진우였다. 그는 그 공로만으로 군수에 봉직되었다가 후에 민씨 측의 반발로 물러났다고 한다.

그 장진우를 포함해서 팔 장사 모두가 우학도인의 집안과 교분이 있었다. 그뿐 아니었다. 우학도인의 종조부께서는 당시에 잘 알려진 차력사요, 명궁이었고, 속칭 '난간치기'의 명수였다. 단 두 발의 화살로 무과에 특채된 그분은, 고종 황제가 보는 앞에서 경회루 난간을 잡고 빙 한 바퀴를 돌아 사뿐하게 어전에 부복함으로써 황제를 감탄케 한 일이 있었다.

이런 사람들 사이에서 자란 여해였다. 그런 여해에게 어린 시절부터 '비월'을 구경할 기회가 왔다.

그것은 여해의 일가가 막 진도에서 올라온 직후였다. 삼종 조부였던 속칭 '권제비'께서 어린 현민을 안고 밖으로 나갔다.

밤이었다. 으스름 달빛이 어리고 있었다. 차가운 밤공기가 감돌고 있었는데, 깊은 밤이어서 사위는 고요하기만 하였다.

그날 밤에 무엇 때문에 팔 장사들이 그곳에 모였는지 어린 현민으로서는 알 수가 없었다. 또한 삼종 조부께서 왜 어린 현민을 안고 깊은 밤에 그곳까지 오셨는지도 모를 일이었다. 그리고 그곳에서 꿈같은 일이 일어났다.

비월!

그렇다, 그것은 비월이었다!

지금도 뚜렷하게 남아 있는 독립문, 그 독립문을 여덟 명의 노인 장사들은 하나하나씩 뛰어넘기(!) 시작했다.

어린 현민으로서는 비몽사몽간의 일이었지만, 너무나 놀라운 것도 사실이었다. 그 당시 팔 장사는 이미 모두들 노쇠한 뒤였다. 아마도 그 때문에 자신들의 용력이 여전한지 어떤지를 시험해 보았던 것인지도 모른다. 그들은 모두 거뜬히 저 우뚝한 독립문을 제비처럼 '날아서' 넘어갔던 것이다!

그들에게도 각각 조금씩의 수준 차이는 있었다. 그중 두 사람은 아마도 위에서 한 번 멈춰서 발로 딛은 다음 뛰어내리는 것 같았다. 그 두 사람은 다른 사람들보다 조금 시간이 더 소요되었으니까. 그 둘 중 한 사람은 바로 후에 대통령이 되었던 윤보선 옹의 조부였다.

우학도인은 윤보선 옹과도 교분이 있었다. 그래서 늘 말씀하셨다고 한다.

"내가 그때의 장사들 이름을 죽 댈 테니까 그 자손들한테 가서 한번 알아보우! 그러면 그 일이 사실인지 아닌지를 알 게 아니우? 그리고 그게 사실이거든 어떻게 해서 그것이 가능한 것인지 좀 연구를 시킨들 무엇이 나쁜 일이겠소?"

그 둘을 제외한 나머지 여섯 명은 모두 가뿐하게 독립문을 넘었는데, 그중에서 제일 뛰어났던 한 사람은 놀랍게도 처음에 솟아오른 바로 그곳으로 뛰어내려 '돌아왔던' 것이다! 완전히 일 회전을 한 것이다.

인천에서 몸을 숨기고 있을 당시에는 그때의 일이 이미 상당히 오랜 과거의 추억이었다. 한번은 여해가 팔 장사가 독립문을 뛰어넘던 이야기를 삼비팔주 앞에서 한 일이 있었다. 그들은 모두 껄껄 웃었다.

"그 노인들도 어지간했던 모양이군!"

그냥 그 정도였다. 뒷날 여해는 삼비팔주 모두가 가뿐하게 독립문을 넘는 것을 볼 기회가 있었다.

삼비팔주의 초능력 도법에 관한 이야기는 필자 일행이 들었던 것만으로도 충분히 한 권의 책이 될 것이므로, 다음 이야기를 위해서는 여기쯤에서 생략하지 않을 수가 없다. 그러나 앞으로 두 가지만은 더 이야기하지 않을 수가 없다. 그것은 박학래의 비홍검술(飛鴻劍術)과 박양래의 좌탈(坐脫) 이야기이다.

역시 왁자지껄하게 예의 자가도취적인 장광설이 난무하던 어느 날이었다.

"그건 자네들이 아직 높은 델 못 올라가 봐서 그러는 게 아닐까?"

박학래였다.

좌중은 순식간에 고요해졌다. 모두들 왁자지껄 떠들기를 그치고 잠잠하게 박학래의 단정한 모습을 주시할 뿐이었다.

언제나 그랬다. 평소에 과묵하던 그가 어쩌다 한번 입을 열 때면, 기세등등하던 삼비팔주들이 쥐 죽은 듯이 숨을 죽이고 그의 말을 경청하곤 했던 것이다. 흡사 엄한 훈장 앞에 선 개구쟁이 학동들처럼.

"자네들이 아직도 태산이 높은 줄을 모르네그려. 고개 위에서 아랠 내려다보면 뻔하게 다 보이니까 여기가 제일 높은 덴가 보다 싶지. 그래도 돌아서면 커다란 산악이 첩첩으로 늘어서 있는 게 아니던가?"

그의 말은 조금의 감정도 섞여 있지 않았다. 산곡 간을 흐르는 옥류처럼 맑은 음성이 침착하게 흘러나오고 있었다.

"공자님 말씀에 등동고이소노(登東皐而小魯)하고, 등태산이소천하(登泰山而小天下)라고 하셨네. 이 이치로 높이 올라야 멀리 보는 법일세. 반짝반짝 하는 것은 반딧불이지. 태양이 되면 그냥 대일(大日)로써 비칠 뿐, 어디 재재롭게 굴 리가 있는가?"

모두들 부끄러운 빛을 띠면서 박학래의 청수한 이목구비를 바라보고 있었다.

"왜 옛 시에도 있지 않던가? 창해에는 배 지난 자국을 찾을 수 없고, 청산에는 학이 날은 흔적을 볼 수 없다고(滄海難尋舟

去跡 靑山不見鶴飛痕). 꽃은 웃어도 소리를 듣지 못한다(花笑聲未聽)고 하였네. 아무 자취 없이 있다가 때를 만나면 나아가서 힘껏 일하고, 세상이 알아주지 않으면 돌아와서 도를 즐기고 있으니, 이는 공자와 안자밖에 할 수 없다지 않았는가?"

그날따라 박학래의 충고는 긴 편이었다. 그는 마지막으로 한 마디 덧붙였다.

"평생에 수십만 권의 책을 읽고, 하루에 천종(千鐘)의 술을 마셨다던 북창 어른께서는 이런 말씀을 남기셨지. 안자는 삼십을 살아도 아성(亞聖)이라고 하는데, 나의 수(壽)는 왜 이리 길었던고. 그런데 우리는 헛되이 세월만 보내고 있으니 이 아니 부끄러운 일이던가?"

박학래는 언제나 그랬다. 그는 늘 일행의 대표자로서의 넉넉하고 의연한 태도를 취하고 있었다. 그의 말 한 마디 한 마디는 천 근의 무게를 지니고 있었고, 모든 이들이 그를 경대하고 있었다. 그러나 그는 오히려 겸손하고 조심스럽게 행했다.

그런 박학래였기 때문에 그의 도법을 구경할 기회는 없었다. 세상에 나가면 깨끗한 신사요, 도방 친구들과 어울리면 묵묵한 조각 인간. 그는 말도 없고 자랑도 모르는 이였다.

여해는 오래도록 그와 사귀었지만, 그가 도법을 드러내는 것을 본 일이 없었다. 그러던 그가 그날은 드디어 그 오랜 침묵을 깨고, 그 놀라운 비홍검술을 공개해 보였던 것이다. 그것은 순창 사람 김경두(金景斗) 때문에 가능했던 일이기도 하였다.

그때는 이미 여해도 도계에서 알려질 만큼 알려진 뒤였다. 그런 그에게 뜻밖에도 새로운 선배가 생겼다. 바로 그 김경두로서 그의 별호는 오운(烏雲)이라고 했다.

김경두는 여해보다 스물한 살이 위였다. 그 역시 박학래·박양래나 이홍몽·주회인에 못지않는 대역사요, 대술객이었다. 그와 교분이 깊어져서 그의 신실하고 깊은 마음에 감복한 여해는 기회를 잡아 삼비팔주에게 그를 소개하기로 하였다.

이 만남은 박경산과의 그것과는 아주 판이하였다. 삼비팔주로서도 여해를 통하여 충분히 김경두에 대해서 알고 있었고, 또 존경의 염도 가지고 있었다. 한편 김경두 쪽에서도 그것은 마찬가지였다.

그런데 김경두는 아마도 사십이 넘도록 살아오면서 누구에게 힘에서고 술법에서고 져본 일은 없을 것이었다. 독립문보다 훨씬 높고 그 폭에 있어서도 배가 넘는 인천 내방 굴다리*를 가볍게 넘어 보이던 그가 아니었던가? 그뿐인가? 인천 부둣가에서 시멘트 속에 박힌 거대한 못을 엄지와 검지로 뽑아 보였고, 다시 그것을 손끝으로 한 자 이상 박아 보였던 그가 아닌가? 거기에다가 주역을 비롯한 고전에 대한 그의 학식은 대학자의

---

* 높이와 폭에 있어서 독립문보다 훨씬 넘기 어려운 곳이다. 그는 이곳에서 몸을 바짝 밀착시킨 후 가볍게 넘어 보이며 여해에게 말했다. "내가 이 정도는 누워서도 넘지."

단

그것에 육박하고 있었다.

"김경두라고 합니다."

그가 일동에게 자기를 소개했다.

"얼굴이 검다고 해서 별호가 오운이지요. 까마귀 오 자에 구름 운 잡니다."

"박학래올시다. 뵙게 되어 여간 반갑지가 않습니다."

두 사람이 막 맞절을 하려던 참이었다. 김경두의 얼굴색이 확 달라지더니 얼른 박학래를 만류하는 것이 아닌가?

"왜 이러십니까? 상좌에 앉으시고 제 절을 받으십시오."

분명 나이로 봐서는 아홉 살이나 위가 되는 김경두였다. 게다가 그 또한 누구한테 내심 굴복해 본 일 한 번 없었으리라. 그런 김경두가 한사코 박학래와 맞절하기를 사양하고 자기의 큰절을 받으라는 것이었다. 그는 말했다.

"도방 예절이야 도 높으신 분이 어르신 아닙니까?"

그런 김경두였다. 그 진솔함과 사심 없는 겸손이 일동에게 큰 감명을 주었고, 모두들 새삼스럽게 옷깃을 바로잡았다.

그러나 그런 김경두도 박학래를 제외한 다른 이들에게는 맞절로 응수하였다. 아마도 스스로에 대해서 그만한 자부심도 있었던 것이리라.

새로 온 도우(道友)와의 만남은 흥겨운 것이었다. 별 자세한 이야기를 나눈 것은 아니었으나, 그들 사이에는 밑바닥을 흐르는 동도(同徒)로서의 깊은 연대감이 형성되고 있었던 것이다.

가을이었다. 그리고 밤이었다.

보름달이 둥뚜렷이 떠올랐고, 서늘한 공기를 헤치고 벌레 소리가 끊일 듯 이어지고 있었다.

기러기들이 제 고향을 찾아서 북에서 날아오고 있었다. 한 무리 두 무리 북으로 떠나가는 기러기들의 행렬을 바라보고 있던 누군가가 문득 입을 열었다.

"월흑안비고(月黑雁飛高)하니 선우야둔도(單于夜遁逃)라, 이 시 참 잘 짓지 않았소?"

모두들 그 이야기에 깔깔깔 웃음을 터뜨렸다.

원래 이 시구는 『당음(唐吟)』에 포함되어 있었다. 그런데 그 얼마나 신기(神機)를 포착한 명시이던가?

그 시가 쓰이고 수백 년 후에 조선시대의 대도인이었던 송구봉(본명은 翼弼) 선생은 이 시구를 이순신 장군에게 유념하도록 가르치신 일이 있었다.

"달은 검고 기러기는 높이 날으니 선우(북쪽 오랑캐)는 밤에 도망치리라."

충무공도 송구봉 선생의 도력에 대해서는 잘 알고 계셨던가 보다. 따라서 충무공은 이 구절을 깊이 새겨들으셨을 것이다. 그리고 이 구절은 뒤에 한산도 대첩에서 그대로 적중되었다. 그 야말로 '달은 검고 기러기는 나는데 왜군은 도망치고' 있던 상황이어서, 그 시를 상기하신 충무공이 세차게 적을 쳐 궤멸시킨 고사가 있었다.[*] 이 이야기는 이미 민간 사람들에게도 널리 알려져 있었는데, 마침 기러기가 높이 날아가는 것을 보고 그 고시를 생각하며 누군가가 농담을 했던 것이다.

"기러기 하면 '월흑안비고'가 생각나시는 모양이로군!"

주회인의 말이었다. 그는 오늘따라 그답지 않게 과묵하였다. 그가 말했다.

"하지만 내게는 기러기 하면 비홍검(飛鴻劍)이 생각납니다."

그러고서 주회인은 박학래를 흘끗 돌아보았다. 최고도의 검술인 비홍검을 그는 바로 박학래로부터 배웠던 것이다.

"비홍검?"

검술에는 인연이 없었던 김경두가 뇌었다. 그는 자못 흥미가 동하는 모양이었다.

"좀 자세히 설명해 주시구려."

"설명이 무슨 필요가 있겠소? 직접 보시면 되잖습니까?"

---

[*] '독룡이 숨은 곳에 물은 편벽되이 맑도다(毒龍隱處水偏淸)'라는 시구를 통해서 송구봉 선생은 또한 충무공의 명량해전에서의 승전의 실마리를 제공하기도 하였다. 즉 명량 앞바다는 여러 가지 조건으로 보아서 해군의 주둔지로 삼기에 부족함이 없었으나, 물이 지나치게 맑고 또 때때로 격랑이 이는 곳이었다. 즉 '독룡이 숨어 있는 맑은 물'이었던 것이다. 충무공은 이 시구를 상기하고 그곳에 수진(水陣)을 치는 대신 쇠사슬을 잠궈 두었다가 왜군을 격멸하였다.

이 밖에도 송구봉 선생의 도법에 관한 일화는 무수하게 많다. 뒤에 송구봉을 찬탄하는 서고청 선생에게 제자들이 물었다 한다. "그러면 구봉은 제갈공명 같았겠습니다(龜峰似諸葛)!" 그러자 서고청 선생이 대답했다. "무슨 소리! 제갈량이 구봉과 비슷했겠지(諸葛似龜峰)!"

주회인이 그답게 선뜻 나섰다. 그러나 그는 문득 박학래를 바라보며 도로 주저앉고 말았다.

"스승이 계신 데서 그건 안 될 말이오. 내가 경솔했었나 보외다."

사실 김경두뿐만이 아니라 비홍검이라는 검법에 대해서 모두들 궁금해하던 참이었다. 가끔씩 비홍검에 대해서 말은 들었지만, 그것을 실제로 볼 기회는 없었던 것이다.

얼마 전에 그들은 주회인의 검법 솜씨를 볼 기회가 한번 있긴 있었다. 일본인으로 검도 6단이라는 자가 중국에서 온 검객에게 아주 파리 목숨처럼 놀림을 당하고 난 뒤에, 주회인이 나서서 다시 그들 네 명을 손쉽게 상대하여 깨끗하게 굴복시켰던 것이다. 그 자리에는 중국 영사관 직원까지 입회했었다.

그 시합이 끝났을 때 중국 검객*들은 주회인에게 기념 예물을 바치고 나서 공손하게 말했다.

"저희는 24검을 닦았습니다만, 선생님께서는 아마도 48검을 닦으셨나 봅니다! 감탄했습니다!"

"그게 48검이오?"

---

* 그들이 보인 검법이 주회인에게는 멀리 미치지 못한 것은 사실이지만, 그 또한 범상한 것은 아니었다. 예를 들면, 사방에서 각각 다른 물감을 적신 빗자루로 물을 뿌리게 하고, 검을 휘둘러 자기의 흰옷에 물감을 적시지 않기와 같은 것이었다. 시범 도중 그들은 호기롭게 "조선에는 검법이 없으니까……"라고 말하면서 일본 검도와의 대결을 청했다. 이에 분개한 주회인이 참지 못하고 나섰던 것이다.

나중에 여해는 그에게 물었다. 그러자 주회인은 빙긋 웃었다.

"아마도 그자들의 선생이 48검이었던 모양이지? 하지만 검법은 128검까지 있지."

바로 그 128검의 이름이 비홍검이라고 하였다. 그렇다면 도대체 비홍검은 무엇을 어떻게 다루는 검술일까?

일동의 시선이 일시에 박학래에게 집중되고 있었다. 그 시선이 무언의 압력이 되어, 또한 강한 호기심이 되어서 비홍검이라는 공전절후(空前絶後)의 대검술을 요청하고 있었다. 그러나 박학래는 그답게 묵묵히 고개를 저었다.

"산주 형이나 회인이가 나보다 백배 더 낫소."

그는 상대하려 들지 않았다. 그러자 주회인이 발끈 성깔을 돋우었다.

"총이 나오고 대포가 나온 세상이요! 그깟 128검인들 어디다 쓰겠소? 한번 구경시키시구려!"

이것은 주회인의 충동질이 분명했다. 그러나 여전히 박학래는 요지부동으로 조각 인간 그대로였다. 하도 답답해진 사람들이 이번에는 김경두 쪽을 바라보았다.

이번에는 김경두가 공손하게 청했다.

"저도 가만히 회고해 보니, 비홍검 이야길 어디서 듣긴 들은 듯합니다. 이제 그 대검법을 직접 보고 배울 수가 있게 됐으니 여간 복이 아니로군요."

그는 정중하게 예를 갖추어 박학래 앞에 한 번의 시범을 청하였다.

이쯤 되자 박학래도 어찌할 수 없는 모양이었다. 나이 많고 점잖은 김경두의 겸손한 부탁에 그는 마침내 마음을 결정했다. 청수한 그의 얼굴이 단단하고 날카로운 기세로 서서히 바뀌고 있음을 모든 사람들이 느끼고 있었다. 이윽고 그는 자리에서 일어났다.

"그 칼을 이리 주게."

박학래는 주회인으로부터 장검을 받아 들더니 뜰로 내려갔다. 그리고 잠깐의 시간이 납덩이처럼 무겁게 흘렀다.

"얍!"

순식간의 일이었다. 칼을 쥐고 정신 통일을 하던 박학래의 몸이 부웅! 솟구치더니 까마득하게, 허공으로 거의 사라져 버렸다. 모두들 깜짝 놀라 뿌연 월광 속에서 박학래의 종적을 찾고 있을 때였다. 까마득하게 치솟았던 그의 날렵한 몸은 팽팽한 긴장을 유지하면서 서서히 지상으로 내려오고 있었다.

그런데 놀라운 일은 오히려 그다음부터였다.

기러기.

그의 칼은 허공중에 커다란 원을 그리고 있었고, 기러기 떼가 그 원 안으로 빨려 들어오고 있었다. 마치 보이지 않는 그물이 그들을 끄는 듯, 그 기러기들은 칼끝이 그리는 원 안에 포섭

된 채 지상으로 끌려 내려오고 있었던 것이다.

미처 놀란 입을 다물 겨를도 없이 박학래는 지상에 사뿐히 내렸다. 그러고는 기러기들을 모아 방 안으로 끌어들였다. 그는 회심의 미소를 지었다.

조금 뒤에 박학래는 방 안에 갇혔던 기러기들을 풀어서 하늘로 날려 보냈다. 그러고는 다시 뜰에 서서 무언가를 기다리고 있었다. 이번에는 칼을 버린 맨손이었다.

또다시 가엾은 기러기 떼들이 공중에 나타났다. 그러자 그는 손을 허공으로 높이 뻗어 올렸다. 그 손끝은 저 까마득한 허공중의 기러기 떼를 향하고 있었다.

역시 손이 다시금 커다란 원을 그리기 시작하였고, 아니나 다를까 기러기들은 흡사 강력한 무엇에 빨리듯 지상으로 쏜살같이 낙하하기 시작하였다. 이번에도 기러기들은 방 안까지 인도되었다가, 무사히 하늘로 방출되었다.

"부끄럽소이다. 고구려 무인들이나 정기룡·김덕령 장군 같은 신혼(神魂)이 보시고서, 너무나 가엾어 탄식하시는 소리가 들리는 것 같소이다······."

너무 놀라서 채 찬탄의 말도 나오기 전에, 박학래가 침통하게 하는 말이었다.

"······."

일동은 말이 없었다. 오히려 이쪽에서는 말이야말로 그 얼마나 가엾은 감정 표현의 도구인가? 모두들 밖으로의 감탄을 자기 내면에 투사함으로써, 짧은 재주를 지녔으면서도 섣불리 자랑하고 싶어지는 보잘것없는 과시욕을 부끄러이 여기고 있었다…….

비홍검술. 조선 고유의 대검법 비홍검술.

이런 놀라운 검술을 설명하기 위해서는 또다시 기(氣) 이야기로 돌아가지 않으면 안 된다. 그 정도의 검법에 이르러서는 무예는 이미 정신과 혼연일체가 되는 것이다.

그것은 칼끝으로부터, 그리고 손끝으로부터 정신력의 힘, 즉 기가 발산하는 현상이다. 단가 수련에 정통하게 되면 기가 온 몸에서 자유자재로 돌 뿐만이 아니라, 그것을 신체의 어느 한 부위에 모을 수가 있다. 이것은 인도의 요가 수행자들에게서도 쉽게 발견되는 능력이다. 그렇게 집중된 기를 허공으로 방출함으로써 기러기들을 모을 수가 있었던 것이다.

물론 이것은 기의 강력한 출력이 필요하다. 그러나 어찌 되었던 기의 그런 집중은 이론상으로도 분명 가능하다는 점이 중요하다.

기독교에서 흔히 볼 수 있는 안수란 바로 기의 치유 작용이라고 볼 수가 있다. 그뿐 아니라 특이한 초능력자들 중에는 손끝으로 보고, 듣거나, 맛보는 경우가 있는데, 이 또한 기(또는 감관의 일부)가 손끝으로 이동되는 현상으로 볼 수가 있다. 인도의 요가 수행자들은 아주 흔하게, 기의 이동을 이용하여 장시간 숨을 멈추거나(심지어는 6개월간이나!) 심지어는 자율신경을 자기 뜻대로 조종하기까지 하는 것이다. 이것은 이미 수십 차에 걸쳐서 학계에 보고되고 있는 초능력 현상이다.[*]

"나도 그 검법을 좀 배웁시다."

그 뒤에 여해가 박학래에게 청한 일이 있었다. 그러자 그는 고개를 설레설레 저었다.

"여해, 뭣하러 그런 험한 것을 배우려 하시오? 정신 수련을 하시오."

"……"

"여해의 십일 대조(권율 장군)께서 검법으로 얼마나 많이 사람을 살상하셨소? 그분이야 나라를 위해서 하신 일이지만, 권씨 가문에 살상은 그것으로 충분하오."

사실 어쩌면 잘된 일인지도 몰랐다. 사람의 일이란 알 수 없는 것이므로 검술을 배웠더라면 본의 아니게 사람을 다치게

---

[*] 소련에 의한 KAL기의 추락사건에 대해서 비홍검의 일화는 분명 깊은 암시를 주고 있는 것이 사실이다. 소련은 이 방면의 연구에 있어서 세계 최고의 수준에 도달하고 있다. 실제로 이 비홍검의 주인공은 '비행기도 같은 방법으로 끌어들일 수가 있다'고 언명하였다고 한다. 기체 또는 조종사의 의식을 컨트롤할 수가 있다는 것이다. 한편 국내 초심리학자 중에는 KAL기의 항공로 이탈이 어떤 강력한 염파(念波)에 의해 기기 또는 조종사가 혼란을 일으켜 발생했을 것으로 추정하는 이가 있다. 물론 그 정도라면 비상한 염파의 출력이 요구된다. 그러나 소련에는 '많은' 초능력자가 있다고 한다. 그렇다면 희생된 KAL기는 소련 당국의 염력 실험의 제물이 되고 만 것일까? 한편 그렇게까지 강력한 것은 아니지만 실제로 소련의 한 여인은 손에서 나오는 기의 힘으로 가벼운 물체를 이동시켜 보인 일이 있다.

했을지도 모르는 일이었다.

"그게 조선검법입니까?"

여해가 물었다.

"조선검법이오. 을지문덕과 연개소문이 쓰던 검법이고, 바로 여해의 십일 대조께서 쓰시던 검법이오. 내가 이 정도일 때 그분들이야 이를 일이겠소? 그러니 권율 장군이나 정기룡 장군 같은 분에게 몇 천이나 몇 만의 군대가 두려워 보였을 리가 없지. 하지만, 여해."

박학래의 목소리는 나직하게 가라앉아 있었다. 그는 조용하게, 독백하듯 말했다.

"법은 다 있소. 검법도 있고, 창법도 있고, 둔갑·축지·장풍도 있고, 병술도 있소. 하나 나는 이것 가지고 한 번도 자랑한 일이 없소이다. 한 번도 사람 다친 일이 없어요……."

문득 숙연하게 말하며 먼 산을 응시하는 박학래. 그의 준수한 모습을 바라보면서 여해는 가만히 고개를 끄덕이고 있었다.

단

# 북으로 북으로

여해가 삼비팔주들과 사귀면서 목격한 그들의 초능력 도법은 이에서 그치지 않는다.

이우석의 을척에 대해서는 이미 앞에서 이야기한 바가 있다. 을척은 반달 모양의 작은 신물(神物)로 갖은 기이한 현상을 다 일으켜 보이는 것이다. 그것은 도계에서 받은 수련의 신표였다. 제갈량의 부채인 백우선도 천변만화를 일으키는 도력을 가진 신물 중 하나였다.

깊은 명상 상태에 잠겨서 그 부채를 사용하면 몸은 쉽게 수백 리를 이동할 수가 있다. 물론 이는 분신을 전제로 한다. 시해법이 사용되기도 한다. 그러니까 자신의 빈 몸은 이곳에 있는 채로 또 하나의 등신대(等身大)의 육신이 외지(外地)를 정찰하는 것이다.

그러자면 비어 있는 육신을 잘 보존할 수 있어야 한다. 다시 되돌아온 넋이 본육신을 찾지 못한다면 이는 곧 죽음을 뜻하기 때문이다. 아마도 이것은, 제갈량이 사시사철 부채를 사용하였고, 또한 그의 거소는 사륜거로써 안정되어 있었을 뿐만 아니라(전장에서의 사륜거란 상식적으로도 기동성이 둔화되기 때문에 사용이 어렵다), 그 사륜거에 삼엄한 경비가 필요했던 까닭을 설명할 수 있을 것이다.*

그런가 하면 이화암은 축구공 정도의 크기인 수정(水晶)을 격파해 보인 적이 있었다. 수정은 경도가 7이다. 그런 수정 덩이를 맨손으로 격파하고, 세 개의 총열이 있는 장총을 꺾어 6등분하더니 다시 겹쳐서 꺾었다. 이 시범은 일본 고위 경찰간부의 집에서 많은 구경꾼들 속에서 실연되었는데, 일본 경찰간부는 과연 무도인다웠다.

그는 유도와 검도에 각각 4단과 5단의 실력을 갖춘 무도인이었고, 암실에 들어가 염력으로 필름에 뚜렷하게 글씨를 쓰는 능력을 갖고 있었다. 일본 정신계의 거두로서 당시의 일본 황실과 조정 대신들의 존경을 받고 있었던 기바라가 그의 스승이었다. (우학도인은 일송 스승을 만나기 전 일본에 있었을 당시 기바라와 직접 사귄 일이 있었다. 그는 승려인 하라와 함께, 일본에서 만난 존

---

* 항간에 전하는 설화는 달마대사도 인도에서 중국으로 오던 도중에 잠깐 육신을 비웠다고 한다. 그때 그의 귀공자적인(달마대사는 인도의 왕자였다) 풍모를 탐낸 산신령 하나가 험한 자기의 외모와 달마대사의 외모를 바꿔쳤다 한다. 그 때문에 달마대사는 우리가 달마도에서 흔히 보듯이 아주 기묘한 외모를 갖게 되었다는 것이다. 물론 그는 도승이었으므로 육신 따위에 구애받지 않았고, 그런 추한 육신을 오히려 신기가 넘치는 도인의 형상으로 변화시켰다.

경할 만한 도인이었다. 기바라는 여해를 자신의 도장의 3계로 대우했는
데, 송광도장의 3계라면 일본의 어느 곳에서도 특대를 받을 수가 있었
다. 3계란 우리나라 위계로 따지자면 7단에 상당하는 경지였다.[*] 단위
는 9단까지 있었다.)

그런 그였는지라 이화암의 시범을 보더니 그는 두말없이 무
릎을 단정하게 꿇었다. 그러고는 자기가 큰소리친 대로 5천 원
짜리 통장을 마련해 주었고, 파손된 수정과 잘린 장총은 기념
품으로 소중하게 보관하는 것이었다.

그뿐이 아니었다. 박양래는 예의 우리나라와 세계사의 미래
를 예언해 놓고 있었고, 이홍몽은 학교라고는 전혀 발도 붙여
보지 못한 사람이었지만 5개 국어를 능수능란하게 구사했다.

그러던 어느 날이었다.

여해는 산주 박양래가 자신의 신변을 정리한다는 이야기를
듣게 되었다. 그는 남에게 빌려주었던 책 따위를 모두 거두어들
이는 한편, 갚아야 할 사소한 채무 따위에 대해서도 말끔하게

---

[*] 하라는 높은 경지에 도달한 이였고, 기바라 또한 그 정신적인 깊이는 측량하기가 어
려울 정도였다. 당시의 총리대신 이하 전 각료들이 한 달에 한두 차례 기바라를 방
문하여 큰절을 올리고 가곤 하였다. 그러나 그는 그들을 대수롭게 여기지 않았고 또
한 군국주의에 대해서도 은근히 반대 입장을 취했다. 또 그는 "후지산 산신이 백두
산 산신을 당할 수 없다"고 말하곤 하였다. 그는 또한 민족주의적 경향과 그 쟁투에
대해서도 대범했는데, 첫 대면에서 적개심을 갖고 있던 소년 현민에게 이렇게 말했
던 것이다. "기바라는 '사람'이지 일본인이 아니다. 권 군도 '사람'이지 조선인이 아니
다." 그는 일본인에 대해서 적개심을 가지고 도전하려는 현민의 심중을 꿰뚫듯 들여
다보고 있었던 것이다.

뒷정리를 하고 있다는 것이었다.

여해는 곧 산주 박양래를 찾아갔다.

"가시려우?"

여해에게도 짚이는 것이 있었다. 박양래는 물끄러미 여해를
바라보았다.

"그 대단한 도법을 지니고 평생에 제자 한 사람 키우시지 않
더니, 이제는 사소한 물건들까지 처분하십니까?"

그는 빙그레 웃을 뿐이었다.

이미 삼비팔주들 중에서 세 사람이 세상을 떠난 뒤였다. 그
런데 이번에는 박양래 그의 차례였던 것이다.

죽음 따위를 크게 두려워하거나 염려하지 않는 그들이었다.
박양래 또한 마찬가지였다. 다만 그는 평소의 성품 그대로 무
엇 하나 자기의 흔적을 남기기를 원치 않았기 때문에 남들에
게 낌새를 눈치채인 것뿐이었다. 대부분의 술사들은 아무 기별
도 없이 홀연히 증발해 버리기가 예사였다. 그럴 때면 짐작을
하는 그 친구들 또한 '떠난 친구'를 별로 찾거나 하지도 않았
다. 어떻게 보면 아주 냉정한 인간관계라고도 할 수가 있었으
나, 생사를 이웃집 가고 오듯 담담하게 여기는 그들로서는, 그
런 태도야말로 지극히 자연스러운 것일 뿐이었다.

"언젭니까?"

"알아서 뭣 하려우?"

박양래는 가볍게 응수했다.

"언젭니까?"

"……"

"산주장이 가시면 내가 의심나는 일이 생겼을 때 누굴 찾아 가겠소? 내가 이제부터 누구에게 묻고, 누구에게 배운단 말입 니까?"

"같이 가시려우?"

"같이 갑시다."

그로부터 한 달 뒤.

계룡산 산기슭을 지나가는 두 사람의 일행이 있었다. 그들 은 박양래와 여해 바로 그들이었다.

때는 초겨울이었다.

소슬한 바람이 이제는 제법 예리한 추위로 변해서 살점을 파고들고 있었다. 황량한 산야에는 냉기가 감돌고 있었고, 태 양은 잔광을 희미하게 던지는 저녁 으스름 녘이었다.

그들은 서로 아무 말이 없었다. 그리고 특별히 무슨 감정을 노출시키고 있는 것도 아니었다. 환원(還元, 죽음)을 준비하는 우여곡절의 사람 산주 박양래와 이제 그가 떠나는 것을 지켜 보아야 할 친구 여해였으니, 보통 사람들 같았으면 아마도 사 신(死神)의 위세에 짓눌려서 창백하게 질려 버렸을지도 모른다. 그러나 두 사람의 태도나 표정에서는 여느 때와 다른 것이 별로 눈에 띄지 않았다.

계룡산의 은밀한 거처에 이르자, 그들은 미리 와서 둘을 기다리고 있던 박학래와 합류하였다. 박학래는 이미 1년 전부터 그곳에 은거하여 나름대로의 선도 수업에 정진하고 있었다.

1년 만에 다시 보는 박학래의 기상은 외모로만 보아도 눈부실 만큼의 발전이 있었음을 금세 알 수가 있었다. 두 사람의 치하를 듣고 나서 그는 뜻밖의 이야기를 털어 놓았다.

"어제 일송 선생님을 뵈었소."

여해는 깜짝 놀랐다. 그렇다면 그 어르신께선 아직껏 생존해 계셨단 말인가?

"자세히 이야기해 주시오."

여해는 다급하게 박학래를 졸랐다.

"어제 이른 아침에 일송 선생님께서 이곳에 오셨어요. 나는 그분이 처음이었지만 이미 정신계에서* 그분을 가끔씩 뵈었기 때문에 금방 일송 선생님을 알아볼 수가 있었지요."

"무슨 말씀을 하셨습니까?"

"여해에게 전하실 말씀이 계시답니다."

"내게요?"

---

* 명상 집중 상태에서는 시공을 초월하여 먼 미래의 일이나 과거의 일, 사람 등을 보고 만날 수 있다. 일송 선생은 당시 우리나라 도계의 방주이셨으므로 대부분의 수련가들은 그분을 알고 있었다.

여해는 깜짝 놀라고 말았다. 불과 두 달 남짓밖에 직접 모시지 못했던 스승님이 아닌가? 그런데 그분이 무슨 이야기를 전하실 것이 있을 것인지 궁금했다.

"사정 때문에 직접 전할 수가 없어서, 중국의 대선인 편에 전하도록 해두었다고 합니다. 아마 3~4년 내로 그 소식을 들을 수 있으리라고 하셨습니다."

"중국의 대선인? 그가 누굽니까?"

"알 수 없지요. 일송 스승께서는 그 말씀만 남기시고는 표연히 떠나가셨습니다. 무어 짚이는 게 없습니까?"

그러나 여해로서는 도무지 알 수가 없는 일이었다.

그날 밤은 그렇게 지나갔다. 그리고 날이 밝았다.

세 사람은 각자 자기 나름대로의 수련에 전념하였다. 박학래는 박학래대로 비법의 선도를 연마하였고, 여해는 또 여해대로 벽곡(辟穀)을 하면서 호흡 수련에 매진하였다. 그리고 박양래도 또한 그 나름대로 환원을 위한 준비에 착수하였다.

박학래와 박양래는 과연 선도의 대가다웠다. 밥을 먹지도 않았고, 잠도 자지 않으면서도 그들의 외모는 점점 더 선기를 띠어 갔고, 기상은 더욱 맑아지고 있었다. 그들은 대개『백양참동계(伯陽參同契)』와『황정내외옥경경(黃庭內外玉景經)』을 주로 하여 수련을 하고 있었다.

그러기를 약 두 달이 지난 어느 맑게 갠 겨울날이었다.

그날 박양래는 방 안에 단정하게 앉아서 눈을 감고 깊은 명상 상태에 잠겨 있었다. 굳게 결가부좌한 그의 몸은 바위처럼 견고해 보였고, 그 표정은 무한한 세계를 향하여 끝없이 승화해 가는 정신력의 아름다운 향기가 어려 있었다.

　늘 나직하게 뇌이던 구결(口訣)도 멈췄다. 단식과 수련을 통해서 그의 육신은 놀랄 만큼 맑은 윤기를 띠고 있었다. 약간 여위어 보이는 체구는 소연(翛然)하여 마치 마른 학처럼 보였고, 그러면서도 알 수 없는 청기가 그의 육신 위에 감돌고 있었다.

　아침을 지나 한낮, 한낮을 지나 저녁때가 되었다.

　여전히 그의 몸은 처음 그대로였다. 굳은 결가부좌의 상태 그대로 그는 하루 종일 촌척도 움직임이 없었다. 감은 듯 뜬 듯한 눈으로 그는 끝없는 세계의 미망(迷妄)을 비웃는 것만 같았다. 도대체 우리들의 삶이라는 것, 그리고 죽음이라는 것이 무엇인가? 왜 사람들은 그토록 삶에 처절하게 매달리는 것이며, 죽음을 그토록 사갈시(蛇蝎視)하는 것일까? 알 수 없는 일이다. 삶에서 죽음으로의 이동은 단지 낮이 밤으로 바뀌는 것이며, 여름이 겨울로 옮겨 가는 데 불과한 것을……. 밤은 낮을 잉태하고 있다. 낮이 밤을 잉태하고 있듯이. 또한 여름은 겨울을 잉태하고 있다. 겨울이 여름을 잉태하고 있듯이. 그렇다면 모든 것이 흘러 멈추지 않는 이 현상계에서 삶과 죽음도 마찬가지 현상에 불과한 것이다.

삶은 언제나 죽음을 향해서 이동하고 있다. 그 어떤 삶도 죽음으로 끝나는 것이 아니던가? 삶에 취해서, 또는 욕망에 집착하여, 또 가끔씩은 무지와 공포 때문에 죽음을 외면하거나 애써 잊어버리려 한다고 하더라도, 역시 삶의 끝에는 죽음이 기다리고 있으며, 그것만은 누구에게도 예외가 없는 것이다.

그러나 그 죽음이 또한 삶을 향하여 움직이고 있다는 것을 아는 사람이 그 몇이던가? 마치 밤이 낮을 싹 틔우고 겨울이 봄으로 깨어나듯이 죽음 또한 삶으로 이동하는 것이다. 죽음을 통해서 급격하게 우리의 의식은 수축되어 그 작용을 정지한다. 그때 무의식(죽음)이 팽창되면서 새로운 작용을 시작하게 된다. 그러나 다시 그 죽음이 삶으로 옮겨질 때 이번에는 급격하게 그 반대의 현상을 일으켜 무의식은 수축되어 버리고 의식(삶)이 눈을 뜨는 것이다.

의식의 팽창과 무의식의 축소. 이는 삶이며 낮이요, 봄과 여름이다. 의식의 축소와 무의식의 팽창. 이는 죽음이요, 밤이며, 가을과 겨울이 아닌가? 그렇다면 죽음은 이미 죽음이 아니다. 다른 형태의 삶일 뿐인 것이다. 에너지는 곧 잠재적인 물질이듯이, 죽음은 곧 잠재적인 생명 현상인 것이다…….

이미 그 육신 속에 생전에 산주 박양래라고 불렸던 영혼은 존재하고 있지 않았다. 산주 박양래는 그날 그렇게 좌탈하였다.

산주 박양래.

그는 아주 빈궁한 가정에서 불우하게 소년시절을 보냈다. 그리고 인연은 그를 만공대선사(滿空大禪師)에게로 인도하였다. 그는 만공에게서 불법을 배운 뒤에, 다시 선가와 방술가로서의 소양을 쌓았다. 그의 배움에 대한 욕구는 끝이 없었다. 여기에서 멈추지 않고 그는 다시 세속의 학문과 천문·지리·병서 등에 통달하였다.

그러나 그 무슨 소용이었으랴. 그는 결국 자신의 '때'가 이르지 않았음을 인정해야만 했다. 그는 이미 모든 방면에서 대가가 되어 있었지만 오직 하나, 천시(天時)만이 그에게 허락되지 않았다.

그리하여 그는 스스로 좌탈의 길을 택하고 말았던 것이다. 그는 스스로 죽음을 향해 영혼을 던져 버렸다.

다음 생에서 그가 어디에 어떤 이로 태어날 것인지 그것은 알 수 없다. 그러나 그의 비상한 정신력과 이생에서의 수련은 필시 그의 내생(來生)에 선업으로써 작용할 것만은 분명했다. 그는 아직도 세속에 빚[業]을 지고 있었고, 언젠가는 꼭 그 빚을 갚아야 할 사람이었다. 그는 그렇기 때문에 결코 박학래와 같이 등선의 길을 갈 수가 없었다. 박학래는 세속과는 인연이 적었다. 그는 세속적인 업의 장력으로부터 거의 벗어나 있었다. 그에 비해서 산주 박양래는 다시 한 번 세속에 태어나 그의 웅지와 못다 이룬 꿈을 풀어 버림으로써 업의 소진을 기해야 할 운명에 있었던 것이다.*

박학래에게는 박양래의 죽음이 그다지 심리적 동요를 일으킬 만한 일이 못 되었던가 보았다. 그는 박양래의 좌탈 이후에도 변함없이 자기 수련에 정진하고 있었다.

그러나 여해로서는 그럴 수가 없었다. 그와의 교분은 이미 여해의 가슴속에 커다란 공간을 차지하고 있었던 것이다. 때때로 여해는 그를 그리워하며 박학래의 침착한 태도에 대해 슬픔까지 느낄 정도였다.

그러나 분명 그가 옳았다. 박학래의 의연함은 결코 몰인정일 수가 없었다. 그는 박양래의 업의 인과관계를 명석하게 바라보고 있는 것뿐이었다. 그처럼 분명하게 업의 인과관계를 투시하였을 때, 그의 좌탈은 차라리 축복이라고도 볼 수가 있었다. 어쨌든 박학래에게 있어서 세상이란, 거대한 법리(法理)에 의해서 질서정연하게 운행되고 있었다. 그리고 오직 하나뿐인 그 법리의 시점에서 본다면, 친구의 죽음도 통곡하거나 슬퍼할 그 아무런 것도 아니었다. 그것은 설사 죽음이 그 자신에게 닥친다

---

* 최근의 구산(九山) 스님을 비롯해서 많은 스님들이 좌탈한 예가 있다. 즉 '앉은 채 죽는' 것이다. 이는 능동적인 죽음이라고 할 수 있으리라. 대부분의 죽음이 죽음에 의해 생명을 앗기는 데 비해서, 도력을 갖춘 이들은 스스로의 도력을 행사하여 죽음을 건너뛰어 버린다. 선가(禪家)에서는 좌탈이 아니라 입탈(立脫)의 예도 그리 귀한 것은 아니다. 그것은 서 있는 상태로 입적하는 것을 말한다.

고 해도 마찬가지였을 것이다.

"여해."

그가 여해에게 말했다.

"여해의 심정을 이해 못하는 것이 아니오. 그러나 도계에서의 죽음이란 다 그런 것이 아닙니까? 그래서 옛 시에도 하불학선총잠잠(何不學仙塚纍纍)이라고 한 것이지요. 부지런히 도법을 닦도록 하십시오."

그는 이처럼 위로의 말로 여해를 격려했다.

이 시에 얽힌 이야기는 고구려시대로 거슬러 올라간다.

고구려시대의 함박우와 정령위는 서로 친구였다. 정령위는 한 걸음에 100리씩 가는 도력을 갖고 있어서 '새'라고 불렸다. 이를 부러워한 함박우는 산에 들어가 100년 동안이나 수도를 한 끝에 신선이 되어 세상에 내려왔으나, 이미 그때 정령위는 죽고 없었다.

이를 탄식하며 함박우는 다음과 같이 읊었던 것이다.


새야 새야 정령위야(有鳥有鳥丁令威)

백 년 만에 내가 왔다(去家百歲今來歸)

산천은 예와 다름없건만 사람들은 예와 다르니(城郭如古人民非)

어찌하여 선도를 못 배워 무덤만 총총하단 말인가(何不學仙塚
纍纍).

그렇다. 사람들은 죽음에 대비하지 않는다. 그리하여 고구려 이래로 우리 고유의 선도는 날로 쇠퇴해 왔던 것이다.

고구려·신라·백제 사람들에게 있어서 선도 수련(산중 수련)은 하나의 교양과목과도 같았다. 신라 화랑의 예가 그 대표적인 경우가 아닌가? 화랑들은 하나같이 당시의 최고 지성인들이었으며, 동시에 선도 수련가들이 아니었던가? 우학도인에 의하면 원래 화랑도란 화도(花道)·낭도(郎道)·도도(道道)의 삼도를 말한다고 한다. 그중에서 화도는 지(知), 낭도는 체(體), 즉 무술(武術)·체술(體術) 따위를 가리키고, 도도야말로 우리 고유의 선도 수련이었던 것이다. 그 예로써 김유신도 소년시절에 산중 수련을 하였고, 신령의 출현을 경험하였던 것이다.

그런 수련을 통해서 그들은 삶과 죽음의 철리를 알게 되었으며, 죽음 앞에서도 초연한 태도를 취할 수가 있었다. 그러나 지금의 선도는 쇠퇴할 대로 쇠퇴해 있었다. 그나마도 박학래를 비롯한 삼비팔주 등의 출현은 선도로서는 아주 고무적인 일이었다. 여해는 박학래의 위로를 들으며 깊은 생각에 잠겼다. 그리고 가만히 고개를 끄덕이며 수긍의 뜻을 비치고 있었다.

그렇게 해서 여해는 일송 스승님으로부터 가르침을 받은 이후 오랫만에 다시금 단학을 수련하게 되었다. 이것은 박양래의 좌탈이 준 충격과 박학래의 성심 어린 권유의 결과였다. 또한 여해로서도 언젠가는 한번 맹렬하게 선도에 정진해 보려던 오랜 꿈을 이루게 된 것이었다.

여해의 수련은 곧 예전의 눈부신 정력을 되찾았고, 빠른 속
도로 공(功)을 이루어 가기 시작하였다. 그것은 천부적인 선골
(仙骨)이었던 박학래도 감탄을 금치 못할 정도의 발전이었다.


춘· 원신배양(春元神培養)

하· 화개엽무(夏花開葉茂)

추· 성실(秋成實)

동· 원상(冬原象)

― 이상 3계.

천(天)

지(地)

인(人)

― 이상 4계.


망침폐식(忘寢廢食)의 공으로 연단한 결과 여해의 도력은 마
침내 고단자의 그것에 비견할 계제가 되었다. 무려 2년 여에 걸
친 피눈물 나는 수련의 결과였다.

당시 여해가 채택한 수련법은 주로 단가의 호흡법이었다. 그
리고 그 수련은 주로 '수수련(水修鍊)'으로 진행되었다.

수수련이란 물속에 몸을 잠그고 호흡 수련을 닦는 방법이

다. 물속에다 돌 따위를 깔아서 깊이를 조정한 다음에 앉는다. 시간은 대개 초저녁부터 이튿날 아침까지이다. 호흡이란 우주에 가득 차 있는 대영기(大靈氣)를 마심으로써 심신을 통창(通暢)케 하는 것인데, 그 영기는 밤에 더욱 많이 흡입될 수 있다고 알려져 있기 때문에, 대부분의 선도 수련가들은 밤에 수련을 했다.

물은 온몸을 채우고 코밑까지 찰랑찰랑하게 고인다. 여기서 선가의 비법대로 미미(微微)하고 면면(綿綿)한 호흡 수련을 닦는 것이다.

호흡 수련이 상당한 경지에 오르면 3~4분에 1호흡 정도, 심지어 대도인의 경우 한 시간에 1호흡이나 하루에 1호흡을 하는 이도 있다고 한다. 그처럼 호흡을 하되 결코 폐식(閉息)을 하지는 않는다. 즉 숨을 멈추는 것이 아니라 아주 미미하게 호흡을 하는 것이다.

3~4분에 1호흡을 하는 정도면 코밑까지 고인 물이 결코 콧속으로 들어올 수가 없다. 여기에서 조금만 자세를 흩뜨리거나 숨이 거칠어지면 콧속으로 물이 들어올 것이므로 수련자의 정신은 자연 무서우리 만치 통일이 되는 것이다.

그런데 놀라운 것은 그렇게 물속에 수 시간씩 잠겨 있어도 결코 감기 따위는 걸리지 않는다는 점이다. 그뿐이 아니다. 흰 눈이 내리는 영하 10~20도의 강추위 속에서도 결코 동상에 걸리는 법이 없다. 오히려 수련자의 주위에서는 김이 무럭무럭 솟아오른다.

한번은 우학도인이 제자들과 함께 전라도 대흥사 뒤쪽에서 호흡 수련을 한 적이 있었다.

그때는 수수련은 아니었다. 나무가 우거진 숲속에 자리를 깔고 7~8명이 죽 둘러앉아서 호흡 수련을 하며 밤을 새웠는데, 새벽녘에 그곳을 지나던 웬 외국인 부부가 그걸 보고는 기겁을 하여 소리를 질렀다.

그도 그럴 것이었다.

흡사 수정궁(水晶宮) 속이었다. 고드름이 주렁주렁 맺힌 침엽수림 속에서 김을 무럭무럭 피우면서 앉아 있는 결가부좌의 사내들. 그들은 옴쭉도 않고 깊은 명상 상태에 빠져 있었으니, 그 외국인 부부가 기겁한 것도 당연한 일이었다. 그때는 12월도 한창 추위가 고비로 치닫는 하순이었던 것이다.

그렇게 수행이 계속되던 어느 날이었다.

"나는 중국으로 가야겠소."

여해가 문득 박학래에게 던진 한마디였다. 박학래는 여해를 돌아보며 맑은 눈을 빛내고 있었다.

"어제 다시 한 번 내 전생을 보았소. 중국 산둥성입니다. 내 전생이 나를 부르고 있어요."

여해가 처음 자신의 전생을 본 것은 구월산에서 일송 스승

단

의 가르침을 받던 때였다. 그러나 그때는 그때뿐으로 계속되는 수련 때문에 그냥 지나치고 말았다. 그러다가 다시 수련에 정진하면서 여해는 다시금 자신의 전생이 뚜렷하게 눈앞에 펼쳐지는 것을 보았고, 결국 그 전생을 찾아 중국으로 들어가기로 결심을 굳히게 된 것이었다.

전생.

아마도 현대인들의 대부분은 전생이라든가 내생과 같은 것을 믿지 않을 것이다. 그러나 여해는 달랐다. 당시의 사람들이 거의 그랬듯이 여해는 인간 영혼의 윤회를 믿고 있었다.

그도 그럴밖에 없는 것이, 당시는 초견성(初見性)을 했다는 고승들 대부분이 모두 자신의 전생을 보곤 하던 때였다. 당시의 수도승들 중에는 자신의 전생을 보았거나 확인한 이가 아주 많았다. 심지어는 전 전생을 보는 이조차 있었다. 그랬기 때문에 민간에서는 거의 대부분의 사람들이 윤회를 인정하고 있었다. 하물며 수련을 하는 이들이야 말할 나위가 없었다.

여해 자신도 윤회의 실증 현장에 몇 번 입회한 일이 있었다. 입으로 생사리를 토해 냈던 김 참판의 경우가 그 한 예였다. 그는 전생에 남도 지방의 승려였었다. 어느 날 문득 자신의 전생을 자각한 김 참판은 전생에 살던 옛 절을 찾아갔고, 거기에서 입으로 세 개의 사리를 토해 냈다. 전생에 닦은 공덕이 어찌하여 후생에 생사리로 나오게 되었는지는 알 수가 없었다. 그러나 그 사리는 잘 보관되어 일반에게도 전시되었고, 그래서 그는 한때 장안에서 화제의 인물이 되었었다.

선도 수련이 초계에 이르면 누구나 자기의 전생을 보는 법이다. 수련이란 숱한 기억들을 헤쳐서 그런 가상(假像)들이 가리고 있는 자기 본래의 실체를 붙잡으려는 것이 아니던가? 그러므로 수련은 결과적으로 과거의 집적된 기억을 더듬는 회광반조의 성격을 띠게 되는 것이며, 그 회광반조가 자신의 일생을 역으로 거슬러 간 다음에 출생의 대관절을 돌파하면서 황연히 전생이 눈앞에 전개되는 것이다.

이는 아주 논리적인 것이었다. 불교의 유식학(唯識學)에 의하면 인간의 심리는 제1식에서부터 제8식까지 총 여덟 단계로 구성되어 있다고 한다. 제6식까지는 보통 우리가 말하는 표면의 식이다. 그리고 제7식은 잠재의식이며 제8식이야말로 '영혼'을 감싸고 있는 업(業)의 다른 이름인 것이다.

그렇게 구성된 우리의 의식이 어떻게 윤회를 하는 것일까?

우리의 표면의식(제1식에서 제6식까지)이 낳고 짓는 마음과 행위의 모든 활동은, 그것이 선한 것이든 악한 것이든 또는 선도 악도 아닌 무기(無記)의 것이든 간에 잠재의식(제7식)에 침전되게 마련이다. 그리고 그것은 다시 제8식 속에 각인된다.

제8식, 즉 업은 '영혼'이라고 부를 수 있는 자성(自性)을 감싸게 된다. 말하자면 우리의 영혼이란 그러한 선업과 악업으로 둘러싸인 하나의 덩어리이며, 죽음에 이르러서도 그것은 붕괴되지 않는다. 붕괴되지 않고 오히려 업들이 활성화되기 시작한다. 생전에 그것들은 심층의식 속에 깊이 침전되어 가끔씩 꿈에서나 비치고, 노이로제 현상 등을 일으키는 정도였을 것이나, 죽음 이후에는 상황이 역전되어 그것들은 억압에서 벗어나 저마다 활동을 개시하는 것이다.

죽은 영혼이 천당이나 혹은 지옥을 본다는 것은 곧 생전에 억압되었던 행위와 마음들(총칭해서 '업')의 반작용에 불과하다고 불교도들은 생각하고 있다. 그리하여 자업자득으로, 업에 따르는 고통을 당하거나(지옥) 혹은 행복한 시간을 보낸(천국 또는 극락) 다음에, 영혼은 또한 그 업에 합당한 다음 생으로 윤회하게 되는 것이다.

어찌 되었든 여해는 자신의 전생을 찾아 산둥성으로 떠났다. 여해와 박학래는 이생에서 다시는 만나지 못할 마지막 작별을 하였다. (둘은 그 뒤로 다시는 만날 수 없었다.)

그로부터 얼마 뒤.

여해는 백두산(白頭山)을 오르고 있었다.

중국으로 가는 길을 일부러 그쪽으로 택한 것은 특별한 뜻이 있어서였다. 그동안 두 차례 백두산에 올라 성지(聖池) 천지연(天池淵)을 바라보며 민족의 미래사를 생각해 본 일이 있는 여해였다. 여해는 이번의 북행(北行)이 비단 개인적인 호사 취미가 아님을 자각하고 있었다. 이는 단순히 전생을 확인하러 가는 기이한 여행만은 아니었다.

벌써 그의 나이는 삼십도 중반에 들어서 있었고, 그의 도력 또한 범상치가 않았다. 여해로서는 이번 여행이 자신에게 어떤 숙명적인 사명과 결부되고 있다고 느끼고 있었다.

예나 이제나 혼자 몸으로 백두산에 오른다는 것은 쉬운 일이 아니었다. 가끔씩 산중에서 이상스러운 반향이 울려 나왔다. 꿩! 꿩! 홍! 홍! 하는 이상스러운 소리가 일정한 간격을 두고 괴괴한 대산악을 미묘하게 흔들어 대는 것이었다.

그러나 머리에 흰 띠를 질끈 동여맨 여해는 아무 동요도 없었다. 그는 나는 듯이 정상을 향하여 치닫고 있었다.

팔송림(八松林) 근처까지 왔다. 거의 구부 능선까지 온 것이다. 거기서 여해는 잠시 숨을 고르고 쉬어 가기로 하였다.

팔송림이란 백두산의 서북쪽에 있는 높이 100척이 넘는 거대한 여덟 그루의 소나무 숲을 가리킨다. 아마도 수백 년은 되었을 낙락장송들이 그 기상도 높푸르게 그곳에 밀집해 있어서 백두산의 명소로 꼽히는 곳이었다.

그런데 이상한 것은 그 여덟 그루의 소나무가 자로 잰 듯이 질서정연하게 심어져 있다는 사실이었다. 이는 분명히, 누군가가 의도적으로 그것을 조림했다는 이야기가 된다. 그것도 수백 년 전에! 사람들은 팔송림에 대해서 경외심을 갖고 있었다. 해

발 2,700미터의 고도에 그런 고송이 살아 있는 것도 기이하려니와, 그 질서정연한 배열을 보고 뜻 깊었던 선조들을 생각하며 옷깃을 여몄던 것이다.

팔송림 근처에는 또한 호천금궐(昊天金闕)이라는 단군 황조의 사당이 있었다. 여해는 그 사당에 들러서 정성껏 분향하고, 우리 민족의 수호신께 누와 수모를 끼쳐 드린 후손으로서의 자책지심을 고했다.

지구의 대지각변동이 있기 전까지 백두산이야말로 아시아 일대의 거봉(巨峰)이 아니었던가? 그리하여 까마득한 옛날 환웅께서 땅 위에 내리실 제, 그 높고 장엄한 백두산을 택하신 것도 그 때문이었다. 그 뒤 단군 황조께서는 우사(雨師)·운사(雲師)·풍백(風伯)을 거느리고 숱한 현인들과 함께 이 동방에 신비로운 새 역사의 씨를 뿌렸고, 그 결과 백두산족은 번창하기 시작하였다. 그것은 그 얼마나 장엄하고 뿌듯한 민족의 자랑이었을까?

그러나 안타까운 후손들이었다.

백두산족은 결국 한족에게 밀려나게 되었고, 그들의 자주적인 기상까지 거의 말살될 지경에 이르고 있었다. 중국의 은 왕조를 세웠던 백두산족, 그리고 복희(伏羲)와 순(舜) 또한 동이인(東夷人)이 아니었던가? 그러나 그 후 오히려 중국인들이 우리 민족을 능가하기에 이르렀고, 한일병탄 이후에는 오히려 일본인들까지도 자기들의 역사가 조선보다 앞섰으며 또 우월한 것이었다고 망발을 늘어놓기에 이르렀던 것이다.

"천지는 성지지! 백두는 성산이여!"

몇 년 전 백두산을 들러 영남의 거유 곽종석 옹을 뵈러 갔을 때 그분이 하신 말씀이었다. 묻지도 않았고 아무런 낌새도 보이지 않았건만, 곽종석 선생은 여해가 밟아서 돌아온 백두산과 만주 일대의 지명을 주욱 대는 것이었다.

"계관산과 오룡산이 둘러싸고 있는 400리 대분지. 거기가 북계룡일세. 압록강 너머 그곳이 나중에 우리 수도될 자리여! 나는 늙었으니 못 볼지 모르지만 자네는 아마 볼 수 있을지? 백두산 서쪽의 대평원이 모두 우리 땅이 될 데여!"

그때 여해로서도 여간 반갑지가 않았었다. 내심 존경하는 곽종석 선생으로부터 그런 분명한 말씀을 듣게 되자, 여해는 자신이 정신계로부터 직관(直觀)한 민족의 미래사가 결코 허망한 것이 아니라는 사실을 다시 한 번 굳게 믿을 수가 있었던 것이다.

조금 뒤에 여해는 정상에 올랐다.

백두산 영봉(靈峰).

그야말로 백두산은 영봉이요, 거봉이었다.

무려 수십 리에 이르는 천지는 깊은 안개에 젖어 있었다. 그것은 못이 아니라 차라리 바다였다. 그 물은 끓는 듯 혹은 살

282

아 뛰노는 듯 출렁거렸고, 예의 그 이상스러운 울음소리가 그곳으로부터 굉연히 일어나 하늘과 산악 전체를 뒤흔들었다.

여해는 크게 심호흡을 하였다.

이 아니 신비스러운 곳이랴! 이런 높은 산 위에, 이처럼 엄청난 양의 물이 있다는 것은 보통 신비로운 서상(瑞象)이 아니었다. 이 물이 압록강과 두만강의 원류가 되고 있다. 그리고 이 물의 한 지류는 만주로 흘러가고 있었다. 물이란 위에서 흘러서 아래에서 모이는 것이 그 법리이건만 백두산에서는 달랐다. 여기서는 산정에 물이 고였고, 그런 다음에 그 물이 아래로 흘러내렸던 것이다.

이 서기 어린 산정에 하늘을 처음 열던[開天] 옛 어르신들의 큰 뜻을 가슴에 새기고, 여해는 천지를 하직하였다. 그길로 여해는 다시 한 번 우리나라의 미래의 도읍지가 될 북계룡과 만주 일대를 편력하였다.

만주 일대에는 아직까지도 조선인들의 숨결이 진하게 배어 있었다. 대부분의 곳에서 조선어가 통용되었고, 또 그들의 풍습과 기질은 중국적이기보다는 조선적이었다.

게다가 그곳에 아직까지도 고구려의 풍속이 많이 남아 있다는 것은 여간 반가운 일이 아니었다. 특히 아직까지도 연개소문이 제일가는 영웅 중의 영웅으로 통하고 있다는 사실은 미처 예상치 못한 일이기도 하였다.

연개소문을 만주에서는 '캐쉰'이라고 부른다. 원래 그의 어머니가 '갓 쉰 살 나던 해'에 그를 낳았기 때문에 붙여진 그의 이름은 '갓쉰'이었다. 그것이 만주식으로는 '캐쉰', 한자식으로 표기되었을 때는 '蓋蘇文'이 되었는데, 지금까지도 그곳에서 연개소문은 '캐쉰'으로 알려져 있었다.

한 도시에서 여해는 연개소문의 이야기가 극화되어 무대에 올라간 것을 구경할 수가 있었다. 여해는 사람들 틈에 끼어 연개소문 이야기가 어떻게 표현되고 있는지 한번 보아 두기로 하였다. 연개소문의 이런 연극은 연례행사라고 했다. 말하자면 우리나라에서 춘향전이 차지하는 것과 비슷한 위치를 연개소문 이야기인 '캐쉰'이 차지하고 있었던 것이다. 그러나 그것은 춘향전과는 다르게 한 무사의 씩씩한 기상과 쟁패(爭霸)를 다루고 있었으니, 이는 아마도 우리가 신라·백제적인 유산을 받은 데 비해서, 그곳 사람들은 아직까지도 고구려적인 기상을 사랑하고 있다는 증거인지도 몰랐다.

아무튼 '캐쉰' 연극은 호쾌하기 그지없었다.

일창자삼장(一槍刺三將)의 명장 연개소문. 그는 12척 거구의 몸으로 번개같이 창을 휘두르면서 당군을 섬멸하고 있었다. 그 앞에서는 천하제일이라는 당장(唐將)들이 추풍낙엽처럼 굴렀고, 마침내는 태종의 목숨까지 경각에 처하게 되었던 것이다.

그때 나타나 풍전등화와 같았던 당태종의 목숨을 구해준 것

은 설인귀(薛仁貴)였다. 그는 노한 연개소문으로부터 숱한 창상
(槍傷)을 입으며 가까스로 황제를 구하는 데 성공하였다.

원래 설인귀는 고구려의 무장이었다. 그러나 천생(賤生)이었
으므로 연개소문이 그를 아주 홀대하자 당에 망명할 생각을
품기에 이르렀다. 그리하여 위급일발의 순간에 당황(唐皇)을 구
출함으로써 그는 당나라에 돌아가는 길로 단서철권(丹書鐵券)*
을 받고 대대로 부귀영화를 누렸던 것이다.

설인귀가 고구려의 무술을 연마했기 때문에 그나마 연개소
문의 공격을 견딜 수가 있었을 뿐, 중국을 통일했다는 당시의
그쪽 맹장들은 속수무책으로 패주를 거듭할 뿐이었다.

"산둥성·지계성 일대에는 아직까지도 '캐쉰'이 대인기랍니
다. 우리의 국권이 다시 그곳까지 회복되고 나면 상고시대의
역사는 필연적으로 고쳐 써져야 할 겁니다."

우학도인의 말씀이었다.

이에 곁들여 최 군이 말했다.

"단재 신채호 선생은 말씀하셨습니다. '조선에서 100권의 역
사서를 섭렵하기보다, 북만주 일대를 한 번 돌아보아라. 그것이
우리의 상고사를 쓰는 데 도움이 될 것이다.' 그러나 지금으로

* 어필로 직접 붉게 써서 철판에 새겨 주는 패. 당 태종은 거기에 이렇게 기록하였다.
"그대의 자손이 살황친(殺皇親)하고 굴황롱(掘皇陵)하더라도 면사(免赦)하리라." 이
로써 그의 설인귀에 대한 고마움을 짐작할 수가 있다.

서는 손이 닿지 않으니, 위대한 우리 선조들의 영광은 깊이깊이 파묻혀 있는 셈입니다."

우리는 추연한 빛으로 최 군의 얼굴을 바라볼 뿐이었다.

# 대도인을 찾아서

그로부터 몇 달 뒤 여해는 북만주에 있었다.

요란한 말 울음소리와 함께 한 대의 마차가 여해가 쉬고 있는 숙소의 문 앞에 닿았다. 그러고는 한 병사가 우렁우렁한 목소리로 주인을 찾았다.

주인은 마차를 보더니 아주 황송스럽다는 듯 연신 몸을 구부려 절하면서 병사의 질문에 대답하고 있었다. 그러더니 이윽고 그는 병사와 함께 여해 앞으로 걸어왔다.

"췐노야?(권 선생입니까?)"

그 병사는 뜻밖에도 여해에게 이렇게 묻는 게 아닌가?

"무슨 일이오? 내 속성이 권이외다."

여해의 대답을 듣자 병사는 마차 쪽에다 손짓을 했다. 이윽고 마차 안에서 호화롭게 치장을 한 사내 하나가 반가운 듯이 뛰어나왔다.

한눈에 보기에도 대단히 지위가 높은 귀족인 게 분명했다.

그 거동도 당당했을 뿐만 아니라 수행하는 병사들의 태도도 여간 거만하지가 않았다. 그들을 보면서 내심 썩 유쾌하지 못한 기분을 누르고 있었던 것인데, 그 '높은 사람'이 여해를 보며 반가운 소리를 질렀다.

"여어! 이건 현민이 아닌가?"

현민? 여해는 고개를 갸웃거렸다.

"날세, 나야! 자네 구월산 강송석이 생각나지 않는가? 나야! 일송 선생님 밑에서 함께 수련하던 송석이란 말일세!"

강송석? 그 말을 듣고 자세히 그를 훑어본 여해는 그만 웃음을 터뜨리고 말았다.

분명히 그는 강송석이었다. 그러나 그는 아주 몰라볼 만큼 달라져 있었다.

강송석. 그는 여해에게 있어서 벌써 10년도 더 지난 과거의 사람이었다. 그만큼 세월이 흘렀으니 몰라볼 만큼 변한 것도 당연하다면 당연한 것이었다. 그러나 아주 얌전한 선비요, 소심한 수련가로 함께 지내던 그 강송석이 이런 곳에 와서 귀족 행세를 하고 있다는 것은 너무도 뜻밖이었고, 또 그의 차림새가 아주 본토 중국인의 그것이었기 때문에 여해는 그만 웃음 보따리를 터뜨리지 않을 수 없었던 것이다.

강송석의 외모는 제법 귀인으로서의 품위가 넘쳐흘렀고, 옛날과 다르게 당당한 위엄과 기상이 사람을 압도할 만도 해 보였다.

"정말 뜻밖입니다. 그런데 이게 어찌 된 영문인지 모르겠습니다그려."

"여러 말 말고 내 마차에 오르시게."

"허허, 형님도! 형님께서 먼저 이리로 오르시지요."

그 말에 강송석은 무안한 웃음을 웃었다. 그는 부하들에게 무어라고 지시를 내려 물러가 있도록 조처하더니, 가까이 다가와서 여해의 두 손을 잡았다.

"역시 헌헌한 대장부의 기상은 여전하구먼! 그래 그동안 어떻게 지냈는가?"

"나라 잃은 백성이야 앉든 눕든 다 불편할 뿐이지요. 한데 형님께선 이곳에서 무슨 벼슬이라도 하시는 겁니까?"

그는 무안한 듯 다시 한 번 웃었다.

"내가 이 이웃 지방 관찰사로 있네."

"관찰사라면?"

"조선식으로 하면 관찰사지. 내가 다스리는 지방이 400~500리는 충분히 된다네."

"허어! 뜻밖이외다."

"자네를 찾으려고 조선으로 사람을 보냈었네. 북쪽으로 갔다길래 병사들을 시켜 자네 인상을 가르쳐 주고 수소문을 했지. 어제 자네가 이곳에 왔다는 걸 알고 달려온 것일세."

"도대체 뭣 때문에 절 그렇게 찾으셨습니까?"

"조용한 데서 이야기하세나."

강송석은 여해의 소맷자락을 끌고 방 안으로 들어갔다. 그는 간단하게 그동안의 이야기를 들려주었다.

강송석, 그는 구월산 수련이 끝나자 고향인 경상도로 돌아갔다. 고향에서 은인자중하고 있었던 것인데, 몇 해 뒤에 뜻밖에도 이사충으로부터 중국으로 오라는 기별을 받았다.

그는 이사충의 부름을 받고 중국으로 건너왔다. 그때 이사충은 중국 후베이성의 총독으로 있었다. 그는 거기서 성을 바꾸어 '예사충'으로 행세하고 있었다.

이사충은 일송 선생과 헤어져서 곧바로 만주로 건너왔었다. 체구가 장대하고 대담무쌍한 그였는지라, 아니나 다를까 불과 몇 해 만에 그는 난세의 한 호걸로 등장할 수가 있었다.

이사충은 먼저, 당시 만주 일대를 휩쓸던 마적단인 백랑군(白狼軍)에 가담하였다. 일부러 포로가 되어 그는 백랑군 속으로 들어간 것인데, 백랑 측에서 그의 힘과 무술 솜씨를 보고는 쓸 만하다고 생각하고 휘하에 거두었던 것이다.

"대장을 만나자!"

그의 속셈은 그게 아니었다. 이사충은 당당하게 백랑군 대장과의 면담을 청했다. 당시 백랑 마적단은 무려 10만이 넘는 대군을 거느리고 있었으므로 소소한 좀도둑 정도가 아니었다.

단

하도 마적단의 세력이 강했기 때문에 장개석 정부에서도 손을 쓰질 못하고 있었을 정도였다.

대장을 만난 이사충은 그와 자기 목숨을 내건 커다란 도박을 벌였다. 즉 그는 자기를 부대장으로 임명해 주도록 요구하였고, 그 직책을 지니고 후베이성 총독을 면담하여 10만 대군이 두 달 이상 먹고 쓸 수 있는 식량과 자금을 협상해서 뺏어 오겠노라고 제의했던 것이다.

백랑 대장으로서도 밑질 것 없는 제의였다. 그래서 그는 이사충을 당장에 자기의 부대장으로 임명하였다. 그와 동시에 그를 후베이성 총독에게 파견하였다.

이사충은 협상을 벌였고, 자기 뜻대로 성공을 거두었다. 그는 엄청난 양의 식량과 돈을 가지고 귀환하였다. 그는 백랑군을 관군과 같이 훈련시킨 다음 관군에 편입시키겠노라고 총독에게 제의했던 것이다.

이사충의 성공은 백랑 마적단 내에서 큰 동요를 일으켰다. 그들은 전 대장을 추방하고 그를 새 대장으로 추대했다. 이렇게 해서 이사충은 순식간에 10만 대병을 휘하에 둔 백랑 대장이 되었다.

그후 계획대로 그는 백랑군을 관군에 편입시키고, 그 지방 사령관이 되었다. 계속해서 그는 급속도로 성장하였다. 몇몇 지구의 사령관을 거친 다음, 그는 마침내 후베이성 총독의 지위에 올랐던 것이다.

"막상 일을 맡아 치르려니까 말이우."

이사충이 강송석에게 하는 말이었다.

"세상에 나와서 일을 하려다 보니까 정말이지 일송 선생님 말씀이 옳지 뭡니까? 그때 2~3년만 더 착실히 닦았더라도 내가 후베이성 총독에서 이러고 있기만 했겠소?"

그러나 후베이성 총독이라는 것이 그리 대수롭지 않은 직책은 아니었다. 수천 리가 그의 수중에 있었다. 그는 강송석을 적당히 훈련시킨 뒤에 지방 관찰사에 임명하였다.

그래도 아직 그에게는 심복 부하가 적었다. 당시 만주 일대의 총독 중에서 상당수가 조선 출신이었고, 20~30만씩의 대규모 마적단의 두목 중에도 함경도나 황해도·평안도 출신자가 많았다. 그는 그들과 교류하면서 조선인으로서의 우의를 다지는 한편, 더 많은 조선인이 자기를 도와주기를 바라고 있었다.

"사충이가 자넬 찾고 있어."

강송석이 여해에게 하는 말이었다.

"자네가 오면 곧바로 관찰사를 시켜 주겠노라고 하네. 같이 가보지 않으려나?"

"그러니까……."

여해가 말했다.

"형님께선 절 후베이성 관찰사로 부르시는 게로군요?"

"와서 나랑 사충이를 좀 도와주게. 가보면 없는 게 없네. 돈, 여자, 권력…… 모든 게 자네 맘대로일세……."

여해는 물끄러미 강송석을 바라보았다.

"가셔서 형님께서나 부귀영화 누리십시오. 전 아직도 조선 사람이외다."

그러나 강송석도 지지 않았다.

"이곳에도 조선 사람은 많아! 이곳서 사는 거나 조선서 사는 거나 다를 게 뭔가?"

"머지않아 조선은 독립이 될 겁니다. 하나 아직까지 이곳은 중국 땅이지요. 난 중국 사람 밑에서 벼슬할 생각이 조금도 없으니 어서 돌아가시지요. 저는 백두산을 들러서 이쪽으로 왔습니다."

번득이는 눈빛으로 강송석을 쏘아보는 여해의 눈길을 피하며, 그는 머쓱해서 돌아가고 말았다.

이사충이나 강송석에게 조국 같은 것은 아무런 문제도 아니었다. 격앙된 표정으로 여해와 작별하고 병사들을 독려하여 되돌아가는 강송석을 바라보는 여해의 심정은 착잡하기만 하였다.

한편에서는 독립군이다 상해 임시정부다 해서 국외에서도 조국을 찾으려는 피눈물 나는 노력이 진행되고 있었다. 그리고 또 다른 한편에서는 일본군에 혹은 중국군에 가담하여 일신의 안녕을 꾀하는 무리들이 있었다.

세상은 늘 그랬다. 사람에게는 저마다 다른 견해와 입장이 있었다. 심지어는 여해 자신의 가계를 보더라도 그렇지 않았던가? 끝내 일제와 타협하려 들지 않았던 부친이셨고, 을사오적으로까지 일제에 가담한 삼촌이 아니었던가? 그리고 여해 자신은 또 어떠했는가. 바로 삼촌을 저격하려 했던 어느 민족종교의 지도자와 뜻을 같이한 일도 있지 않았던가?

오로지 믿을 수 있는 것 하나는 뜻뿐이었다. 혈육도 믿을 수가 없었고, 같은 민족이라고 해서 모두 다 믿을 수도 없었다. 나라면 나라, 민족이면 민족, 대의면 대의, 도면 도 하나로 이어지는 사나이의 굳은 뜻만이 서로를 연결시켜 주는 굳건한 밧줄이었다.

그런 여해가 전생에 중국인이었다고 한다면 이는 그 얼마나 기이한 일인가?

그토록 조선의 얼을 안타깝게 기리려던 여해였다. 『천부경』을 연구하고 『삼일신고』를 찬술하면서 불철주야로 민족정신을 새로이 창도하는 데 젊음을 불태운 적이 있었던 여해였다. 그런데도 그런 여해의 전생은 기이하게도 중국 산둥성의 어느 여인이었던 것이다.

자신이 보았던 전생의 기억을 더듬어 산둥성에 도착한 것은 강송석과 헤어진 지 약 보름 후였다. 백두산이며 만주 일대를 거의 다리 하나만으로 섭렵했으면 이제쯤 지칠 만도 하였으나,

단

강하게 단련된 그의 육신은 피로를 몰랐다. 여해는 곧바로 전생에 자신이 살던 마을로 접어들었다.

저녁 무렵이었다.

거의 성벽이나 다름없이 드높은 벽이 앞을 가로막았다. 성벽 위에는 거대한 루(樓)가 위압적으로 아래를 굽어보고 있었다. 주위에는 아무도 왕래가 없었고, 문은 굳게 닫혀 있었다.

여해는 계속해서 사람을 불렀다. 한참 만에야 성루에 사람들이 나타났다. 아마도 조그만 마을 하나가 모두 한 가족인 것 같았다. 30~40명이 주욱 늘어서서 여해를 내려다보는 가운데, 그중 가장 연장자로 보이는 노인이 중국말로 용건을 물었다.

서투르나마 중국말로 여해는 용건을 말했다. 고개를 갸웃갸웃하던 노인은 곧 이어서 문을 열어 주도록 아랫사람들에게 지시하는 듯했다.

그들로서는 아주 기이한 방문객이 아닐 수 없었다.

이 방문객의 방문 목적은 자기 전생을 확인한다는 것이었으니까. 전생! 아무리 대범한 성격의 중국인들이요, 또 숱한 병마와 마적들의 행패에 단련된 그들이라 하더라도 여해의 방문이 준 충격은 적잖았으리라.

모두들 웅성웅성하는 가운데 그래도 그 노인만은 의젓했다. 이 집안의 연장자라고 자기를 소개한 그는,

"어디서 온 뉘신지 모르지만 안으로 드시지요."

하고 정중하게 청했다.

여해는 그를 따라 대궐 같은 집 안으로 들어갔다.

성 안에는 수십 채의 집들이 거의 하나의 마을을 이루고 있었다. 성문에서부터 무려 다섯 개의 대문을 지나서 여해는 노인이 안내하는 대로 따라갔다. 노인은 자기 집의 깨끗한 사랑채에 여해를 모시더니 중국식으로 다과를 대접하였다.

"그래, 어디서 오신 뉘시오이까?"

노인의 물음이었다. 주위에는 늙은이 젊은이 가릴 것 없이 아직도 십여 명의 중국인들이 이 기이한 방문객을 둘러싸고 있었다.

"나는 고려인으로 성은 권이라고 합니다."

"고려인?"

"그렇소. 나는 고려인인데 나름대로 공부를 하다가 내 전생을 보게 되었소. 그래서 내가 제대로 본 것인지 어떤지 알아보려고 여기까지 온 것이외다. 그때 내가 본 것이 바로 이 마을이었고, 이 집이었소."

그러자 그 노인은 묵묵히 고개를 끄덕였다. 나름대로 짚이는 것이 있는 것 같았다.

"나도 말이오……"

한참 만에 노인은 여해에게 말했다.

"나도 나름대로는 정신 공부도 하고 도관(道館)에서 수련도

난

하는 몸이라 선생의 의사는 충분히 짐작하겠소. 그럼 한 가지 묻겠소이다. 당신은 여기서 전생을 보냈다고 하는데, 그때 이름이 무엇이었소이까?"

"공현진(孔玄眞)이었소."

"공현진?"

그는 신기하다는 듯이 고개를 갸웃거렸고, 구경꾼들 중에서 탄성을 지르는 사람도 있었다.

"맞소. 공현진이란 분이 계셨소. 그렇다면 그 공현진이란 이가 남자였소, 여자였소?"

"여자였소이다."

"그것도 틀림없소이다. 그렇다면 하나 더 물어봅시다. 당신이 예서 몇 살까지 살다가 타계하셨소이까?"

"여든일곱 살이오."

"영락없소이다!"

노인의 눈이 휘둥그레지더니 주위에 둘러선 사람들을 돌아보았다. 구경꾼들도 너무나 기이한 장면에 그만 아연한 표정으로 벌린 입을 다물지 못했다. 노인은 계속해서 물어 왔다.

"좋소. 그럼 당신 남편의 이름은 무엇이었소이까?"

여해도 지지 않고 대답했다.

"주장덕(朱璋德)입니다."

"아들 이름은?"

"정장(征長)이오."

"심부름하던 하인들 이름도 생각이 납니까?"

"몸종이 둘 있었소. 나이가 꽤 들었지요. 하나는 부용(芙蓉)이고, 다른 하나는 그냥 춘(椿)이라고 불렀소."

"생전에 무슨 공부를 했습니까?"

"신필(神筆)*이오. 가끔씩 강계(降啓)가 있었지요."

"그 아들 이름까지는 잘 맞추셨소이다. 그러면 손자 이름도 생각이 납니까?"

"채화(蔡華)였습니다."

"용모에 무슨 특징은?"

"글쎄요……. 잘 생각이 나질 않소이다."

거기서 노인은 벌떡 일어서더니 정중하게 옷깃을 가다듬고 말했다.

"제가 바로 그 채화(손자)외다. 제 큰절을 받으시지요."

그러고는 여해 앞에서 중국식으로 큰절을 올리려는 게 아닌가? 당황한 여해는 한사코 그를 만류하였다.

"안 됩니다. 전생에서야 어찌 됐든 지금은 제가 연소자가 아

---

* 신필이란 신(神)의 빙의(憑依)에 의해서 무의식 속에서 필사하는 일을 말한다. 기다란 쇠줄을 천장에 달고 그 끝에 나무로 된 못을 단다. 바닥은 모래를 채워서 고르게 하고 주문을 외면서 목필을 쥐고 있노라면 강계의 의해서 글을 쓰게 되는데, 글을 쓰는 당사자는 전혀 의식이 없다. 옆에서 그것을 받아서 적는 이가 있다. 당시 만주 일대에는 이런 류의 수련을 하는 이가 많았다. 이와 비슷한 신의 빙의 현상은 국내에도 가끔씩 있었다.

단

닙니까?"

사실 여해로서도 여간 신기한 일이 아니었다. 명상 집중 상태에서 비록 전생을 깨달았다고는 하더라도 이처럼 사실과 부합할 줄은 생각도 못한 일이었다.

노인은 여해, 그러니까 전생의 할머니를 모시고 밖으로 나가더니 웃으면서 말했다.

"할머님. 여긴 할머님 생전에 늘 다니시던 곳입니다. 자, 이제 할머님께서 쓰시던 공부방으로 한번 찾아가 보시지요. 열두 살에 시집오셔서 무려 일흔다섯 해나 사시던 곳이니까요."

여해는 웃으면서 길을 찾아 안으로 들어갔고, 구경꾼들이 노인과 함께 그 뒤를 따랐다. 몇 채의 집을 돌아서 아주 고즈넉한 별채에 이르러, 여해는 방 하나를 가리켰다.

"여긴 듯합니다."

"들어가 보시지요."

방 안에는 생전에 고인이 쓰던 문갑류들이 그대로 보존되어 있었다. 아니나 다를까 한쪽 구석에는 고인이 생전에 사용하던 신필이 높이 매달려 있었다.

"이걸 보십시오."

노인이 문갑 하나를 열더니 족자 한 폭을 펼쳐 보였다.

"'고려에서 오시는 손님을 소홀히 대접하지 말아라.' 이게 할머님의 마지막 말씀이셨습니다."

"아, 이제 생각이 납니다!"

여해도 소리쳤다.

"손자의 오른쪽 팔뚝에 상처가 있었소! 이 신필에 잘못 다친 거지요."

"맞습니다. 이걸 보십시오."

노인은 빙그레 웃으면서 자신의 오른팔을 뻗어 옷소매를 걸어 보였다. 노인의 팔뚝에는 길이가 두 치쯤 되어 보이는 상처 자국이 수직으로 길게 뻗어 있었다. 두 사람은 큰 소리로 유쾌하게 웃어 댔고, 뒤따라온 구경꾼들은 자기들끼리 웅성거렸다.

전생을 확인하는 것은 아주 기이한 체험으로서 매우 흥분되는 일일 듯하였으나, 여해는 의외로 담담한 기분이었다. 떠들썩한 것은 구경꾼들과 그 집안사람들이었다. 그들은 밤새도록 여해의 곁에 모여서 이런저런 것들을 묻곤 하였다. 예의 그 노인의 지시에 의해서 크나큰 잔치가 한바탕 벌어지고 있었다.

"이러실 필요가 없습니다. 저는 저대로 또 가야 할 곳이 있는 몸입니다."

여해는 한사코 사양했으나 막무가내였다. 노인은 말했다.

"내가 꼭 우리 할머님의 후신으로서 대접해 드리려는 것이 아닙니다. 저도 공부를 하는 몸입니다. 그런데 이처럼 도통을 하신 분이 제 집까지 찾아오셨으니 어떻게 홀홀히 보내겠습니까? 그리고 저로서는 할머님과 아버님으로부터 받은 말씀도 있잖습니까? '고려객을 잘 모셔야 한다.' 그분들은 늘 그러셨지요."

"고맙습니다."

사례를 하고 어해는 물었다.

"그럼 이곳에는 노인장처럼 공부를 하시는 분들이 많은가 보군요."

"내일부터 도관 구경을 해보시지요. 아주 환대를 받으실 겁니다. 이 근처에만 해도 도력 높은 분들이 많으시니까 서로 좋은 말씀도 나누시구요."

다른 이야기보다도 도인을 만나볼 수 있다는 데에는 여간 흥미가 동하는 것이 아니었다. 여해는 내일부터의 편력에 기대가 생겼으므로 조금은 소란스러운 중국식 접대를 참아 내기로 하였다.

이튿날부터 노인의 안내를 받으면서 여해는 산둥성 일대의 도관을 편력하였다.

도관이란 도교(道敎)의 사찰이다. 당시 중국에는 불교 사찰의 숫자에 버금갈 만큼 많은 도관이 있었다. 산둥성 일대의 경우에는 오히려 불교 사찰의 숫자보다 도관의 숫자가 더 많았고, 신도들도 많았다.

도관에는 도복을 입은 도인들이 독특한 방법으로 수련을 하고 있었다. 더러는 소림권(少林拳)을 방불케 하는 무예를 단련하기도 하였으나 대부분은 정신 수련에 몰두하였다. 그리고 신도들은 신도들대로 끔찍하게 도인들을 존경하여 받들었다.

여해가 전생을 찾아 고려에서부터 왔다는 이야기는 이미 도관에서도 널리 알려져 있었다. 그리고 대부분 깊고 높은 산중에 도관이 자리 잡고 있었는데, 그 험한 산길을 나는 듯이 오르는 여해의 비월법(飛越法)에 대해서도 그들은 익히 소문으로 듣고 있었던 모양이었다. 그들은 여해에게 특별한 대우를 하였고, 은근히 경외심을 표현하기도 하였다.

그들 중 몇몇 도사라는 이들이 은근히 여해에게 시험 비슷하게 주문을 해오는 경우도 있었다. 그러나 여해가 보기엔 대수롭지 않은 주문들이었다. 여해가 그들의 주문을 손쉽게 대답하고 또 도력을 보여 주면 그들은 아주 반가워하며 그 비법을 묻곤 하였다. 그러나 그들 중의 그 누구도 여해를 감탄시키는 이는 없었다. 도관에서 대도인을 보려던 여해의 희망은 차츰 실망으로 변해 가고 있었다.

그러던 어느 날이었다.

청붕(靑鵬)이라는 이름의 도관에서였다. 절로 말하자면 주지쯤 될 도사는 이런저런 질문을 하더니 고개를 끄덕이며 이렇게 말했다.

"여해께서 도관을 돌아다니신다 해도 대도인을 만날 수는 없을 겝니다. 아주 도력이 높으신 분들은 모두 숨어서 지내시니까요."

"……"

"중국에서 대도인을 만나시려거든 도관 같은 데서 맴돌지 마시고 더 깊이 들어가십시오. 도관에 나온 사람들은 대개 별로 대수롭지가 않아요. 원하신다면 제가 한 도인을 추천해 드리겠습니다."

"부탁드리겠습니다."

"여기서 동쪽으로 30리쯤 가시면 마천산(摩天山)이라는 산이 있습니다. 그 산의 팔부 능선쯤에 한 동굴이 있는데, 이름은 황룡굴입니다. 그곳으로 가보시지요. 황룡진인(黃龍眞人)이란 도인이 그곳에 계십니다."

"고맙습니다. 곧 떠나도록 하지요."

"그분은 구십이 넘은 노인이신데도 검은 머리털을 갖고 계셔서 대오선생(大鳥先生)이라고 불리시지요. 1년에 한 번씩 산 아래에 있는 도관에 내려오실 뿐으로 그곳에서 지내십니다. 그분은 주로 『옥추경』으로 공부를 해오셨다고 합니다. 그분께 가시면 비전의 도법을 배우실 수 있을지도 모르겠습니다."

청붕도인에게 사례를 하고 여해는 곧바로 황룡굴로 향했다. 그러나 헛일이었다. 청붕도인의 말대로 검은 머리털을 가진 대오선생을 만날 수는 있었지만, 그 성과는 단 한마디를 들은 것뿐이었다.

대오선생은 말했다.

"월출산(月出山) 공국장(龔國丈)에게 가봐. 그 노인네가 뭔가 일러 줄 것일세."

"월출산이 어딥니까?"

"그건 자네가 찾아보게."

그뿐이었다. 대오선생은 어둠침침한 동굴 속 바위 위에 엎드린 채 쑥대처럼 헝클어진 머리털을 흔들더니 이내 코를 골며 깊은 잠속으로 빠져들어 버렸다. 생각해 보면 딱한 노릇이었지만 도리가 없는 일이었다. 여해는 물어물어 무려 서쪽으로 200여 리를 헤맨 끝에 월출산을 찾을 수가 있었다.

청림이 고운 월출산에 이르러 여해는 사람마다 붙들고 공국장이라는 노인을 아느냐고 묻는 수밖에 없었다. 한 젊은이가 고개를 끄덕였다.

"오른쪽으로 10리만 들어가 보시오."

"고맙소."

"한데 왜 그 노인을 찾습니까?"

"그분이 대도인이라고 해서 만나려는 겁니다."

"허허……."

그 젊은이는 기가 차다는 듯이 웃었다. 그는 말했다.

"대도인인지 어쩐지는 모르겠소만 그가 벙어리인 것은 사실이오."

"벙어리라뇨?"

"내가 그 노인과 한마을에서 3년째 살고 있는데, 그 노인이 입을 열고 말하는 것을 한 번도 본 일이 없소이다. 그 노인의 나이가 올해 백쉰여넓 실이랍니다. 그게 사실인지는 나도 모르겠소. 하지만 모두들 그리 믿고 있으니 나도 믿을 수밖에요. 한데 할머니하고 두 분이 무려 140년 이상 해로를 하셨다니 어쨌든 그것은 부러운 일이지요. 글쎄, 생각해 보면 그게 부러울 일인지 지겨울 일인지 알 수 없지만, 두 노인네가 아주 금실이 좋은 것만은 사실이지요."

그 청년은 이야기를 즐기는 성미인가 보았다. 말을 시키지도 않았건만 그는 연방 늘어놓고 있었다.

"공 노인이 할 말이 있을 땐 찡긋하고 할머니에게 눈짓을 합니다. 그러면 그 할머니가 대신해서 이야기를 해주지요. 그런데 틀림없답니다. 할머니가 대신 설명을 하면 공 노인이 아주 좋아서 웃어요. 말을 알아듣기는 하는 모양이에요. 말을 알아듣는 것인지 천년 묵은 능구렁이 같은 눈치로 알아채는지 그것은 모르겠지만요……."

그는 계속해서 말했다.

"두 노인네는 그 나이에도 여전히 농사일을 해요. 밑으로 손자, 증손, 고손까지 보아서 식구가 무려 예순일곱인데 모두 한집에서 같이들 살지요. 어쩌면 오늘쯤 한 식구가 늘었을지도 모르지요. 어쩌면 줄었을지도 모르고요. 그런데 그렇게 많은 식구가 모여 살면서도 한 번도 소란 피우는 걸 보지 못했습니다. 이래저래 아주 이상한 집입니다…… 허허…… 내가 왜 이러고 있나? 어서 가보시구려."

"젊은이도 어서 가보시구려."

여해는 수다스러운 젊은이를 보며 싱긋 웃었다. 그 젊은이가 여느 중국인답지 않게 아주 말을 총알같이 쏘아 댔기 때문에 중국어에 서툰 여해로서는 주의 깊게 경청하지 않을 수가 없었는데, 그렇게 해서 겨우 파악한 이야기의 대부분은 들으나 듣지 않으나 무관한 것들이었다.

여해는 공국장 노인을 만나서 황룡진인의 이야기를 전했다. 청년의 말과는 다르게 공 노인은 벙어리가 아니었다. 그는 쟁이질 하던 손을 멈추고(그는 그 나이에도 불구하고 농사일을 하고 있었던 것이다. 노부인과 함께!), 신비로운 눈으로 이 난데없는 방문객을 건너다보았다.

"황룡진인?"

백발이 성성한 공 노인은 나이답지 않게 강한 음성을 갖고 있었다. 그러나 그 눈빛은 봄 아지랑이처럼 부드럽고도 아련했다.

"나는 그를 몰라. 그리고 나는 가르쳐 줄 것도 없어……"

"그러실 리가 있습니까? 공 노인께서 산둥성 제일가는 분이

단

시라고 소문이 파다하던데요."

"뭐가 제일이라던가?"

"보통 사람보다 세 배 이상이나 오래 사시는 분이라고 들었습니다."

"오래 살긴 오래 살았지. 그렇지만 자넨 설마 장수법을 배우러 온 것은 아닐 테지?"

"도에 관한 것이라면 무엇이든 듣고 싶습니다. 그러나 꼭 도에 대한 이야기가 아니더라도 저보다 100년 이상이나 더 세상을 살아오신 어르신께 듣는 이야기라면 무슨 얘기든 그야말로 금과옥조 같은 말씀이 되겠습지요."

"사람을 잘못 찾았군! 장수에는 왕도가 없네."

공국장 노인은 흥미가 없다는 듯이 쟁이를 잡더니 흙덩이를 두드려 부수는 작업을 계속하였다.

"어르신! 저는 고려에서 왔습니다. 수천 리 먼 길을 온 사람에게 무엇이든 한 말씀 해주셔야지요!"

"자네 참 끈질기구면."

여해의 간청에 공 노인은 못 당하겠다는 듯이 일손을 멈추고 자기 나름대로의 장수법을 일러 주는 것이었다.

"먼저 걱정을 말아야 하네. 나는 지금까지 농사를 짓고 사는데 먹고 지낼 만하니까 아무 걱정이 없네. 자손들도 모두 잘 자라고 하니 그것도 좋은 일이고. 장수의 첫 번째 조건은 안빈낙

도야.

그러고는 적게 먹어야 하네. 자기 양의 반쯤만 먹게. 우리 아버님께서도 102살까지 사셨는데 그분 말씀도 늘 그것이었지. 과식은 장수의 큰 적이야.

세 번째는 과로를 말고 그런 한편으로 쉬지도 말아야 하지. 일을 해야 해. 그렇지만 무리하게 할 건 아닐세. 그저 쉬엄쉬엄 일을 하다가 피로하면 조금 쉬어야지. 쉰다고 아주 놀면 안 되네. 아주 놀아 버리거나 무리하게 육신을 혹사하는 건 명(命)에 손상을 입히는 법일세. 이뿐일세. 이만하면 대답이 되겠나?"

이 싱거운 이야기뿐으로 공국장은 장난스러운 눈길을 던져 왔다.

말이야 백번 지당한 '장수법'이었지만 그것이 무슨 비결이랄 수는 없었다. 수백 리를 달려온 여해로서는 맥이 풀렸다. 150세를 산 노인을 만날 수 있었다는 것만으로 자위를 하며, 여해는 공 노인께 치하를 드리고 물러 나오고 말았다.

"보소, 젊은이."

실망한 여해에게 뜻밖에도 공국장의 노할머니가 환하고 깨끗한 웃음을 지으며 말을 걸어왔다. 노할머니는 밭가에서 지금까지 여해를 기다리고 있었던 듯하였다.

"우리 영감 성미가 원래부터 그러니까 젊은이가 이해하시구랴. 대신 내가 도인 한 분을 추천해 드리리다. 젊은이가 오시던

단

길로 다시 70리쯤 되돌아가면 장류수(長流水)라는 강이 있을 거요."

"예, 저도 보았습니다."

"그 강을 끼고 아주 험준한 절벽에 암석들이 아주 장관을 이루고 있을 겝니다. 거긴 아주 험해서 여느 사람들은 통 접근을 못하는 곳인데, 그 때문에 절인암(絶人巖)이라고 불린답니다.

그 절인암은 강을 남면하고 있어요. 그 절인암을 타고 동북쪽으로 가보시구려. 거기에 규광도인(竅光道人)이라는 분이 살고 계십니다. 그분이 저희 부부의 스승님이시지요. 저희보다 53세 어른이신데 거소는 일정치가 않아요. 하지만 그곳에 가셔서 정성껏 간구를 하면 도인을 뵐 수가 있을 겝니다."

"고맙습니다. 큰 도움이 되겠습니다."

"아주 괴팍한 데가 있는 어르신이시니까 그 점을 염두에 두시구려."

"알겠습니다."

"저런! 우리 영감이 성화를 부리시는구면요. 가시거든 우리 이야기는 비치지도 말아요. 아주 야단을 하실 테니까!"

"할머님께서도 오래오래 장수하시길 바랍니다. 고맙습니다."

규광도인에 대한 언질을 받은 것만으로도 그 방문은 헛된 것이 아니었다. 여해는 지치지 않고 규광도인을 찾아 길을 떠났다. 여해의 걸음은 거의 날다시피 했다.

중국 땅. 그것도 아무 길동무도 없이 헤매는 산과 산들. 때로는 태고의 정적과 신비를 머금고 있는 거악과 준봉들 속에서 와락 공포감을 느낄 만도 하였으나, 여해는 그렇지가 않았다.

이미 산과는 거의 피를 나눈 형제와도 같은 정을 느꼈다. 자연과의 친화야말로 인간에게 있어서 모성을 그리워하는 것과 같은 본능에 속했다. 인간은 원래 자연의 아들이었다. 다만 오랜 인공(人工)과 인화(人化)의 세속 생활을 통해서 인류는 자연과 사람을 분리시켜 왔고, 그 분리가 자연에 대한 두려움이나 경외심을 낳게 된 것뿐이었다. 그러나 자연과 인간 사이에 있었던 최초의 관계를 깨달은 도인들에게 산천은 곧 어버이의 크나큰 품이요, 젖줄이었던 것이다.

그것은 산속에 서식하는 금수와 초목에 대해서도 마찬가지였다. 도인들에게 새와 동물과 벌레는 적이 아니라 친구였다. 인간끼리만 교류하는 '언어'가 아니라 모든 생명들끼리 자유롭게 교류가 가능한, 어떤 진동음을 통해서 도인들은 동물들과 의사소통을 할 수가 있었다. 그리하여 도인들에게 다가와 꼬리를 흔드는 범은 거의 상식에 속했고, 재재거리며 그 도법의 지고함을 찬양하는 새의 무리도 도인들의 세계에서는 그렇게 귀한 일만은 아니었다.[*]

[*] 아시시의 성 프란체스코의 예를 보라!

단

규광도인에게 가는 길은 노할머니의 말 그대로 험하기 이를 데 없었다. 장류수로부터 시작된 거암괴석의 군(群)은 무려 수십 리를 연하고 있었다.

바위는 온통 거칠고 삐쭉삐쭉하여 여느 사람 같으면 도저히 접근할 수가 없을 듯하였다. 그러나 그런 험한 바윗길도 한 10여 리를 지나자 차츰 안정되기 시작했다. 그곳에서부터는 듬성듬성하게 나무와 풀들이 자생하고 있었다.

그 대신 커다란 바위산 하나가 우뚝하게 길 앞을 가로막고 나타났다. 어디쯤일까? 이 넓고 넓은 바위투성이의 곳 어디쯤에 그 규광이라는 노도인(말대로라면 200세가 넘는!)은 살고 있는 것인지? 이런 생각을 하며 여해는 주위의 장엄하고 괴괴한 장관을 둘러보았다.

과연 선기(仙氣)와 도기(道氣)가 감도는 영산임이 분명해 보였다. 골짜기와 골짜기마다에서 미묘한 물소리가 마치 사람들의 대화처럼 도란도란 들려오고 있었다. 옛 시인은 솔바람 소리를 법어(法語)로 듣고, 시냇물 소리를 장광설(長廣舌)로 들었다더니, 과연 실감 나는 표현이라는 생각이 들었다.

이른 아침이었다.

새벽에 출발할 때부터 일던 안개는 이제 거의 다 걷혀서 산봉우리 위에서만 구름이 되어 감돌고 있을 뿐이었다. 이 별유천지(別有天地)에 도대체 어디로 가서 예의 그 도인을 만날 것인가? 어쩌면 사람을 만나고 그 말을 들어서 도법을 깨치기보다는, 이와 같은 선경 그 자체가 하늘의 위대한 가르침일지도 몰랐다. 옛 선사(禪師)는 깨달음은 얻은 뒤부터, 물을 긷고 장작을 패는 일상적인 행위 하나하나가 모두 가슴 떨리는 열락이며, 생의 무한성과 심오함을 일러주는 감격스러운 계시임을 노래하지 않았던가? 하물며 물 긷고 장작을 패는 그것보다 이 얼마나 신기(神氣)를 머금은 자연의 아름다움이랴!

그런 생각에 잠기며 이경에 취해 있을 때였다.

번쩍하는 섬광이 비치더니 이윽고 아침 햇살을 받은 긴 빛 줄기가 한 폭의 흰 비단처럼 여해의 발끝에 와서 부드럽게 떨어졌다.

이게 무슨 징조인가?

놀란 여해는 떨어지는 빛을 더듬어 마침내 그것이 한 바위 산의 계곡으로부터 쏟아져 내려오고 있는 것을 확인했다. 백광(白光)은 햇빛을 반사하면서 거대한 빛의 원통이 되어 아래로 쏟아지고 있었다.

신비스러운 광경이었다. 해가 떠오르는 데 맞춰서 그 빛은 점점 자리를 옮겼다. 여해는 끌리듯이 그 빛의 진원지를 찾아 첩첩한 바위 숲을 헤쳐 오르기 시작하였다.

단

# 대운 3천 년을 바라보면서

아무리 험준한 바위산이라 하더라도 힘에 부칠 것은 없었다. 이미 여해도 그 정도의 암벽을 쉽게 뛰어오를 정도의 도법은 지니고 있었던 것이다. 다만 그 찬란한 백광에 눈이 부셔 길을 더듬어 올라가는 데 아주 힘이 들었다.

빛이 흘러나오는 곳은 평평한 공간이었다. 마치 일부러 다듬어 놓은 것 같은 공간이 방 두세 간 정도의 넓이로 있었고, 그 공간을 바위들이 흡사 병풍처럼 둘러치고 있었다. 빛은 바로 그 병풍의 하나로부터 반사되고 있었다.

그런데! 여해는 그 빛이 반사되는 병풍바위 아래에 웬 노인 하나가 미동도 않고 쭈그리고 앉아 있는 것을 발견하고 놀라지 않을 수가 없었다. 이 산정에! 그 노인은 온몸이 거의 탈색이라도 된 것처럼 서리 빛으로 보였고, 머리 위에는 도관(道冠)을 쓰고 있었다.

기이하게도 그의 양어깨 위에는 솔개 두 마리가 각각 앉아서 무서운 눈초리로 반갑지 않은 방문객을 쏘아보고 있었다. 솔개들은 한편으로 연방 큰 날개로 바위를 쓰다듬고 있었는데, 아마도 바위가 빛을 반사한 것은 그 솔개들의 공덕인 것 같았다.

솔개와 노인의 몸은 반사된 빛 속에 있었기 때문에 정확하게 볼 수가 없었다. 눈이 그 빛에 익숙해지자 여해는 그 노인이 두 눈을 감은 채 묵연히 명상에 잠겨 있다는 것을 알 수가 있었다.

노인은 두 손을 단정하게 앞으로 모아서 인(印)을 짓고 있었다. 가지런하게 흘러내린 흰 머리가 도복 위에 삼단처럼 치렁치렁했고, 이마에는 가느다란 주름이 첩첩이 그려져서 노도인의 연치를 상징해 주고 있었다.

"무엇하러 예까지 왔느냐?"

바윗돌처럼 묵중한 음성이 흘러나왔다. 여해는 공손하게 읍하며 말했다.

"도인께서 도력이 높으시다는 말씀을 들었습니다."

"그래? 그러면 절을 백 번만 하도록 하여라."

두말없는 규광도인의 명령이었다.

한편으로는 이 선기(仙氣) 가득한 노인에게 절을 올린들 스스로서도 그닥 부끄러울 게 없다는 생각이 아니 드는 것은 아니었으나, 첫마디부터 절을 그것도 백 번이나 하라는 데에는 은근히 반발심이 생기는 것도 당연하다면 당연한 일이었다.

단

"어서 절을 하래두!"

규광도인의 독촉을 받고서야 여해는 그에게 백 차례의 절을 올렸다. 그러나 그게 아니었다. 절이 끝나자 예의 그 바윗돌처럼 단단한 목소리가 여해를 꾸짖어 왔다.

"네가 여든 번은 잘했다! 하지만 스무 번은 그냥 숫자나 세었지 그게 정성은 아니야! 다시 백 번을 하거라!"

규광도인은 눈을 뜨고서 섬광과도 같은 눈빛으로 호성을 하고 있었다. 하는 수 없이 여해는 다시 절을 올리는 수밖에 없었다.

"아니야! 아니야! 네가 아흔 번은 잘했어! 그렇지만 마지막엔 숫자나 세고 있었을 뿐이다! 다시 하거라!"

그제서야 여해는 정신이 번쩍 들었다.

과연 그 노인은 대도인다웠다. 여해가 지금까지 보았던 그 어떤 도인보다도 그의 외모는 특이한 선풍을 풍겼고, 여해 나름대로의 여러 가지 직관적인 판단만으로도 그 도인의 위격은 지상선 이상이었다.

그러나 중국에서의 도계 편력을 통해 보아 온 자칭 도인들의 가당찮은 허세를, 여해는 은근히 중국의 선술(仙術) 전반에까지 확대하고 있었던 것이다. 그리하여 참된 도인을 만났으면서도 내심으로는 적극적인 존경심이 일지 않았고, 그 때문에 규광도인에게도 숫자나 세는 정도의 정성밖에 보이지 못했던 것이다.

여해는 마음을 가다듬고, 도를 배우려는 겸손한 제자의 심정으로 정성껏 백 차례의 절을 다시 받들어 올렸다.

이번에는 아주 흐뭇한 모양이었다. 규광도인은 미소를 띠면서 두어 자는 됨직한 풍채 좋은 수염을 양손으로 쓰다듬더니,

"네 정성이 무던하구나. 그러면 이제 나부산(羅浮山) 왕진인에게 가 보아라. 아마 중국 땅에는 그보다 더 높은 선인이 없을 것이다."

하는 것이 아닌가?

이렇게 해서 여해는 이번에는 나부산으로 길을 떠나게 되었다. 무려 몇 번이나 헛걸음을 해야 하는 것일까? 그러나 한편으로는 도인들을 면전에서 직접 만날 수가 있었고, 또 그들을 만남으로써 수련에 대한 믿음을 키울 수 있었던 것만큼은 성과라면 성과였다.

그들도 여느 누구와 똑같은 '사람'이었다. '사람'으로서 나름대로의 수련과 정진을 통하여 그런 경지에 올랐던 것이다. 그렇다면 선(仙)이란 저절로 '태어나는' 것은 아니다. 끝없는 수련을 통하여 '만들어지는' 것이다.

자기의 뱃속에 단(丹)을 가득히 채우면 그것이 곧 선(仙)이었다. 어떤 이는 그 단을 단련하여[鍊丹] 수백 살까지 살고 있었고, 어떤 이는 그것을 통해서 신통자재(神通自在)의 대도(大道)

를 이루고 있었다. 그러나 그런 대선인이라 하더라도 역시 출발은 평범한 한 인간으로부터였던 것이다. 여해는 '어찌하여 세상 사람들은 선도를 배우지 아니하여 무덤만 총총하단 말인가?' 하는 함박우의 시구를 다시금 곱씹어 보았다.

나부산 왕진인에게 가보라는 한마디뿐, 오로 두 눈을 지그시 감고 무념무상의 삼매(三昧)에 들어 대구를 않는 규광도인을 뒤로하고, 여해는 새로운 도인을 찾아서 길을 떠났다.

나부산의 왕진인을 찾아가는 길은 이번 도인 순례 중에서 가장 쉬운 코스였다. 왜냐하면 왕진인은 그 일대에 아주 유명한 도인이었기 때문이다. 지금까지 만나 보았던 이들과 다르게 왕진인의 이름은 거의 전 중국에 널리 알려져 있었다.

"그분의 나이가 무려 700살입니다."

왕진인을 찾아가는 길에 만난 지계성 출신의 사내가 이렇게 말했다. 그 사내의 이름은 장명릉이었는데, 그 또한 선도를 닦는 사람으로서 왕진인의 이야기를 듣고 그를 찾아가는 길이라고 하였다.

"왕진인 그분은 홀필렬(쿠빌라이)이 중국에 왔을 때부터 유명했답니다. 어떤 사람들은 그 왕진인은 죽고 몇 대째 새 왕진인이 났다고 한다지만 아마 그게 아닐 겁니다. 죽은 자리가 없거든요."

워낙 허풍이 센 중국인들이었으므로 다 믿을 것은 못 되었지만, 아무튼 민간에서 왕진인의 나이를 700세로 추정하고 있는 것은 엄연한 사실이었다. 그런 만큼 지나오면서 만난 대부분의 사람들은 왕진인에 대해서 거의 신격을 부여하고 있었다. 마치 살아 있는 부처나 천신의 강림 정도로 그를 숭배했다. 왕진인에 대한 산둥성 일대의 존숭은 차라리 종교에 가까웠다.

마침 여해가 나부산에 도착했을 때는 왕진인에게 대공양을 올리는 날이었다.

그들의 말에 의하면 1년에 두 차례 춘추로 진인에게 큰 제를 올린다는 것이었다. 그럴 때면 도관에서 두 달간이나 준비를 하고 신도들도 수십만이 운집한다고 하였다. 그런데 그들 중 거의 전부가 한 번도 왕진인을 본 적은 없었다.

아닌 게 아니라 수많은 군중이 운집해 있었다. 나부산은 온통 제에 참여하는 신도들로 북적거리고 있었고, 도복을 입은 도관 사람들은 부산하게 오가며 행사를 진행하였다.

아침 녘이 지나자 사람들은 산으로 오르는 길가에 다가와서 연방 주문도 외고 절도 하면서 자기 나름대로 기원을 올렸다. 한편으로는 왕진인을 위한 공물들이 모아지고 있었으며, 차츰 질서를 되찾은 사람들은 무언가를 기다리듯이 산 위를 주시하였다.

"올해도 틀린 모양이구려."

한 신도가 혼잣말로 중얼거리는 말이었다.

"무엇이 말입니까?"

"왕진인께서 은복을 하사해 주십사고 이렇게 간구를 하건 만, 올해로 7년째 응감이 없으십니다."

"그러면 7년 전에는 왕진인께서 직접 하산을 하셨던가요?"

"진인께서 직접 오시진 않아요. 도동(道童)이 내려오시지요."

"도동?"

"왕진인을 모시는 분들이지요."

"그렇다면 그분들도 수백 세는 되셨겠군요?"

"물론이지요. 그분들이 오셔서 은복을 주시고 가면 그 해에 는 유례 없는 대풍이 들뿐 아니라 다른 모든 일에서 걱정이 없 지요. 저마다 소원 성취하고요……"

그 신도의 눈가에서는 애타는 희구(希求)가 어려 있었다.

"글쎄올시다. 난 고려 사람인데 우리나라 경전 『삼일신고』에 '자성구자 강재이뇌(自性求子 降在爾腦)'라는 말씀이 있지요. 바로 태초의 신선이셨던 단군께서 하신 말씀인데, '네 성품으로 부터 씨(子)를 찾으라. 너의 머릿골에 내려 계시나니라' 하는 뜻 이지요. 자기 속에서 씨를 찾아 머릿골에 있는 상단전(上丹田) 과 가슴에 있는 중단전(中丹田), 아랫배에 있는 하단전(下丹田) 을 수단(修丹)하는 게 신선 믿는 길이 아닙니까?* 헛되이 절하

* 상단전은 양미간의 중심 안쪽에 있다. 그것은 코의 시발점이기도 하다. 인간의 제3 의 눈인 영안(靈眼)은 이곳에 있는 것으로 알려져 있다. 한편 세 곳의 단전이 상징하

고 빈다고 될 일이 아니지요. 왕진인께 복 빌지 말고 수단지도(修丹之道)나 여쭙는 게 복이 될 겁니다."

하지만 선도가 이미 종교로 받아들여지고 있는 그들에게 그런 말이 통할 리가 없었다.

갑자기 주위가 소란스러워지기 시작하였다. 몇몇 도관의 도사(道師)들이 산 위로 오르는 길에서 심각하게 무슨 이야기를 나누는 한편으로, 사람들 사이에서도 웅성거림이 물결처럼 퍼지고 있었다. 한 도사가 높은 곳에 올라 말했다.

"자, 모두들 조용히 하시오."

군중의 시선은 일제히 그 도사에게 집중되었다.

"모두들 기뻐해 주십시오. 곧 도동 어르신께서 하산하신다는 전갈입니다."

는 의미 또한 심오하다. 상단전은 지성을, 중단전은 감성을, 그리고 하단전은 기(氣), 즉 생명력을 상징하고 있다. 태아는 원래 하단전 부위(배꼽)에서부터 자라나며, 또 유아도 하단전으로 숨을 쉰다. 그런 아기들은 당연히 거의 무병할 뿐 아니라 자체 치유 능력도 가지고 있다. 그러다가 우리의 기의 중심은 점차 자라면서 소년 및 청년 시절에는 중단전으로 이동된다. 그리하여 그때에는 아주 감성이 발달하여 사춘기 시절을 맞아 감정이 미묘한 변화를 보인다. 그것이 다시 장년 및 노년 시절에는 상단전으로 이동하여 이지적이고 사변적인 경향을 보이면서 하단전에서 멀어진 그만큼 노쇠 현상을 보이는 것이다.

어린이에 비해 성인이, 고대인에 비해 현대인이, 세 단전 간의 균형을 잃고 상성하허(上盛下虛)의 경향을 띠고 있는 것으로 알려져 있다. 그만큼 성인과 현대인은 선경(仙境), 즉 '낙원'으로부터 멀어져 있는 것이다. 수단(修丹)의 중요성은 여기에도 있다. 수단이야말로 기의 균형을 잡아 줌으로써 정·기·신(精氣神)의 고른 발달을 이루게 한다. 현대의 모든 교육이 지(知)에 편중하고 있는 데 비해서, 단학을 비롯한 동양 고래의 가르침은 지·덕·체(知德體)의 고른 계발을 주장해 왔다.

단

군중은 일제히 탄성을 올렸다. 그들은 자기끼리 서로 손을 맞잡고 웃기도 하고, 서로의 등을 두드리며 기쁨에 취한 모습들이었다.

한편에서는 도동을 마중하려고 법복을 입은 도사들 수십 명이 산길을 오르고 있었다. 신도들은 신도들대로 길 양편으로 늘어서서 도동을 기다리고 있었다.

그때였다.

군중의 찬탄 소리가 천지를 진동하는 가운데 예의 그 도동은 산을 내려오고 있었다. 그런데! 그 도동은 '하늘로부터' 내려오고 있었다. 커다란 장대에 깃발을 펄펄 날리면서 그는 하늘로부터 내려오더니 이윽고 도사들 앞에 사뿐히 내리는 게 아닌가?

그런데 이건 또 무슨 조화였을까?

그 도동이라는 이(예상 밖으로 아주 앳된 소년이었다)가 든 깃발에는 뚜렷하게 '원영고려객(遠迎高麗客)'이라고 적혀 있질 않은가?

'고려에서 오신 손님을 환영한다?'

흥미가 부쩍 동하는 게 사실이었다. 도대체 이 먼 곳까지 와서 왕진인의 환영을 받는 조선인은 누구일까? 여해는 궁금한 마음으로 그 도동이 찾는 사람을 기다리고 있었다.

"고려서 오신 손님이 어딨소?"

"왕진인께서 고려객을 찾으십니다!"

도사들은 사방을 돌아다니면서 고려에서 오신 손님을 찾고 있었다. 그에 따라 신도들도 눈을 두리번거리면서 소리소리를 질렀다. 그들은 도동의 황감한 내방에 감격하고 있었다.

"고려객이 계시거든 빨리 나오시오!"

"도동 어르신께서 고려객을 기다리고 계십니다!"

그러나 어디에서도 그 '고려객'은 나타나지 않았다.

그때였다.

"여기 고려인이 한 분 계십니다!"

장명릉이 외친 말이었다. 그는 그제서야 자기와 동행한 여해가 고려인이라는 사실을 깨달았던 것이다.

"이분이 고려에서 오셨습니다!"

흥분하여 나타난 도사에게 역시 흥분된 목소리로 여해를 가리키며 그가 말했다. 도사가 물었다.

"선생이 틀림없이 고려 사람이 맞습니까? 거짓 없이 대답해 주시오."

여해는 아주 낭패스러웠으나 대답하지 않을 수가 없었다.

"나는 틀림없는 고려 사람이외다. 하지만 난 왕진인을 모르오. 그분이 날 찾으실 리가 없소이다. 다른 사람일 게요. 다른 고려인을 찾아보시오."

"고려인이 틀림없답니다!"

그 도사는 반가워서 소리를 질렀다.

이미 고려인을 찾았다는 낭보를 듣고 도동이란 이가 가까이 다가오고 있었다. 그의 뒤에는 '손님'을 모실 연(輦)이 준비되어 뒤따르고 있었다.

"선생의 성씨가 어찌 되오이까?"

도동은 티 없이 맑고 낭랑한 음성으로 여해에게 물었다.

"내 속성은 권이외다. 하나 당신이 찾으시는 '고려객'은 아니올시다."

그러자 그 도동은 그 자리에 넙죽 엎드렸다. 그는 여해에게 큰절을 올리면서 말했다.

"첸노야(권 선생님)! 진인께서 기다리고 계십니다."

당혹스러운 것은 오히려 여해 쪽이었다.

"아니오! 내가 당신의 선생님이 될 까닭이 없소이다. 나는 왕진인을 모른다고 하잖았소이까?"

"아닙니다. 진인께서는 바로 첸노야를 기다리고 계십니다. 첸노야께서는 일송진인의 제자가 틀림없으시겠지요?"

"일송진인?"

스승의 존호를 여기서 듣게 되다니? 여간 반가운 이름이 아니었다.

"그렇다면 일송 선생님께서 이곳에 계십니까?"

"예. 일송진인은 왕진인 어르신과 각별한 사이십니다. 어서 연에 오르시지요."

"싫소이다. 아각(我脚)이 건재하오. 걸어서 가겠소."

"아닙니다. 진인 어르신의 귀하신 손님이신데!"

"진인 어르신이 계신 데까지는 거리가 얼마오이까?"

"80리쯤 됩니다. 계속 오르막길입니다."

"그냥 걸어서도 금방 갈 수가 있겠소. 한시라도 빨리 스승님
을 뵙고 싶으니, 연을 타기보다는 걷는 쪽이 낫겠소."

"정 그러시다면……."

그렇게 해서 여해는 천만뜻밖에도 왕진인의 '귀한 손님'으로
서 나부산 정상까지 올라가게 되었다.

도동과 여해 단 두 사람이었다. 도동은 다른 신도나 도사들
을 뒤따르지 못하게 하고, 단둘이서만 길을 재촉하였다. 얼핏
보기에는 앳된 소년 같았지만 몇 마디의 대화를 통해서 여해
는 그가 아주 수련이 깊은 도인임을 알 수가 있었다. 여해가 웃
으며 도동에게 나이를 묻자,

"아마도 일송진인과 비슷할 겁니다."

"그러신데 어찌 그리도……."

"수련에는 여러 가지 길이 있질 않소이까? 그저 명(命)이나
닦는 저희들로서는 신기(神氣)를 기르시는 쪽으로 공부하시는
일송진인 쪽이 부럽습니다. 그러나 공부란 게 꼭 원하는 대로
되는 것은 아니지요. 다 전생의 업력에 따라 성격이 나뉘게 되

는 것이니까요."

그러면서 도동은 맑게 웃었다.

나부산.

나부산은 과연 중국 최대의 도인이요, 살아 있는 지상선인 왕진인이 그 주석처로 삼았음에 부끄럽지 않을 명산 중의 명산임이 분명하였다.

울창한 수림과 태고의 신비를 간직한 채 듬성듬성 들어선 흑갈색의 암석군. 백학은 청림 가운데에서 한가로이 날고 있고, 서상(瑞象)은 계곡을 굽이쳐 신령스럽게 어려 있었다.

그것은 온화하면서도 웅장한 맛을 잃지 않은 희귀한 산악이었다. 기묘하고 깊으면서도 험하지 않고, 신령스러우면서도 인간미가 넘치는 비경의 연속이었으며, 정상으로 오를수록 그 신기(神氣)는 겹겹이 싸여, 마침내 여해는 탄성을 지를 수밖에 없었다.

"과연 선경입니다. 여의주를 입에 문 신룡이 곧 등천할 것만 같은 산곡 간의 영기(靈氣)하며, 옥로(玉露)가 영단(靈丹)이 되어 금방 방울방울 맺힐 것 같은 청기 가득한 솔바람 소리하며…… . 이런 깊고 그윽한 산속에서 대기(大氣)로 더불어 숨쉬며 노니시는 선인들이야 노사(老死)를 모르심이 지당하겠습니다!"

그 말에 도동은 총명한 눈을 빛내며 고르고 흰 치아를 드러내고 웃었다.

"계절에 따라 자연이 변전(變轉)하는 양을 주시하고, 성명(性命)을 닦으며 세상사로부터 멀리 떠나서 지내는 삶에 큰 기쁨이 있음이 사실이지요. 하지만 만상(萬象)은 무상(無常)하여 흐르고 바뀌어[易] 그치지 않으니 결국은 허(虛)한 것이 아니겠습니까? 생즉(生則) 멸(滅)하고 성즉(成則) 괴(壞)하는 것이 이 우주의 대철리(大哲理)인지라, 저희는 산천의 경개를 보지 않고 그 배후에 웅크리고 있는 본성(本性)과 본명(本命)을 보려고 노력하고 있습니다."

한 방 얻어맞은 꼴이었다. 여해는 말했다.

"참으로 심묘하신 가르침 깊이 새겨 두겠습니다. 제가 잠깐 본(本)을 잊고 말(末)을 붙들어 헛되이 산천의 수려함에 눈을 팔고 있었습니다그려."

도동은 예의 소년다운 미소를 지었다.

"아니지요. 역시 쵠노야께서는 저희와는 길이 다름이지요. 이제 중원(中原)의 도법(道法)은 은인자중하고, 삼신산(三神山)의 군자지국(君子之國)으로부터 단도(檀道)가 크게 발흥하여 천하에 성가(聲價)를 높일 것인데, 따라서 앞으로 저희는 숨고, 쵠노야께서는 드러내실 터이라 그 길이 달라서 그러한가 합니다."

"그러면 앞으로의 동운서수(東運西數)는 어찌 되겠습니까?"

"하하하. 저야 나이 어린(!) 학동으로 진인 어르신을 시봉할 뿐이니 어찌 우주의 대운수를 말하며, 천지의 미묘한 기틀을 알겠습니까? 하지만 천지와 우주의 대이법(大理法)이 아니라 일국일족(一國一族)의 흥망성쇠와 전후 100년 정도의 변역(變易)에 대해서는 짚이는 바가 없는 것도 아니지요. 그러나 이에 대해서라면 쳰노야께서도 보시며, 또 아시고 계실 것이 아닙니까?"

"조선이 이제 3천년래(三千年來)의 대운을 맞아 오성(五星)이 동방에 비치고 그 기상이 세계를 뒤흔들 것으로 보았습니다마는, 한편 기쁜 마음이 들지만 이것이 제 민족을 아끼고 이민족을 폄하하는 스스로의 암(暗)이며 비(非)가 되었을까 하여 반신반의하고 있습니다."

"하하하. 쳰노야께서 그 무슨 말씀을 하십니까? 틀림없이 보셨습니다."

"그렇다면……."

"저희 진인께서도 가끔씩 말씀하시곤 하십니다만, 주(周)나라 이래로 쇠잔일로에 있었던 백두민족의 운세는 본래의 기상과 웅도를 되찾게 될 것입니다."

두 도인은 천기(天機)를 논하며 나는 듯이 나부산을 올라서 왕진인과 일송 선생님이 기다리는 정상에 도착하였다.

나부산 산정.

평평하고 아늑한 공간은 그린 듯이 청쇄(淸灑)한 모습으로 여해를 맞았다. 드높은 산정이건만 북면한 봉우리가 병풍처럼 바람을 차단하여 남으로부터 일광을 다사롭게 받아 온화하기 이를 데 없었다. 가끔씩 백발이 성성한 노옹과 도복에 동자를 거느린 기품 있는 도인들이 느릿느릿 거닐며 혹은 담론도 하고 혹은 둘러앉아 다회(茶會)를 열고 있었다.

별유천지비인간(別有天地非人間)이란 바로 이런 곳이로구나. 새와 벌레와 짐승들도 친근하게 접근해 온다. 지나다 보니 용천에서는 옥 같은 물이 콸콸 흘러서 표백한 듯 흰 바위 계곡을 따라 흘러내리고 있었다.

아주 성글게 엮은 초옥들이 숲 사이로 간간이 보였는데, 그 초옥들의 지붕마다에는 풀과 나무들까지 자라고 있어서 그것이 인공의 구조물이라는 느낌은 전혀 들지 않았다. 집도 사람도 그저 스스럼없는 자연의 일부로서, 꽃과 나무와 새와 짐승들로 더불어 어울리고 있었다. 군데군데 자생란들은 그 군자지풍을 드리우고 있었고, 요염하지 않은 꽃들 사이로 벌들은 윙윙거리며 날았다.

"저깁니다."

도동이 손짓하는 곳으로 눈을 주니 그곳에는 구름에 싸인 조그만 모옥이 있었다. 설마 저기에? 설마 저 초라한 곳에 왕진인이 살고 있는 것은 아닐 테지 싶었으나, 자세히 보니 그 지붕 위로는 영롱한 광채가 여린 무지개처럼 서려 있는 것이 아닌

단

가? 집은 대나무 숲에 묻혀 거의 눈에 잘 띄지도 않을 만큼 교묘하게 은닉되어 있었다.

"대진인과 스승님을 함께 뵙게 되다니, 이는 제 생애에 가장 큰 복인가 싶습니다."

여해는 도동에게 안내해 준 수고에 대한 치하를 건넸다.

"어서 가보시지요. 아마도 사적인 자리가 되실 듯하니 저는 예서 물러가겠습니다."

도동은 공손하게 읍하더니 총총히 물러갔다.

여해의 가슴은 사뭇 떨리고 있었다. 대체 700세나 되었다는 왕진인은 어떤 모습을 한 선인일 것인가? 또 그 대선인은 무엇 때문에 나를 환영한다는 것일까? 어쩌면 스승과의 교의(交宜) 때문에 나를 불렀는지도 모른다. 아니면? 아니면, 내게 비전의 도법이라도 전해 주려는 것일까? 그런저런 상념을 애써 떨치고, 여해는 잎새들이 비벼서 일어나는 대나무 숲의 상쾌한 소리를 들으며 그 모옥 쪽으로 걸어 들어갔다.

가야금 소리와 함께 알 수 없는 향훈(香薰)이 그 모옥에서 퍼져 나오고 있었다. 소리의 향기와 빛의 향기……. 그리고 이 그윽한 선향(仙香). 그때 문득 가야금 소리가 멎으며 안으로부터 표현할 수 없을 만큼 청아한 음성이 흘러나왔다.

"여해! 먼 길 오느라고 노고가 많았네!"

유쾌한 웃음소리와 함께 왕진인 그 대선인과 일송 스승의 모습이 여해의 앞에 다가오고 있었다. 여해는 미처 두 스승을 우러러볼 사이도 없이 두 분 앞에 엎드리고 말았다.

"두 큰 스승님을 한꺼번에 뵈오니 언사가 예서 그치옵니다."

알 수 없는 눈물이 방울방울 맺혀 흘러내렸다.

"어서 들라!"

스승은 깨끗한 웃음으로 바라볼 뿐이었고, 예의 청아한 왕진인의 음성이 들려왔다.

여해는 두 분 앞으로 다가가서 다시 한 번 읍으로 경의를 표하였다.

"그대의 스승께서 등선하시기 전에 그대를 꼭 보겠다고 하셔서 이리로 모신 것일세. 오늘 밤 같이 오랜 회포를 푸시게."

등선? 스승의 등선? 그렇다면? 그러나 두 대선인 앞에서 여해는 함부로 무슨 말씀을 여쭐 수가 없었다.

"자, 그럼 안으로 들자꾸나."

일송 스승께서 처음으로 입을 떼셨다. 세 사람은 그 모옥 안으로 들어갔다.

그곳에서 여해는 보름 동안을 머물렀다. 그동안에 여해가 보고 겪은 일, 그리고 두 진인으로부터 들은 이야기와 배운 도법들은 이 책에 기록하지 않기로 한다.

왜냐하면 왕진인의 경지를 표현하기에는 필자의 솜씨가 멀리 미치지 못하기 때문이다. 또한 우학도인으로부터 들은 그 장엄하고도 황홀하며 신비스럽기 그지없는 이적과 초월적 도법들을, 아직껏 믿기 어려웠음도 고백해야겠다. 그런만큼 필자로서도 믿기 어려웠던 그런 '진짜 선계의 이야기'는 다만 독자들의 상상에 맡겨야겠다. 그것은 우리가 『서유기』 같은 공상소설 속에서나 읽을 수 있었던 도법의 세계였다. 그 체험이 우학도인에게 있어서도 충격과 경이였을진대, 과학적 논리에 젖을 대로 젖어서 초월 현상에 대해서까지도 따지고 분석하려 드는 습관이 몸에 배인 필자에게 있어서야! 여기서 필자는 이 이야기의 가장 신비스러운 세계를 밝힘에 있어서 그 묘사력의 한계에 부딪혀, 다만 그 간략한 내용만을 적는 데 그칠 수밖에 없음이 한탄스러울 뿐이다. 나부산 산정에서 15일 동안 우학도인이 겪은 세계는 대략 다음과 같은 것들이었다.

─왕진인의 온몸에서부터 달무리와 같이 은은한 방광(放光)이 흘렀다. 특히 밤이 되면 그 빛은 어두운 길에서도 콩을 찾을 수 있을 만큼 밝았다. 스승의 몸에서도 그와 같은 방광이 있었다.

─왕진인은 창조력을 행사해 보여 주었다. 이를 도계의 용어로 둔갑이라고 한다. 둔갑은 은신·장신·분신 등과 다르게 환법(幻法)이 아니다. 이것은 무로부터 유를 창조해 내는 것으로 도인 중에서도 대도인만이 보일 수 있는 것이다. 예를 들어 전

설에 흔히 나오는 대로 한 선사(禪師)가 지팡이로 땅을 쳐서 샘물이 나오도록 했을 경우, 그것이 환술이라면 어느 정도의 시간이 경과한 후에는 그 샘은 마르게 마련이다. 그러나 둔갑된 샘은 결코 마르지 않는다. 그 도법의 결과로 창조된 물체의 시간적 지속성과 속성적 영속성은 거의 영원에 가깝다. 즉 그것은 '창조'인 것이다. 왕진인은 세 사람이 같이 기거했던 그 모옥을 없애고, 다시 그곳으로부터 수십 간 떨어진 곳에 다른 모양의 금궐(金闕)을 지어 보였던 것이다.

— 왕진인의 외모는 수백 세의 나이에도 불구하고 건강한 젊은이와 같아 보였다. 그리고 그는 아무것도 먹지 않았다. 단 그 제자들은 하루에 한 알씩의 붉은 단(丹)을 먹었으며, 우학도인에게도 그것을 주었다. 그것이 그들의 '양식'이었다. 그것을 먹는 것만으로도 전혀 배고픔을 느낄 수가 없었다.

— 스승은 등선하였다. 즉 좌탈한 후의 그 육신은 가볍기가 옷가지 정도에 불과했고, 화장된 뒤 사흘 만에 우학도인은 살아생전과 꼭 같은 스승을 다시 대할 수가 있었다. 스승은 은밀한 개인적 당부 말씀을 남기고 그곳을 떠났다.

— 왕진인과 일송 스승은 우학도인에게 앞으로의 세계사에 대해서 말씀을 남기셨다. 그 이야기는 주로 백두산족(한민족)을 중심으로 한 것이었다. 스승과 왕진인이 우학도인을 기다렸던 것은 바로 이 때문인 것 같았다. 왕진인은 자신도 구태여 따

지자면 백두산족 출신이라고 하였다. 그리고 과거에는 대도인이 중국·인도에서 주로 나왔으나, 앞으로는 중국·인도의 대도인은 '때'를 만나지 못해서 은둔하게 되고, 대신 백두산족 출신의 대도인이 출세하여 덕화를 이룰 것이라고 말했다. 또한 옛적부터 대도인의 숫자는 한·중·인 모두 비슷했으며, 다만 중·하급의 도인은 조선 출신이 적었다고 하였다. 한편, 길은 다르지만 서양과 소련·아프리카 등에서도 현재는 물론 미래에까지 도인이 출현하리라고 하였다. 다만 '대도인'의 출현은 없을 것이라 한다.

─처음 이후 왕진인과 그곳의 도인들은 거의 말을 하지 않고, 간단한 수화로 서로의 의사를 전달하고 있었다. 물론 그런 수화가 없이 텔레파시로 의사를 교류하는 경우도 있었다.

─하산 시 예의 그 도동은 우학도인을 단숨에 처음의 도관 근처에까지 이동시켜 주었다.


······이렇게 해서 우학도인의 신비로운 탐험은 끝났다.

그 후. 그 후. 우학도인의 세계는 그러면 과연 어디로 나아갔던가?

왕진인과 스승을 뵙고 나서 우학도인은 석 달 동안 생사를 헤매는 중병을 앓았다. 이는 어쩌면 커다란 정신적 충격이 준 결과가 아니었을지? 아무튼 중병을 앓으면서 우학도인은 네 번이나 완전히 숨이 멎어서 '죽었던' 것이다. 그렇지만 번번이 깨어났다.[*] 아직도 그에게는 '명(命)'이 있었던 것이다. 사명이 있었던 것이다.

세월이 흘러갔다…….

그 세월의 흐름 속에서 우학도인은 숱한 사건들을 겪고 보았다. 헤아릴 수 없을 만큼 많은 사람과의 교분이 있었고, 또 고난이 있었다. 독립군에 가담한 일도 있었으며, 상해 임시정부에서 김구 주석을 도왔던 값진 추억도 있었다. 북경에 거주하면서 중국 외교대신 왕정장과 사귄 일도 있었고, 해방·원자탄 B-29 등을 정신계에서 미리 보기도 하였다. 경허·만공·수월·용성 스님 등과의 교유도 있었다.[**] 그리고 수련, 수련, 수련…….

그러는 사이에 하나둘씩 거인들은 그의 곁에서 사라져 갔다. 유학의 거봉 곽종석 선생, 불교계의 명승 대덕들, 그리고 절친하던 삼비팔주들도 죽거나 혹은 숨어서 찾을 길이 없었다.

[*] 한번은 무려 4일 만에 깨어난 일이 있었다. 그때 우학도인은 '저승'을 보았다. 거기서 깊은 암시를 받고 나서 그의 언동은 아주 신중해졌고, 태도는 지극히 겸손해졌다.
[**] 우학도인은 무려 40차례 이상의 안거(安居) 경력이 있다. 즉 선방(禪房)은 도인의 이웃집이나 다름없었다. 다만 우학도인은 선방에 앉아서도 참선을 하지 않고 나름대로 단학 수련을 하였다.

많은 역사(力士)들도 스러졌다. 이미 우학도인은 부모님을 여읜 후였다. 그리고 일본 형사들에게 요시찰 인물로 꼽히며 숱한 취체를 당하느라고 곤욕을 치르고 있었던 것이다.*

그리고 해방! 우학도인은 김구 선생이 이끄는 한국독립당에 가담하였다.

이미 김구 선생과는 교분이 있었다. 우학도인은 벗어부치고 세상일에 뛰어들기로 마음먹었다. 그는 고향인 충남을 중심으로 13개 면을 맡은 지구당 총책이 되었다. 자나 깨나 그리던 독립이 이제 성취된 마당에, 힘써 이룰 것은 이 독립국가를 세계 속의 강국으로 부상시키는 일이었다. 그리고 그것은 이미 천수에 의해서 예정된 바였다.

그러나 그것마저도 여의치 못했다.

김구 선생은 암살되었고, 우학도인은 또 나름대로 역시 고난의 연속이었다. 대부분의 행정관들은 일제 치하에서 일본을 도와 이 나라를 다스리던 바로 그들이었다. 그랬기 때문에 당시 국내에서 반일 활동을 하던 이들은 계속해서 무언의 압력을 받게 마련이었다. 왜냐하면 그들 자신의 비굴한 전력이 그런 항일 운동가들에 의해서 폭로될 것이 두려웠기 때문이었다.

죄목은 좌익 사상가라는 것이 상투 수단이었다. 김구 선생

---

* 우학도인은 모두 스물일곱 번이나 구속되었고, 전기고문을 십여 차례나 치렀다.

을 모시고 2년간 독립군 대열에 가담하였고, 김구 선생을 따르던 이들이 한결같이 민족주의자들이었다는 점에서 혐의는 곧 풀리곤 하였으나, 그렇더라도 곤액은 곤액이었다.

그러다가 6·25가 터졌고, 수복이 되었다. 이미 우학도인은 현역에서 물러나야 할 나이였다. 그렇지만 국가는 존망의 위기를 숱하게 넘기고도 아직껏 세상은 어지러웠다. 그리고 우학도인 자신은 한 번도 능동적 주체세력이 되어서 뜻을 펴보지도 못한 채, 벌써 이순의 연배에 이르고 말았던 것이다.

이럴 때 박양래나 주회인 같은 인재들이 얼마나 필요한가? 그러나 그런 이들은 이미 세상에 없었다. 그 대신에 서양문물과 사조가 홍수같이 밀려들었다. 극단적인 미국 숭배가 판을 치게 되었고, 그사이에 서서히 우리들의 자존과 우월감은 빠져나가거나 녹슬어 가고 있었다.

우학도인으로서는 무엇보다도 그것이 안타까웠다.

이미 우학도인은 그사이에 몇 차례의 정진을 거쳐서 정신적으로 상당한 계제에 있었다. 그리고 그것을 바탕으로 나라의 운세를 꿰뚫듯이 바라보고 있었다.

중국 최초의 국가였던 은(殷)나라는 동이족, 즉 우리 민족이 세운 국가였다. 3천 년 전, 중국족들에게 동이족이 멸망되던 당시 피가 내를 이루어 방앗공이가 그 혈천(血川) 위로 떠내려갔다고 한다. 그런 처참한 살육에 의해 민족은 사분오열되었

단

고, 점차 세력을 잃어 중심지가 만주 쪽으로 이동되었다.

그러나 그 뒤에도 고구려나 발해 당시에 강성했던 옛 면모를 잃지 않고 있었다. 당당하게 중국족들과 겨루었고, 나란히 동방의 강자로서 세계 역사의 주역을 담당하고 있었던 것이다.

당시의 고구려는 강력하게 수나라와 당나라를 위협하였고, 당시의 백제는 그 식민지를 요동성까지 떨치고 있었다. 중국의 도백(道伯)들이 고구려에 조공을 바쳤을 뿐만 아니라,[*] 일본은 백제의 하수인이었다.

그러나 운수는 점점 우리 민족으로부터 떠나가고 있었다. 사기(史記)와 맹자는 순(舜)을 동이족이라고 언명하였다. 또한 중국 삼황 중의 태호 복희(太暤伏羲)[**]가 동이인인 것 또한 주지의 사

---

[*] 도쿄대학의 우에다(上田) 교수는 "지금까지의 동양사는 새로 써야 할 것이다"라고 〈요미우리 신문〉 1980년 11월 12일자에 선언하였다. 우리나라의 〈동아일보〉를 비롯한 신문지상에서 1976년 말 북한의 평안남도 강서군 덕흥리에서 발굴된 고구려 벽화의 고분이 크게 소개된 바에 의하면, 이 벽화 고분에는 대부분의 벽화 고분과는 달리 많은 숫자가 기록되어 있고, 이 기록들이 새로운 사실을 알려 주고 있었던 것이다. 무덤의 주인공인 태수(太守)는 유주자사(幽州刺史) 진(鎭)인데, 그림의 내용인즉 13군의 관리들이 사업 보고를 하러 태수를 방문했다. 태수가 관할하던 13개 군의 영역이 문제인데, 이 영역은 고구려가 통치하던 영역을 직접 말해 주는 자료가 되고 있다. 이 13개 군의 군명(郡名)에 의하면, 고구려의 유주의 범위는 오늘날의 요령성(遼寧省)과 하북성(河北省)의 북반부, 그리고 산서성(山西省)·연군(燕郡)·범양군(范陽郡)·어양군(魚陽郡)은 오늘의 베이징 주변이며, 대별하여 6개 군은 만리장성 밖에 있었던, 즉 내몽고 쪽에 있었던 군임이 확인됐다. (김상일, 『한 철학』 참조)

[**] 이는 오히려 중국 측 학자 촨시녠(傳斯年)의 증명이었다. 태호 복희는 요(堯)·순(舜)보다 앞선 중국 고대의 성황이다. 그런데 이 太는 大, 즉 '흔'이며 暤는 밝다는 뜻으로 '붉'이다. 그러므로 太暤란 '흔붉'의 한자식 표기인 것이다. 복희는 성이 풍(風)인데 풍은 구이(九夷) 가운데 하나로 동이(東夷)에 속한다. 또한 그는 기주(冀州)를 맡아서

실이다. 중국 역사를 연 이들이 이처럼 우리 민족이었고, 공자 또한 은 왕족 출신으로서 동이족의 피를 지녔기에, '나라에 도가 쇠패하니 동쪽으로 갈까 한다'고 말하지 않았던가? 우리 민족의 고대의 영광은 절정에 이른 바 있었던 것이다.

그럼에도 불구하고 그후 여러 차례의 병화와 전란은 웅대했던 우리 고대사의 자료들을 쓸고 지나가 버렸다.

그러나 중국과 한국과 일본을 지탱해 온 차원 높은 철학서인 주역과 정역의 원리는 한번 성(盛)한 것은 반드시 쇠(衰)하게 된다는 철리를 가르치고 있다. 반대로 쇠한 것은 다시 성하게 마련인 것이다.*

그것은 긴 역사를 통해서도 변함없이 되풀이되는 변주곡인 것이다. 태양이 중천에 떠 있는 정오는 곧 밤을 향한 출발이니 성은 곧 쇠를 향하는 것이요, 어둠이 극에 이르는 자정은 곧 낮을 향하는 시작으로서 쇠는 곧 성을 목표로 나아가게 마련이다.

주역의 철리는 곧 순환의 철리이다. 높은 것은 낮은 것으로

---

다스렸는데, 이로써 본다면 기주도 고대에는 동이, 즉 우리의 영토였던 것이다. 한편 복희는 한자의 원형인 서계(書契) 문자를 창시하였고, 주역의 시초인 팔괘(八卦)를 그려 중국 사상의 시원이 이에서 시작되었다.

* 중국의 역사는 남과 북 사이의 주체세력의 교체라는 관점에서 파악될 수가 있다. 진(秦)·한(漢)·수(隋)·당(唐)·요(遼)·금(金)·원(元)·명(明)·청(淸) 등, 그것은 북흥남쇠(北興南衰)와 남흥북쇠(南興北衰)의 교차였던 것이다.

단

되고, 낮은 것은 높은 것으로 되게 마련이다. 밤은 낮이 되고 낮은 밤이 되며, 여름은 겨울을 향해서 가고 겨울은 여름을 향해서 간다. 주역의 6효 중 가장 위에 그려지는 괘효는 귀천의 측면에서 무상(無上)이라 일컬어지고 있다. 그 밑은 군(君)·공(公)·경(卿)·사(士)·민(民)의 순서가 된다. 말하자면 임금보다 높은 것은 민(民)보다 아래가 된다. 가장 높은 것은 가장 낮은 것으로 되고, 가장 낮은 자는 이제 희망을 가질 수가 있는 것이니, 이는 '마음이 가난한 자는 복이 있다'는 성경의 가르침과도 상통한다고 할 것이다.

정현(鄭玄)은 『주역』에서 세 원리를 끌어낸 바가 있었다. 그것은 곧 역간(易簡)·변역(變易)·불역(不易)이다. 역이란 복잡다단하고 포착하기 어려운 세상사를 간략하게 정리한 것이며, 그것은 곧 세상사란 변화한다는 것을 지시하고, 그럼에도 불구하고 오직 불변하는 하나의 진리가 그 속에 꿰뚫어져 있다는 것이다.

이제 3천 년이나 지속되어 온 우리 민족의 쇠운은 끝나고 있었다. 이제 민족사는 서서히 꽃피어 권토중래하게 될 것이다. 고구려의 옛 영광을 넘어서서, 세계 최대의 강국으로 성장하게 될 것은 이미 예정된 천수였던 것이다.

미국의 축소, 소련의 분열, 중국의 양분[*]을 따라서 한국은 강성하게 된다. 15년 내의 무혈의 남북통일,[**] 그 후 북만주의 진출. 이때 우리에게는 광개토대왕과 같은 탁월한 지도자와 을지문덕과 같은 지·덕·용(智德勇)을 겸비한 대도인·대영웅이 출현할 것이다. 그리고 바이칼 호와 몽고 북중국의 회복이 이루어진다. 그리고 세계사는 서구 중심에서 서서히 동양 중심으로 옮겨질 것이다. 그때 세계의 주역은 한·중·인 삼국이 될 것이며, 그중에서도 한국은 지금의 미국과 같은, 아니 그 이상의 역할을 감당할 것이다.

그런데 여기서 문제가 되는 것은 동·서 사상의 차이점이다.

사실 동양정신과 서양정신이란 그 기원부터가 얼마나 다른 것인가?

서양정신은 과학정신이다. 그것은 논리와 수치와 합리의 정신으로 오늘날의 문명을 낳았다. 그러나 그런 서양은 자체 내에서 서서히 붕괴되어 가고 있는 것 또한 사실이 아닌가?

---

[*] 위의 주(註)에서 이야기된 역사 순환에 의해서도 이런 현상은 추측될 수가 있다. 그때 중국은 남북으로 분열하고, 그중 북쪽이 쇠망한 공백으로 백두산족의 힘이 밀려가게 된다고 우학도인은 말씀하신다.

[**] 일제 치하에서 독립이 가능하리라고 믿었던 이가 누구였을까? 그렇게 믿을 수 있었더라면 당시의 지성인들이 그처럼 굴욕스러운 친일을 하지는 않았을 것이다. 그러나 세계정세의 추이에 따라 우리는 독립할 수 있었다. 이는 통일에 대해서도 마찬가지가 아닐까? 우리가 우리의 정체성을 지키고 굳건히 대처하며, 단결하여 대기한다면 '기회'는 반드시 오리라.

단

외화내빈이랄까? 화려한 문명의 쇼윈도 뒤에서 영혼은 고갈되었다. '지식'이 축적된 컴퓨터 상자 속에서 '지혜'는 녹슬고 있으며, 많은 재산을 가졌으나 그것을 잘 이용할 줄 모르는 금치산자와도 같이 서구문명은 참되게 문명을 쓸 줄 아는 현인과 성자들을 갖지 못하고 있는 것이다.*

그러나 그런 서구정신으로부터가 아니라 동양정신의 진수로부터 시작될 새로운 미래는 결코 경쟁과 투쟁의 시대가 아니다. 그것은 조화와 평화의 시대가 되어야 하고, 또 그렇게 될 것이다.

서양정신은 비교·분석으로부터 시작되어 주객을 분리하고 나와 너를 분리하며 신과 인간을 분리하고 자연과 사람을 분리시킨다. 그리하여 그 이원론은 이 양자를 상호 대립시키고 경쟁시키며 투쟁시키고 정복시켜서 마침내 주와 객이, 너와 내가, 신과 인간이, 자연과 사람이 '함께 파멸되어' 버린다.

그러나 동양정신은 그 양자의 통일과 화합을 지향하는 것이 아니던가? 이것과 저것을 여의고 선 자리에 화이부동(和而不同)**의 세계가 열리는 것이다. 너와 내가 각기 다른 존재임을 알

---

* 우리가 꼽을 수 있는 서구의 위인들이란 대부분 정치나 무력의 정복자이다. 대스승으로서는 소크라테스가 거의 유일하다고 할까? 동양의 역사를 보라. 거기에서는 '힘'이 아니라 '덕'이 숭배된다. 지금까지도!
** 공자의 말. '소인은 동화하기는 하되 조화하지 못하고, 군자는 조화하기는 하되 동화되지는 않는다(小人 同而不和, 君子 和而不同).' 이는 '삶의 예술'이 아닐 수 없다. 서

고 그것을 인정하면서 서로 조화를 이루는 것. 그것은 인생의 예술이다. 시요, 회화이며, 음악의 비밀인 것이다. 그리고 자연의 비밀이며, 신의 비밀인 것이다. 저기 서 있는 나무 한 그루는 비단 생물학적인 연구대상일 수만은 없다. 그것을 아무리 생물학적으로 연구해 보아도 생명 그 자체를 적시할 도리는 없지 않은가? 가장 귀중한 생명, 가장 귀중한 영(靈)은 볼 수도 없고 만질 수도 없다. 나무를 쪼개고 쪼개어도, 씨앗을 쪼개고 쪼개어 수천만 분의 일로 놓고 보아도 생명의 인자(因子)는 보이지 않을 것이다. 오직 마음, 사랑하고 이해하는 '마음으로 보아야만 가장 궁극적인 것을 볼 수가 있는' 것이다.

그리하여 이런 동양정신이 계도할 미래는 화해와 평화의 세계가 될 것이다.* 한 번도 남을 침략해 본 일이 없는 우리 민족과 현실적이면서도 지혜로운 중국족들, 그리고 유원한 미래를 투시할 줄 아는 영적인 인도인들이 연주해 내는 세계의 미래사는 힘과 갈등의 연속이었던 지난날의 그것보다 훨씬 이상적인

---

로의 개성을 인정하면서 자기를 지키고 더 높은 차원에서 조화하는 것, 그것이 오케스트라의 예술적 화음이며 인류가 이룩할 지상낙원의 청사진이다.
* 그중에서 특히 우리 민족의 '한 철학'은 심오한 바가 있다. 『천부경』과 『삼일신고』에 집중적으로 나타나는 '한 철학'은 양극의 신비로운 화해를 가르친다. 핫바지는 앞과 뒤가 따로 없다. 일제는 그것을 비웃어 우리 민족을 '핫바지'라 하며 비웃었으나, 그런 '앞과 뒤의 없음'이야말로 첨예한 양극주의가 낳은 현대의 모든 악과 부조리에 대해서 위대한 해결을 제시하고 있는 것이니, 우리는 우리의 참된 가치와 아름다움에 눈떠서 헛되이 일제가 남긴 식민지 세뇌 정책에 부화뇌동해서는 안 될 것이다.

단

세계가 될 것이다.

우학도인은 안타까웠다.

이러한 때에 필요한 것은 오직 인재 그것이다. 운이 온다고
저절로 성사가 되는 것은 아니다. 하늘은 결코 헛되이 진주를
흙 속에 버리지 않는다. 땀과 노력이 있는 곳에 결실이 있다. 이
제 우리는 그 대운을 맞이하기 위해 영재와 준사들을 길러 내
지 않으면 안 되는 것이다.

그럴 때 과학적 지식으로 단계를 밟아서 공부하는 순리의
방법은 한계가 있다. 하나, 둘, 셋, 넷……의 순서를 모두 거쳐
서 일본을 앞지르고 미국을 능가한다는 것은 적어도 10년 이
상, 심지어는 100년 계획까지 내다보아야 할 것이다.

그러나 여기 비상한 계발법이 있다. 우리 민족 전래의 수련
법. 그것은 정신적으로나 육체적으로 우리의 미래를 창도해 줄
탁월한 신기(神器)로써 가히 단군성조(檀君聖祖)의 가장 값진
유산이라고 할 수 있다.

그럴수록 우학도인은 그런 선도 수련의 비법을 지닌 채 홀
홀히 떠나 버렸던 선배들이 아쉽기 그지없었다. 그리고 그제서
야 부족한 힘이나마 자신의 노력을 바쳐 보아야겠다고 생각했
다. 선배들의 능력에 비하면 어디 내놓기도 부끄러운 것이었지
만, 그것을 따질 계제가 아니었다. 공자가 끝내 역사의 주역이
되지 못하고 물러 나와 제자들을 가르쳤듯이, 우학도인은 후진

양성에 힘을 기울이기로 작정하게 되었다.

그것은 우리 모두가 신선이 되자는 얘기가 아니었다. 누구나 1~2년만 꾸준히 수련하면 우선 전 국민의 아이큐가 적어도 50~100퍼센트 이상 증가하는 셈이 될 것이다. 그리고 체력 증강에 대해서는 가히 다른 나라의 그것을 열 배 능가하게 될 것이다.

그러나 세상은 답답했다. 믿질 않는 것이다. 어쩌면 당연한 일일 수도 있었다. 세상 사람들에게는 오직 보고, 듣고, 만질 수 있거나 설명할 수 있는 것만 믿을 가치가 있는 것이니까.

그러는 중에도 몇 사람을 가르쳐 볼 수가 있었던 것은 그나마 다행이었다. 더러는 체육 쪽으로, 또 더러는 정신 쪽으로 지도를 해보았다. 이것이 충분히 가능하다는 것은 그들을 지도하는 것만으로도 여실히 증명되었다.

그러는 사이에 세상은 바뀌었다.

우리가 숱한 정변과 경제 발전이다. 안보다 해서 서양문물을 흡수하려고 발버둥 치고 있는 사이에, 과학을 거의 끝까지 밀고 나간 서양 쪽에서 점차 동양사상에 대해서 관심을 갖기 시작했다. 물질문명의 극한이 부딪친 벽을 깨뜨리기 위해서는 동양의 핵심 정신만이 유일한 답으로 보였던 것이다. 『바가바드 기타』나 『주역』·『노자』·『장자』, 그리고 불경·선(禪) 등이 크게 그들의 관심을 환기시켰고, 우리나라 전래의 『삼일신고』나 『천부경』도 관심을 끌었다.

그러나 정작 우리 자신은 그걸 모르고 있었다. 우학도인은 그 점이 안타까웠다. 동양사상의 '사상'만 연구될 뿐 '실제 수련'에 대해서는 뒷전인 것도 안타까웠다.

이제 세계는 동양의 옛 지혜를 되살리자는 방향으로 가고 있다는 것을 오히려 동양인들이 잘 모르고 있다는 점, 그리고 그런 동양의 지혜는 결코 '앎'이나 '학문'이 아니라 '수행'이요, '직참(直參)'이어야 한다는 것을 망각하고 있다는 것이 우학도인에게는 마음에 걸렸던 것이다. 그래서 우학도인은 소리 높여 이런 주장을 제고하기 시작하였으나 세상은 마이동풍이요, 우이독경이었다.

지식이 지혜를 가린다는 점, 나뭇잎 하나가 눈앞을 가리면 태산이라도 볼 수가 없다는 점이 문제였다. 짧은 과학 지식이 더 큰 '참된 지식'을 가리고 있었던 것이다.

그나마 제자라고 있는 이들이 대부분 불학무식하다는 점도 문제였다. 하긴 불학무식하니까 남들이 미신이라고 일컫는 수련을 그토록 열심히 닦았을 것이다. 그러나 그런 이들이 수련을 한들 개인의 영달에는 도움이 될지 몰라도 장차 인재가 필요한 마당에 민족과 세계를 위해서 무엇을 기여할 수가 있을까? 남북통일이 이루어지고, 국력이 만주를 거쳐 몽고·시베리아까지 뻗칠 때 그들이 무엇을 할 수가 있겠는가?

간혹 그렇지 않은 수련자가 생기면 이건 또 영락없이 개인욕에 빠져 버렸다. 기껏 정신 계발을 시켜 놓으면, 당장에 고등고시에 응시하고 그것으로 끝이다. 그런 사내들이 몇 있었다. 그래서 국회에까지 진출한 사람도 있었다. 그나마도 정신 수련으로 닦은 힘으로 공부에 열중하는 게 아니라, 시험 답안을 끌어다가 보려고 하였다. 정신계의 초공간성을 그렇게 악용한다면 그것은 스승과의 결별을 자초하는 행위였다. 그렇게 두세 차례 악용하면 으레껏 신벌이 내리는 법이기 때문에 그중에는 요절한 사람도 있었고, 중병에 든 사람도 있었으며, 가볍게는 애써 얻은 초월 능력을 깡그리 상실해 버린 사람도 있었다. 그걸 염려하여 누차 경고를 하였으나 욕심 앞에서는 별무소용인가 보았다.

왜 이 시대에는 강태공·제갈량 같은 이들이 나지 않을까? 송구봉·이율곡·을지문덕 같은 이들이 나지 않을까? 지와 덕을 겸비한 준재가 나와서 새롭게 도래하는 이 시대를 이끌어 주었으면 좋으련만. 강태공이 보좌한 문왕·무왕이나, 제갈량이 보좌했던 유비 같은 이는 시대의 변화가 낼 수도 있는 인물이다. 그러나 강태공이나 제갈량 같은 데 이르러서는 시대가 사람을 만드는 것이 아니라, 인재가 시대를 구상하고 만드는 것이다. 이제 모든 것은 구비되었다. 그러나 오직 인재가 없을 뿐이었다.

우리 민족의 최강성기인 고구려시대의 한 주역이었던 을지문덕 장군. 그가 선인이었다는 것은 알만한 이들은 모두 알고 있는 일이었다. 그는 국선도의 거봉이었고, 천문과 지리에 달통한 방술가였다. 우리나라 사료에 남은 최초의 기명(記名) 오언시에서 을지문덕은 읊었지 않았던가? '신책구천문(神策究天文) 묘산궁지리(妙算窮地理)'라고. 삼국시대에는 「난랑비서(鸞郎碑序)」에 적힌 그대로 우리 고유의 풍류도가 있었던 것이다. 거기에는 이런 구절이 있다.

나라에 현묘(玄妙)한 도가 있으니 일컬어 풍류(風流)라. 삼교(三敎)의 근원이 선사(仙史)에 상비하였으니 실로 삼교를 포함하고 금생을 접화한 것이다. 뿐만 아니라 들어가면 집 안에 효(孝)하고 밖에 나오면 나라에 충(忠)하였으니 이는 노사구(魯司寇)의 지(旨)요, 무위(無爲)한 일에 처하여 불언(不言)의 교를 행하였으니 이는 주계사(周桂史)의 종(宗)이요, 제악(諸惡)을 짓지 않고 제선(諸善)을 봉행하였으니 이는 축건태자(竺乾太子)의 화(化)라.*

이런 민족 고유의 도가 있었음을 후대의 사대주의자들은 애써 덮어 눌렀고, 잊으려 해왔던 것이다.

민족이 절정기에 있었을 당시 고구려나 백제·신라인들에게 산중 수련은 거의 상식에 속했다. 신라의 화랑들은 그 대표적인 예였다. 그들은 민족 고유의 풍류도를 수련하였는데, 「난랑비서」가 말하였듯이 그 속에는 유·불·선 삼교가 모두 포함되어 있었던 것이다.

거의 사멸되기 직전에 있는 국선도의 부활. 그러나 동지의 수는 너무나도 적었다. 사방을 둘러보아도 귀 기울여 주는 이 드물었다. 우학도인은 깊은 한숨을 내쉬지 않을 수가 없었다.

그런 가운데 그나마도 보이지 않는 곳에서 정진하고 있는 이들을 알 수 있었던 것은 불행 중 다행이었다.

이런 단가 전래의 수련법을 통해서 이미 상당한 계제에 오른 이가 몇몇 있었다. 물론 우학도인은 그들을 직접 대면할 기회는 없었다. 그러나 정신계에서는 수련의 높은 경지만은 속일 수가 없는 것, 우학도인은 이미 그들이 어느 만큼 정성껏 수련을 쌓아 왔었는지를 이곳에 앉아서 보고 있었다.

그중에는 유수한 제자를 양성 중인 이도 있었다. 고마운 일이었다. 찬연한 광채를 뿜는 철패(鐵牌)*가 그의 이름에 광화를 더하고 있었다. 이제 그들은 때가 되면 나타날 것이다. 그들은

---

* 정신 수련의 경지에 따라 주어지는 신표 중의 하나.

단

미래의 한국사에 새 주역이 될 것이다. 아니, 미래의 세계사에 강력하게 부상할 것이다.

그런가 하면 정신 계발을 통해서 물리·화학 방면으로 정진하는 이들도 보였다. 특히 그중에는 원자탄이며 수소탄을 무력화시킬 연구에 몰두하는 두 사람이 있었다. 그들은 이미 각각 반쯤의 성공을 거두고 있었다. 이제 필요한 것은 그 둘을 합치는 일뿐이었다. 아직 시기는 무르익지 않았다. 그러나 머지않아 그것은 실현될 것이다. 그리고 그것이야말로 인류의 한 숙원을 시원하게 풀어 주는 대사업의 성공이면서, 동시에 우리 민족의 긍지와 자부를 세계에 선양하는 쾌거가 아닐 수 없으리라.

그러나 그들만으로서는 역시 부족하다. 인재의 수효는 지금 절대 수요에 멀리 미치지 못하고 있는 것이다.

몇몇 제자에게 희망을 걸고 있으면서도 우학도인은 젊고 또 활기찬 인재를 원하고 있었다. 앞으로 15년. 그리던 남북통일은 현실로 다가올 것이다. 그러면 벌써 지금의 40대는 50대 후반이 될 것이다. 그리고 통일 이후 민족의 힘이 용틀임할 때 벌써 그들은 노쇠해 있을 것이 아닌가?

우선 계제는 낮더라도 인재 양성은 숫자가 문제였다. 고단자 몇 명보다는 착실한 저단자가 많으면 그쪽이 더 쓰일 데가 많다. 그들을 통해서 단학 수련의 가능성을 세상에 인식시킨 다음 차차 전 국민의 관심사로 나아가야 한다. 그 옛날 화랑도들이 그랬듯이, 고구려·백제의 청소년들이 그랬듯이, 문무쌍전 (文武雙全)의 지도자를 대거 양성시켜 나가야 한다. 이제 바야흐로 시기는 무르익은 것이다…….

백두산족. 동방에 위치한 현자들의 민족. '아시아 빛나는 황금시대에 코리아는 그 빛을 밝힌 한 등불이었다. 그 등불 다시 켜지는 날 동방은 찬란히 세계를 비치리.' 시성(詩聖) 라빈드라나트 타고르는 이렇게 우리 민족의 과거와 미래를 읊지 않았던가? 그것도 안타깝게 현해탄을 건너다보면서, 식민지 암흑 천지였던 '빼앗긴 땅'에다가 말이다. 그는 계속해서 노래하였다.

마음이 공포를 떨쳐 버리고
머리가 저 높은 곳을 향하여 쳐들린 곳
지식은 자유스럽고
좁다란 담벼락으로 세계가 조각조각 갈라지지 않은 곳
언어가 진리의 심연으로부터 솟아나는 곳
지칠 줄 모르는 열망이 완성을 향하여 줄달음치는 곳
깨끗한 이성의 시냇물이 죽어 버린 습관의 메마른 사막에서도
길을 잃지 않는 곳
무한히 퍼져 나가는 생각과 행동으로
우리들의 마음이 인도되는

그런 자유의 천국으로

내 마음의 조국 코리아여, 깨어나소서!


그렇다. 깨어나야 한다.

식민사관의 사슬로부터, 무기력과 나태로부터, 소중화(小中
華)로 만족해 온 쇠퇴한 기백으로부터 깨어나야 한다.

이미 9,700년 전에 환인천제께서 이 땅에 내리셨지 않은가?
그 이전 100만 년 전부터 구석기시대*가 자리 잡은 이 땅. 우리
의 먼먼 조상들은 북만주 일대에 웅거하면서 헬레니즘과 헤브
라이즘의 씨앗이 된 수메르 문화에 그 빛나는 정기를 흘려 보
냈었다. 수메르는 곧 환인의 나라 12국 가운데 하나였던 수밀
이(須密爾)였고, 그 수메르의 도시 우르(Ur)는 같은 12국 중의
우루(虞婁)였던 것이다! 인류의 시원은 바이칼 호 부근의 환국
(桓國), 즉 고대 환인의 나라에서 시작되었고, 그것이 동쪽으로
내려와 우수하(牛首河, 지금의 길림)에 이르러 환웅 왕조가 되었
으며, 다른 한쪽은 서진(西進)하였던 것이다. 그리하여 수메르
의 설형문자는 태호 복희(동이족)가 사용하던 팔괘 부호와 흡
사하다고 오히려 일본 학자 우에노가 주장하지 않았던가?

그런 우리 민족이었다.

---

* 경기도 전곡리의 구석기 유물은 무려 270만 년 전의 것으로 추정된다. 한편 환인시
대는 3,301년, 환웅시대는 1,565년, 단군시대는 2,916년이다. (김상일, 『한 철학』 참조)

그런데 왜 이제 와서는 만주족을 적으로 알고, 시베리아를 남의 땅으로 믿으며, 북중국을 감히 넘보려 하지 못하는가? '무궁화 삼천 리 길이 보존하세'가 우리의 최대 목표일 필요는 결코 없다. 우리 민족의 강역은 결코 '삼천 리'가 아니라 수만 리에 이르렀던 게 아닌가? 지금도 만주에는 수백만의 한인이 자치주를 설립하고 있으며, 사할린에도 한인은 가장 우수한 외국 민족으로 살고 있는 것이다.

세계 각지에서 고유한 전통과 풍속을 굳게 지키고, 그 독특한 언어를 버리지 않는 민족은 오직 우리뿐이라 한다. 우리는 바로 그런 한민족이 아닌가?

또한 우리의 '한[*] 철학'은 그 얼마나 심오한 것이던가.

지중해는 과거의 바다요, 대서양은 현재의 바다, 태평양은 미래의 바다라고 한다. 그런데 그 미래의 바다에 우리는 하나의 '주머니꼴'로 기다리고 있다. 불교가 인도에서 동으로 동으로 넘어와 마침내 한국에서 원효에 의해 화쟁(和諍)을 이루었

---

[*] '한'은 우리 고유의 사상이요, 신앙으로서 '크다', '밝다', '희다', '많다', '하나', '으뜸이다', '임금' 등 무려 22가지의 뜻을 가지고 있다. 그런가 하면 '한'은 우리 민족의 영향을 강하게 받은 다른 민족의 안에도 골고루 침투하고 있는데, 그 예들은 고대 한민족의 문화와 그 영향력에 대한 매우 중요한 증거이다. 예를 들어서 옥스포드 대사전에 의하면 터키의 'hán'은 'hakan'의 몽고어에서 유래된 것이다. 칭기즈칸의 'khan'이 그것이다. 한편 헝가리어의 'khan', 'chan', 'hahan' 등 일련의 말들도 모두 영어의 'great(큰)', 'grand(웅대한)', 'ruler(통치자)', 'king(왕)', 'governor(지배자)', 'prince(왕자)', 'lord(군주)' 등의 뜻이 된다. '한'의 어원은 이에서 그치지 않고 루마니아어·불가리아어·체코어·독어·불어에 'chan', 'kan', 'khan'으로 남아 있다고 한다. (같은 책 참조)

듯이, 모든 문화는 동으로 동으로 와서 주머니꼴인 이 땅에서 마지막으로 그 정수(精髓)를 남기는 것이다. 그런 우리나라 땅, 그런 우리 땅을 일제는 '천생 식민지일 수밖에 없는 반도*'라 하였다. 그러나 이탈리아를 보라! 그들은 반도의 '주머니꼴' 속에서 그 얼마나 값진 '유산'을 창조해 냈던 것인가? 이제 우리는 일제 35년의 노예근성에서 깨어나야 한다! 일제의 철저한 의식조작·세뇌 작전으로부터 깨어나 주체성을 찾아야 한다.

우학도인 권필진 옹의 기원은 차라리 간절한 바가 있었다. 우리가 경청하는 모습에 용기백배하여 우학도인은 자신의 주장과 제언을 이렇듯 힘차게 호소하였던 것이다. 불신과 몰이해의 숲속에서 십년지기를 만난 듯, 우학도인은 그 고령에도 불구하고 조금도 피로한 기색이 없이 장장 70여 시간에 이르는 대담을 열성적으로 이끌어 주셨다. 마흔일곱 개의 녹음테이프

---

* '반도식민사관'이야말로 가증스러운 일제의 모략이었다. 덴마크·스칸디나비아 반도·이탈리아 등을 보라. 또한 일제는 우리의 민족사 중에서 사색당쟁을 예로 들어서 우리 민족이 '모래알과 같다'고 비판하였다. 하지만 정치란 본성적으로 당파적 속성을 띠는 것이다. 현명한 희랍인도 소크라테스를 사형시켰고, 이스라엘인도 예수를 못 박았다. 그런가 하면 일본인들의 막부시대를 보라. 그 좁은 땅에 수십 수백의 '나라'가 싸웠지 않은가? 이에 비하여 우리의 동서노소(東西老少)의 당쟁은 차라리 학문적 이론대결의 양상이었다. 또한 일본인의 '진흙'은 곧 개성과 주체성이 없음을 말한다 할 것이니, 깃발을 앞세운 일본인 단체 관광객이나 아직까지도 천황과 군국주의의 '맹종'을 그리워하는 비민주적 속성은 얼마든지 나쁜 의미로도 해석될 수 있다. 즉 민족성의 우열은 그것을 긍정적으로 보느냐 부정적으로 보느냐의 관점 차이일 뿐인 것이다.

가 가득 차고 인터뷰를 끝내던 날, 우리는 민족의 미래사에 대한 벅찬 희망과 가능성으로, 부푼 가슴을 쓸어내리고 있었다.

"이제 필요한 것은 진인사(盡人事)의 인재뿐이라……."

누군가가 중얼거렸다.

밖으로 나오고 보니 여전히 분주한 서울 냄새가 세속 바람과 물질 만능의 바람을 안고 매연처럼 자욱하게 밀려왔다. 그러나 우리의 귓전에는 새소리가 들려왔다. 고대 선인들의 활발한 발소리가 들려왔다. 천하를 호령하던 우렁찬 기상을 이어받은 우리들. 기쁨에도 울고 슬픔에도 우는 '한 많고 여린' 우리가 아니라, 당당하게 세계의 역사들을 메다꽂은 후에 활짝 웃을 줄 알았던 뚝심과 강견의 사나이 하형주와 같은 모습이 단군왕검과 고구려 후손의 기상이 아닐 것인가!

희망은 푸르렀고 의기는 높았으며 가슴은 후련했다. 이틀 뒤에 있을 본격적인 수련을 협의하기 위해 동호인들을 규합하여 다시 모일 것을 약속한 뒤 우리는 헤어졌다.

〈끝〉

# 오늘도, 나는 걷는다


'단'을 낸 이래 공중 석상에서 나는 언제나 "'단'의 작가"로 소개된다. 처음, 나는 내 이름 앞에 붙는 이 수식어가 마음에 들지 않았는데, 거기에는 몇 가지 이유가 있다.

문학적 이유.

'단'이 발표된 1984년, '단'과 '작가'는 같음표로 연결될 수 없었다. 당시 한국에는 오늘날 '장르문학'이라 불리는 분야가 문학으로 인정되지 않는 분위기가 있었다. 따라서 '단'은 문학작품이 아니었고, '단'에 관한 한 나는 작가가 아니었던 것이다. '단'은 12개월 이상을 베스트셀러로 널리 읽혔다. 그러나 주류 문학작가이고 싶었던 피천득, 생텍쥐페리, 안데르센, 그림 형제, 단테, 타고르, 도스토옙스키, 헤세의 문학작품을 이상으로 여기던, 〈현대문학〉에 수필이 추천되고, 〈조선일보〉 신춘문예 동화 부문에 당선되어 등단한 나에게 '단'은 나 자신의 작품이면서도 나에게 매우 낯설게 느껴졌다. 지금이라면 판타지 문학으로 분류해 마음 편하게 대할 수 있는 이 '아들'을 당시의 나는 마음 편하게 대할 수 없었다.


　신통력 문제.

　나는 '단'의 중심을 이루는 신통의 세계를 인정하지 않는 세계
관을 갖고 있었다. 먼저, 그 세계의 비과학성이 맘에 들지 않았
다. 나아가, 불교에 대한 적으나마의 지식을 가진 사람으로서, 나
는 붓다가 신통력의 가치를 부정했다는 것을 알고 있었다. "진정
한 신통은 타자를 어떻게 하는 천안통·천이통·타심통·숙명통·
신족통이 아니다. 마음의 번뇌를 모두 없애는 신통, 누진통만이
진정한 신통이다"라는 붓다의 견해를 십분 인정하고 있었던 것
이다. 나는 인도의 요기 라마크리슈나의 예화를 하나 알고 있었
다. 어떤 사람이 라마크리슈나를 찾아와 자신은 20년을 수행한
끝에 강 위를 맨발로 걸을 수 있노라고 말했다. 라마크리슈나가
옆에 있던 시자를 돌아보며 물었다. "갠지스 강을 건너는 뱃삯이
얼마인가?" "1루피입니다." 라마크리슈나가 수행자를 보며 말했
다. "그대는 20년 노력한 끝에 1루피를 벌었군그래." 신통력의 가
치를 낮추어 보는 라마크리슈나의 이 견해는 그대로 나의 견해
였고, 이 견해는 미래를 예측하는 예언의 부정으로 이어질 수밖
에 없었다. 나는 '단'에 발표되어 있는, 신통력에 근거하여 예언
된, "서기 2천 년 이전에 남북통일이 실현될 것이다"라는 주인공
의 선언을 그것이 이루어질 것인가의 여부와 상관없이 탐탁하게

여기지 않았다. 신통력을 타자를 어찌하는 능력이며, 이 능력은 세속적인 능력으로서의 재물·명예 등과 본질에 있어서 전적으로 같다. 그에 비해 누진통은 나 자신을 어찌하는 능력— 자아를 조절, 초월하여 지고한 행복으로 인도하는 능력 이상의 능력이다.

민족사 문제.

'단'에는 기존의 국사학을 식민사학으로 폄하하는, 그 대안으로 민족사학을 제시하는 내용이 담겨 있다. '단'이 널리 읽힘에 따라 민족사학에 대한 대중의 이해도가 매우 높아지게 되었다. 대중은 민족사학을 열렬하게 지지했다. 이같은 대중의 이해와 지지는 재야에 머물러 있던 민족사학계에 주류 사학계와 경쟁할 수 있는 힘을 제공했고, 이 점에서 '단'의 영향은 출판계라는 좁은 범주를 넘어 한국 사회라는 보다 넓은 범주에까지 미쳤다고 해야 한다. 그러나 당시 필자는 민족사학을 열렬하게 지지하는 견해를 갖고 있지 않았고, 지금도 그렇지 않다. 그렇다고 해서 식민사학과 같은 기존의 역사학을 지지하는 것도 아니다. 나는 이 주제 대해 깊은 논의를 할 수 있는 정도의 역사 지식을 갖고 있지 않다. 아무튼 이것만은 분명하다. 그때나 지금이나 나는 나의 조국 대한민국을 사랑한다. 또한 나는 대한민국을 구성하는 대다수의 사람들이 한민족이라는 것을 인정하며, 나 또한 한민족의 일원이라고 생각한다. 그러나 이것은 느슨하게 볼 때 그렇다는 것뿐. 좀 더 깊이 들여다보면 한민족이라 불리는 사람들의 혈통이 전적으로 순수한 것인지는 확실하지 않다. 몽골족과의 혈통적 연결도 생각해 보아야 한다. 근래 들어 한민족과 혈통이 다른 이들이 무수히 대한민국의 일원으로 편입되고 있고, 한민족이었던 많은 이들이 대한민국 아닌 국가의 일원으로 편입되었거나 편입되고 있다. 식민사관과 민족사관 문제는 대한민국이라는 국가의 정체성 문제와 닿아 있다. '대한민국'은 '한민족을 중심으로 성립된, 민주주의 국가'이다. 이중 '민주주의'가 더 중요할까, '한민족'이 더 중요할까. 나는 그때나 지금이나 전자가 더 중요하다고 생각한다. 그렇지만 '단'은 한민족을 강조한 나머지 민주주의 문제를 다루지 않거나 소홀히 하는 면이 있다. 나는 나와 혈통이 같은 한민족이 세운 국가라고 해도 북한 정치 체제의 일원이 되기보다는 이민족이 세운 민주주의 국가의 일원이 되기를 원한다. 나는 한민족을 사랑하지만 한민족 중심의 정치사상보다는 민주주의 정치사상을, 한민족 중심의 철학 및 종교보다는 인류 보편의 가치에 기초한 철학 및 종교를 지지한다.

여기까지 내가 "'단'의 작가"라고 불리는 것을 불편하게 여긴 이유를 세 가지 들었는데, 이를 의아하게 여기는 분들이 있을 것 같다. 그들은 물을 것이다. "그렇다면 당신은 왜 '단'을 썼는가?" 내가 '단'을 쓴 이유는 당시 내가 한 출판사의 편집장이었기 때문이었다. 나는 작가이기도 했지만 직장에 다니는 여느 사회인이기도 했는데, 후자가 나로 하여금 '단'을 쓰게 했던 것이다. 이는 작가의 입장에서 볼 때 '단'의 집필 동기가 순수하지 않았다는 것을 의미한다. 나는 '단'의 주인공인 권태훈 옹과 다른 사상을 갖고 있었다. 그렇지만 한 사람의 직장인으로서 권태훈 옹이 중심인 책 안에 나의 사상을 반영할 수 없었다. 나에게는 자신의 사상을 잠시 접어둔 채 남의 사상을 위해 책을 써야 한다는 상황이 불편했다. 이 불편한 마음이 나를 불교에 귀의하도록 이끌었다. 나는 앞에서 든 신통력 중심의 사상이 아닌, 내가 앞에서 누진통이라 부른 불가의 심도 깊은 사상을 다룬 책을 쓰고 싶었다. 그리하여 나는 인연으로 다가온 대행 스님을 취재하여 그분의 일대기 '도'와 그분의 가르침을 정리한 '무'라는 책을 써서 발표했다. 그리고 얼마의 세월이 흘러, 나는 그 스님을 떠나게 되었다. '단'을 쓸 때 나는 '단'의 주인공인 권태훈 옹과 나의 사상이 다르다는 것을 인지하고 있었다. 그러나 '도'와 '무'를 쓸 때 나는 대행 스님의 사상과 나의 사상의 불일치를 인지하지 못하고 있었다. 따라서 나는 기쁜 마음으로 '도'와 '무'를 썼고, 마음에 불편한 점이 없었다. 그러나 대행 스님을 떠나던 무렵, 내 마음은 불편해져 있었다. 나는 신통력을 초월하기 위해 그분에게로 갔지만 깊이 들여다보니 거기에는 더 깊기 때문에 더 곤란한 문제를 안고 있는 신통력 세계가 자리잡고 있었던 것이다.

철학 면에서도 그분과 나는 다른 면이 있었다. 처음, 나는 그분의 철학이 붓다의 철학과 일치하지 않는다는 것을 알지 못했다. 거기에는, 내가 아직 붓다의 철학을 제대로 정리하지 못하고 있었던 점, 대행 스님의 철학을 있는 그대로 파악하기보다는 내가 알고 있는 붓다의 철학에 그분의 철학을 꿰어 맞추려 했다는 점도 한몫했다. 그럼에도 불구하고 나는 왜 그분에게 경도되었을까. 거기에는 나름의 이유가 있었다. 먼저, 그분에게는 강력한 존재의 힘이 있었다. 그리스도 예수는 말한다. "공중을 나는 새를 보라. 들에 핀 백합을 보라. 그들은 씨를 뿌리지도 않고 길쌈을 하지도 않지만 먹고 입는다"라고. 그렇지만 나는 그때까지 이런 마음가짐으로 사는 사람을 단 한 사람도 보지 못했다. 그러려고 시도하는 사람조차도 보지 못했다. '소유'는 모든 사람들을 그토록 단단하게 얽매고 있었고, 나 또한 그중 한 사람이었다. 그 면에서 나의 '발'은 땅을 딛고 있었다. 그러나 다른 한편 나는 발을 떼어 공중을 나는 새가 되고 싶은 마음이 있었다. 내가 비록 그런 사람이 되지는 못한다고 해도, 그런 사람을 책이 아닌 현실에서, 2천 년 전의 일이 아닌 지금의 일로서 보고 싶었다. 그런 소망을 가진 나의 눈에 대행 스님은 강력한 증거자로서 나에게 다가왔다. 적어도 당신의 내가 보기에 그분은 그리스도 예수가 말하고 있는 경지를 살고 있었다. 또한 그분은 불경이 말하는 보살의 모습을 실존으로 구현했다. 그분은 범부의 경지를 훌쩍 뛰어

넘는 특별한 차원으로 살았다. 나는 크게 감동했고, 그것이 나로 하여금 그분에게 경도케 한 첫 번째 이유였다.

두 번째로, 그분에게는 매우 깊은 감성의 세계가, '심오한'이라는 형용사를 붙여 마땅한 자비로운 감성의 세계가 있었다. 그분을 만나자마자 눈물을 흘리는 사람들을 나는 자주 보았다. 그분이 자비심을 일으키면 5분이 지나지 않아 사람들은 울었고, 경우에 따라 그 울음은 통곡으로까지 변할 수 있었다. 그 당시 나는 그분에게 가장 사랑받는 사람이었거나 가장 사랑받는 사람들 중 한 사람이었다. 그분은 그 심오한 감성으로 나를 아꼈고, 나를 사랑했고, 나를 배려했고, 나를 위로했다. 그 점에서 대행 스님은 나의 돌아가신 어머니의 재현이었다(그분은 비구니, 즉 여자이다). 나는 청년기로 접어들던 무렵 어머니를 여의었고, 어머니는 내가 세상에서 가장 사랑한, 내가 아는 한 세상에서 가장 선한 분이었다. 그리하여 어머니에 대한 그리움을 가슴 깊이 간직하고 있었던 나에게 대행 스님은 어머니의 다정함으로, 어머니의 선함으로, 어머니의 너그러움으로 다가왔던 것이다. 그러나 자비심만이, 다정함만이, 선함만이, 너그러움만이 진실의 전부는 아니다. 사랑 많은 어머니는 혼자 힘으로 의자를 붙들고 일어서려다 넘어지는 자신의 아기를 넘어지지 않도록 붙들어 준다. 그러나 그 사랑은 진정한 사랑이 아니다. 인간은 개별자이며,

개별자는 홀로 서야만 한다. 일어서는 아기를 붙들어 주는 사랑은 아기의 독립을 저해하며, 따라서 그럴 때 어머니는 아기를 붙들어 줄 것이 아니라 아기가 넘어지도록 내버려두어 한다. 때로는 사랑을 제어하는 참음이 사랑보다 더 높은 차원의 사랑이며, 이 차원에서 볼 때 여느 사랑은 사랑이 아니라 참사랑의 방해꾼이다. 참다운 사랑은 지혜로운 사람의 몫이다. 지혜는 사랑을 포함하지만 사랑은 지혜를 포함하지 못한다. 사랑하는 사람이 반드시 지혜롭지는 않다. 그러나 지혜로운 사람은 반드시 사랑할 줄 안다. 지혜가 사랑보다 범주가 더 큰 덕목인 것이다. 그러나 당시의 나는 지혜를 갖추지 못한 사람으로서 대행 스님의 자비, 다정함, 선함, 너그러움이 도리어 나의 성장을 방해한다는 것을 통찰할 수 없었다. 그 통찰을 위해서는 '배설 기간'이 필요했다. 어머니의 죽음은 나에게 심리적 배변으로 복중에 남아 있었고, 대행 스님의 사랑에 의해 나는 그것을 배설했다. 그럼으로써 나는 '화장실에 다녀온 사람의 달라진 마음'으로 대행 스님을 있는 그대로 볼 수 있게 되었다. 그 새로운 봄이 나를 그분을 토사구팽하는 방향으로 이끌었다. 대행 스님은 나를 사랑했고, 그 사랑에 의해 나는 통찰력을 얻을 수 있었다. 그런데 이제 와서, 통찰력이 나로 하여금 대행 스님을 떠나도록 이끌었던 것이다. 나는 그분에게 내가 통찰한 내용을 말했다. 그때 나는 알고 있었다. 지혜의 결여는 정사(正邪)의 분별의 결여로 이어질 수 있다는 점을. 적어도 불교에 있어서 지혜의 정점은 무아(無我), 또는 공(空)이다. 그 지점에서는 일체의 삿(邪)된 것들— 인간을 타락시키는 탐욕과 분노, 무지와 혹세무민은 설 수 없다. 그렇지만 무아와 공을 이해하기 위해서는 높은 수준의 지성이 필요하다. 그 지성이 결여된 곳에서 이른바 사교(邪敎)라 불리는 종교 현상이 일어난다. 어떤 종교 행법(믿음)이 좋은 결과를 낳을 수 있고, 그것은 신통(기적)의 모습을 띨 수 있다. 그러나 정사 분별이 엄연한 곳에서 그 현상은 무아와 공으로 나아가는 과정에 불과하다. 그것 자체가 목적일 수는 절대로, 절대로! 없는 것이다. 그러나 정사 분별이 안 되는 종교 현장에서 신통 현상은 무아와 공보다 우위에 서는 경우가 많다. 바꿔 말해서 그곳에서 그것은 인간의 탐진치를 돕는 하수인이 되어 버린다. 그렇게 처음의 좋았던 행법의 결과— 신통해 보이는 마음의 치유, 기적처럼 여겨지는 소원의 성취 등은 그것을 제공한 것으로 믿어지는 스승 내지 철학의 우상화로 변질되며, 종교 조직이 커지면 커질수록 사교 현상은 일파만파로 만연하게 된다. 그렇지만! 나의 이 같은 견해는, 정사 분별을 신통과 치유의 상위에 확실하게 배치해야만 한다는 필자의 제안은 대행 스님에 의해 받아들여지지 않았다. 불행하게도 그분은 나의 이런 견해를 이해하는 좌뇌적 인지력을 갖추고 있지 못했거나, 그것을 받아들이기에는 지나치게 감성적이었다. 좌뇌적 인지력이 부족한 이들에게 주는 충고는 아무리 선의에 의

한 것일지라도 상대방에게는 "어쨌거나 내가 맘에 안 든다는 얘기잖아?"로 들리게 된다. 또한 그런 경우 그들의 결론은 "지혜가 뭐가 그리 중요한가? 자비 말고 다른 뭐가 중한가?"로 귀결되는 경우가 많다. 그리하여 나는 그분을 떠나는 '배반'을 하지 않을 수 없었다. 마치 어머니의 사랑에 의해 성장한 아들이, 아들을 한사코 자신 옆에 묶어 두려는 어머니로부터 독립하는 형식으로 자신의 어머니를 '배반'하듯이.

　이런 경과를 거쳐 '단', '도', '무'는 나의 아들이면서도 나의 사랑을 받지 못하는 아들이 되었다. 나는 세 권의 책을 절판시켰다. 나의 사상과 맞지 않게 된 책으로부터 나오는 금전적 수입을 포기했던 것이다. 그 무렵, 나는 '단', '도', '무'에 대한 나의 새로운 입장을 공개적으로 표명할까를 심각하게 고려했었다. 그러나 그렇게 하진 않았는데, 그것은 내가 그렇게 해야 할 만큼 대단한 사람이 아니라는 점, 그렇게 하는 것이 책의 주인공들에게 누가 되리라는 점 등을 고려한 결과였다. 나는 내가 새로이 갖게 된 사상을 책으로 발표하게 될 것이고, 그것은 내 나름의 나 자신이 지나온 과거에 대한 반성으로서의 공표가 될 터였다. 나는 '단', '도', '무'를 넘어서는 진실의 세계라고 여겨지는 근본불교 사상으로, 그 사상에 입각한 위빠싸나 명상의 세계로 진입하였다. 거해 스님을 도와 원고용지로 5천 장에 이르는 '법구경(이야기)'을

단

펴냈다. 하루 여덟 시간씩 8개월의 작업을 했으면서도 공동 번역자의 이름에서 나를 빼주기를 청했고, 원고료를 받지 않았다. 이름, 이름, 이름…. 내 이름 앞에 붙어 있는 지워지지 않는 문신으로서의 "'단'의 작가", "'도'와 '무'의 작가"라는 이름. 나는 이름을 멍에로 여기고 있었고, 그 멍에는 순수한 정신으로써 벗겨질 것이었다. 그러나 다시 세월이 흘러 나는 거해 스님을 떠나게 되었는데, 거기에 대해서도 할 말이 많지만 생략하기로 한다. 2013년, 나는 나의 사상을 집대성하여 나의 69번째 책인 '소설경'을 펴냈다. 그 책을 낼 때 나는 "이 책 이후에 나의 책은 없을 것이다"라고까지 생각했었다. 그만큼 '소설경'은— 원고용지로 3,400장, 각주 456개에 후주 160페이지가 붙어 있는, 제책본으로 760페이지인 이 책은 나에게 매우 중요한 책이다. 그러나 4년의 세월이 흐른 지금, 나는 다시 '소설경'에 쓰여져 있는 것 너머의 새로운 사상을 탐색하고 있다. 4년 전, 나는 대승불교를 근본불교에서 벗어난 비불설(붓다의 가르침이 아닌)로 여겼었다. 역사적 관점에서 그것은 그렇다. 그러나 지금, 나는 불교 경전을 역사적 관점만으로 바라볼 수는 없다고, 대승불교에는 역사적 관점을 넘어서는 심오한 면이 있다고 나는 생각한다. 그렇다고 해서 나는 대승불교가 최종 완성형이라고도 생각하지 않는다. 나는 근본불교·대승불교·기독교·기타 종교, 과학을 비롯한, 종교 밖에서 축적되어 온 인류의 수많은 성과를 아우르는 사상을 요청한다. 물론 이 요청은 지난한, 어쩌면 불가능한 요청일 것이다. 그러나 불가능함에도 불구하고 추구해야만 하는 목표라는 것도 있는 법이다.

  결론 지어 말하면 이렇다. '단' 이후로 나의 사상은 변신에 변신을 거듭해 왔다. 그리고 나는 지금 내가 갖고 있는 사상이 앞으로 또다시 변하리라고 생각한다. 이렇듯 변신에 변신을 거듭하는 나에게 중요한 것은 한 사상에 머물러 고착된 '신념'이 아니라 틀렸다고 생각될 때 용기 있게 그것을 버리고 새로운 진실로 옮겨 가는 '자유'이다. 신념은 견고하고, 견고는 안전하며, 자유는 부드럽고, 부드러움은 불안전하다. 나는 불안전하더라도 자유롭고 싶다. 나에게 견고와 안전은 구속으로 느껴진다. 그리고, 진정한 자유인에게 불안전함은 불완전한 자체로 안전이다. 그것을 불안전하다고 느끼는 것은 신념을 원하는 사람들뿐이다. 지붕 없는 집, 벽 없는 방은 많은 사람들을 불안하게 한다. 그러나 어떤 사람들은 지붕과 벽을 답답하다고 여긴다. 그들에게는 하늘과 허공이 집이다. 자유를 진정으로 사랑하는 사람에게 길이 없다는 것은 길이 있다는 것이다. 길 없는 대지가 활짝 열려 있을 때, 그 대지 전부가 다 길인 것이다. 그런 사람에게도 '신념'은 있을 수 있고, 어쩌면 꼭 있어야 하는지도 모른다. 그러나 그 신념은 자유에 근거한 신념, 언제든 더 좋은 신념을 만나게 되면 변신할 준비가 되어 있는 열려 있는 신념이다. 그런 면에서 지금 나는, 한때 나를 불편하게 했던 '단'을 불편하게 여기지 않는다. '단'을 쓰던 때 나는 그러했고, 지금 나는 이러할 뿐이다. '단'을 쓰던 때의 나는 부정될 수 없고, 부정되어서도 안된다. 잘못이 있다면 잘못이 있는 것이고, 좋은 점이 있다면 좋은 점이 있는 것이다. '단'에는 앞에서 말한 안 좋은 면만 있는 것이 아니다. 그 나름 의미가 있고, 그 나름 가치가 있는 책, '단'은 그런 책이라고 나는 믿는다.

이런 생각으로 나는 한때 절판했던 책 '단'을 다시금 세상에 내놓는다. 지금 내가 갖고 있는 사상적 기준으로 볼 때 '단'은 문제가 있는 책이다. 그러나 내가 마지막이라며 이르러 있는 지금의 나의 사상 또한 먼 미래에 이르러 문제를 드러내리라고 나는 생각한다. 문제 없는 책, 문제 없는 사상은 없다. 사람의 모든 사상에는 문제가 있을 수밖에 없는 것이다. 그런 의미에서 '단'은, 그리고 '도' 이하 내가 써낸 수많은 책들은 다 문제가 있는 책들이다. 그러나 어떠랴. 그래서 어떠랴. 우리는 이렇게 걸어가고, 이렇게 넘어지고, 이렇게 일어난다. 옷에 묻은 먼지를 툭툭 털고 나서 다시 삶이라는 광야를, 물 한 방울 없는 사막 길을 걸어간다. 지금도 사람들은 나를 "'단'의 작가"라고 부르면서 자신만의 평가를 기준 삼아 나를 바라보고, 평가하고, 요구한다. 나는 이 호칭, 이 평가, 이 바라봄, 이 요구부터 벗어나기 위해 여러모로 애써 왔지만, 수십 권의 책을 냈고, 그중 십만 부 이상 읽힌 책들도 더러 있었지만 끝내 성공하지 못했다. 그만큼 '단'의 영향력은 막강하게 컸던 것이다. 참선비는 사흘 만에 만났을 때 눈을 비비며 바라볼 만큼 변해 있게 마련이라고 한다. 하물며 32년. 세월이 그만큼 흘렀다면 참선비가 아닐지라도 변하는 것은 당연지사일 것이다. 그렇지만 여느 사람들은 한번 먹은 남에 대한 생각을 여간해서는 바꾸지 않는다. 남에 대한 생각을 바꾸는 것은 제 마음을 깊이 들여다보는, 생각이라는 것이 무엇인지를 꼼꼼히 음미해본 적이 있는 은중한 학인에게만 기대되는 덕목인 것이다. 현자는 말한다, 남을 탓하지 말라고. 그들이 그대를 오해하는 것은 이상한 게 아니라고. 그들의 오해에는 당연한 바가 있다고. 진짜 잘못은 그대의 변화를 알지 못하는 그들에게 있는 게 아니라 그 변화를 그들이 알 거라고 여기는, 그걸 바라는 그대에게 있다고. 그래서 누가 나를 "'단'의 작가"라고 부를 때, 나는 빙그레 웃는다.

저기, 황막한 사막 한가운데 푸른 오아시스가 보인다.

아직 물을 마신 것은 아니다. 그러나 오아시스를 찾은 것만으로 내 마음은 기쁘다.

기쁜 마음으로, 나는 오늘도 걷는다.

2016년 7월 20일

김정빈